novum pro

AF172390

LISA KOSCIELNIAK

# AVESSIA
## WETTLAUF MIT DER ZEIT

novum pro

www.novumverlag.com

Bibliografische Information
der Deutschen Nationalbibliothek:

Die Deutsche Nationalbibliothek
verzeichnet diese Publikation in
der Deutschen Nationalbibliografie.
Detaillierte bibliografische Daten
sind im Internet über
http://www.d-nb.de abrufbar.

Alle Rechte der Verbreitung,
auch durch Film, Funk und Fernsehen,
fotomechanische Wiedergabe,
Tonträger, elektronische Datenträger
und auszugsweisen Nachdruck,
sind vorbehalten

Gedruckt in der Europäischen Union
auf umweltfreundlichem, chlor- und
säurefrei gebleichtem Papier.

© 2023 novum Verlag

ISBN 978-3-99131-921-4
Lektorat: Theresia Riegler
Umschlagfotos: Obsidianfantasy,
Wisconsinart, 純一 島崎,
Niborobin | Dreamstime.com
Umschlaggestaltung, Layout & Satz:
novum Verlag

www.novumverlag.com

# DANKSAGUNG

Kaum zu glauben, aber wahr: Der dritte und damit auch letzte Teil von Avessia ist beendet. Zahlreiche Abenteuer später, lasse ich meine Helden nun ihren eigenen Weg gehen. Ich werde sie vermissen. Das steht außer Frage. Sie haben mich eine lange Zeit begleitet und wir sind gemeinsam gewachsen und haben uns weiterentwickelt.

Ich bin unendlich dankbar. All jenen, die mich den ganzen Prozess über begleitet und unterstützt haben. Immer wieder nachgefragt haben, wann es denn endlich weitergeht und mich dadurch motiviert haben, fleißig weiterzuschreiben. Avessia wäre nichts ohne euch. Vielen Dank. Für alles.

Das geht vor allem auch an meine Mutter, die von mir wieder für das Probelesen eingespannt wurde. Du hast eben immer die hilfreichsten Rückmeldungen für mich. Du gibst mir den Mut, meine Geschichten an die Welt weiterzugeben. Vielen Dank für deine Zeit, die ganze Arbeit und dafür, dass du mich immer wieder aufbaust, wenn mich die Unsicherheit überkommt. Du bist meine Literatur Expertin, die zuverlässig die Dinge entdeckt, die ich übersehe.

Ich möchte an dieser Stelle auch nochmal dem novum Verlag danken: Danke für die Möglichkeit, meine Trilogie zu veröffentlichen und meinen Ideen einen gebundenen Rahmen zu geben. Vielen Dank für die Unterstützung und das Vertrauen.

# PROLOG

Auszug aus den alten Schriften Avessias:
Und wenn die Zeit gekommen ist, wird die letzte Schlacht anbrechen. Die letzte magische Schlacht dieses Zeitalters. Träume werden Realität werden. Avessia wird brennen. Chaos wird ausbrechen und die Armee der Traumweberin wird die wehrlosen Städte und Dörfer mühelos überrennen. Wesen der Schatten kämpfen Seite an Seite unter dem Kommando eines verirrten Kindes und ziehen Schneisen der Verwüstung durch das einst so friedvolle Land. Die Königin der Träume wird alles vernichten, was sich ihr in den Weg stellt.

Doch es ist nicht alles verloren. Die Zukunft ist noch nicht geschrieben. In Zeiten der Not werden sich junge Helden erheben und gegen das Böse stellen, das sich in der Ferne erhebt und mit großen Schritten näherkommt. Gut und Böse werden auf die Probe gestellt werden und das Schicksal Avessias wird sich entscheiden, wenn die Sonne am höchsten steht und der Steinadler seine Kreise über den blauen Himmel zieht.

Achtet auf die Zeichen. Wenn die Tage dunkler werden und die Wesen der Nacht aus ihren Verstecken kommen. Wenn bekannte Wege nicht mehr sicher sind und der Geruch von Rauch und Moder allgegenwärtig ist. Wenn Schreie der Verzweiflung durch die Luft hallen, sich in der Weite des Landes verlieren und das stetige Geräusch schwerer Schritte bedrohlich näherkommt. Nehmt euch in Acht vor der Dunkelheit und vergesst nie, ein Licht brennen zu lassen. Denn Licht leuchtet immer. Auch noch in tiefster Dunkelheit. Verschließt eure Türen und fangt an zu hoffen. Denn ab jetzt dauert es nicht mehr lang bis zu diesem alles

entscheidenden Tag. Diesem Tag, an dem sich Licht und Schatten gegenüberstehen und die Entscheidung fällt:
Leben oder Tod?

*Autor unbekannt*

# GEFANGEN

## LUKE

Ich kam nur langsam zu mir und brauchte einen Moment, um mir bewusst zu werden, was passiert war. Richtig. Wir hatten versucht, aus Nilonas Traumwelt aufzuwachen. Anscheinend hat es funktioniert. Zumindest befand ich mich nicht mehr in der Höhle. Es roch hier ganz anders. Nicht so muffig. Ich öffnete vorsichtig meine Augen, um sicherzugehen und herauszufinden, wo ich war. Im ersten Moment konnte ich jedoch rein gar nichts sehen. Die Umgebung war so hell, dass sie mir in den Augen brannte. Ich hatte sie ja auch für eine lange Zeit nicht mehr geöffnet. Das hätte ich vielleicht vorher bedenken sollen. Naja, jetzt war es eh zu spät. Blinzelnd versuchte ich mich an das grelle Licht zu gewöhnen.

Mein Körper fühlte sich schwer an und kribbelte unangenehm. Das starke Bedürfnis, mich ausgiebig zu strecken, machte sich in mir breit. Ich wollte diesem Bedürfnis nachkommen, es funktionierte aber nicht. Da war irgendein Widerstand. Ich blinzelte kräftiger gegen das Brennen an und versuchte gegen den Widerstand anzukämpfen. Ich wollte mich unbedingt bewegen. Mein Körper schrie danach. Ein wenig später konnte ich meine Umgebung endlich besser erkennen. Das hatte aber auch echt lang genug gedauert. Was ich sah, begeisterte mich allerdings gar nicht. Verdammt. Deshalb konnte ich mich also nicht bewegen. Ich lag auf einer Art Tisch. Kaltes Metall drückte gegen meine Fuß- und Handgelenke und ein paar Schläuche führten von meinem Körper zu seltsamen Geräten, die neben dem Tisch standen und leise piepten. Es sah so aus, als würde mir irgendeine Flüssigkeit injiziert werden. Plötzlich begann sich alles um mich herum zu drehen und stechender Kopfschmerz machte sich breit. Dass ich meinen Kopf bewegt hatte, um mich umsehen zu können, war wohl zu viel auf einmal gewesen. Mein Körper musste völlig am Ende sein. Ich kämpfte gegen die sich ankündigende Ohnmacht an. Eine innere Stimme sagte mir, dass ich jetzt auf gar keinen Fall das Bewusstsein verlieren oder einschlafen sollte. Ich musste hier ganz schnell raus.

Mühselig fing ich an, an den Metallbändern zu rütteln. Es kostete mich unglaubliche Anstrengung und dennoch kam ich nicht ansatzweise frei. Auf diese Weise würde ich mich hier wohl niemals befreien können. Mir musste etwas anderes einfallen. Auf einmal nahm ich ein hohes, quietschendes Geräusch wahr. Bekam ich jetzt auch noch einen Tinnitus? Ich versuchte mich zu konzentrieren und hielt in meiner Bewegung inne. Das Geräusch war verschwunden. Bedeutete das etwa …? Hatte ich wirklich so viel Glück? Ich versuchte erst mein linkes Bein zu bewegen. Kein Geräusch. Auch bei dem rechten Bein und dem linken Arm war nichts zu hören. Als ich allerdings mit meinem rechten Arm an den Metallbändern rüttelte, fing dieses Quietschen wieder an. Hoffnung keimte in mir auf. Ich versuchte mich so weit es ging zur rechten Seite zu drehen und den Grund für das Quietschen zu finden.

Da! Eine der Schrauben, die das Metallband am Tisch hielten, war locker. Durchströmt von neuer Energie, nahm ich all meine Kraft zusammen und rüttelte und zog, um die Schraube noch weiter zu lösen. Zu meiner Erleichterung funktionierte es sehr gut und ich konnte das Metallband immer mehr bewegen. Als sich die Schraube nur noch ein paar Millimeter in der Vertiefung im Tisch befand, konnte ich meine Hand mühelos herausziehen. Das war geschafft. Vorsichtig zog ich die Schläuche aus meiner Haut. So langsam kam ich voran. Vorsichtig griff ich nach der Schraube und entfernte sie vollständig aus der Vertiefung. Kurzerhand beschloss ich, sie als Hilfsmittel zu nutzen und versuchte auch die anderen Metallbänder zu lösen. Das war leider schwieriger, als ich gedacht hatte. Die Schrauben waren teilweise wirklich sehr gut festgezogen. Es war wohl nicht geplant, sie in diesem Jahrhundert nochmal zu öffnen. Aber nicht mit mir.

Nach einer gefühlten Ewigkeit konnte ich auch das letzte Metallband lösen. Mein Körper zitterte vor Anstrengung und ich war schweißgebadet. Noch halb im Liegen begann ich mich ausgiebig zu strecken. Danach fühlte ich mich gleich ein wenig besser. Endlich. Das war dringend nötig gewesen. Als ich mich schließlich aufsetzte und die Beine vom Tisch baumeln ließ, spürte ich, wie mein Kreislauf erneut rebellierte. Der Raum begann sich zu drehen und schwarze Punkte tanzten vor meinen Augen auf und ab. Oh nein, nicht jetzt! Bei Bewusstsein bleiben, Luke!

Ich verlor die Kontrolle über meinen Körper und merkte, dass ich langsam vom Tisch rutschte und hart auf dem Boden aufprallte. Egal. Hauptsache war, dass ich bei Bewusstsein blieb. Mit all meiner Kraft kämpfte ich erneut gegen die Ohnmacht an. Als ich endlich wieder Kontrolle über meinen Körper hatte, spürte ich den kalten Boden unter mir und meinen vom Sturz schmerzenden Rücken. Ganz ehrlich? Ich war noch nie so dankbar darüber. Ich war noch in der Realität. Ich war immer noch hier. Glück gehabt.

Komischerweise hatte ich inzwischen einen klareren Kopf als vorher. Das hatte bestimmt etwas mit dieser Flüssigkeit zu tun, die durch die Schläuche in meinen Körper gepumpt worden war. Die sollte uns wahrscheinlich ruhigstellen oder so. Ich konnte mir zumindest nicht vorstellen, wie wir sonst so lange ohne Pause hätten schlafen und träumen können.

Dieses Mal nahm ich mir deutlich mehr Zeit, um mich aufzusetzen und betastete danach behutsam meinen Kopf. Als ich an meiner Stirn ankam, zuckte ich zusammen. Das würde eine ordentliche Beule werden. Egal. Darüber konnte ich mir später Sorgen machen. Um nicht gleich wieder umzukippen, kroch ich langsam zur Tür und stand lieber noch nicht auf. Dort angekommen überlegte ich kurz. So angekettet, wie ich gewesen war, war die Tür vielleicht offen. Wer weiß. Ausprobieren konnte ich es ja mal. Ich rüttelte am Türgriff. Nichts passierte. Das wäre wohl auch zu einfach gewesen. Schade.

Diese vielen Vorsichtsmaßnahmen wunderten mich schon etwas. Nilona schien es mehr als wichtig zu sein, dass wir diese Räume nicht verließen und auch niemand Unbefugtes zu uns hineinkam. Warum nur? Waren wir doch eine Gefahr für sie? Gab es noch einen anderen Grund? Ich konnte mir keinen Reim darauf machen. Nachdenklich schüttelte ich meinen Kopf. Egal, es gab wichtigere Dinge. Ich durfte mich jetzt nicht in meinen Gedanken verlieren. Die anderen waren bestimmt auch beeinflusst von dieser Flüssigkeit und konnten sich nicht bewegen. Hoffentlich waren sie wenigstens in der Nähe. Und hoffentlich konnten wirklich alle aufwachen und der Plan hat funktioniert. Das war mir ein wenig zu viel ‚hoffentlich'. Nervös fokussierte ich mich wieder auf die Tür vor mir.

Ich musste mich beeilen und die anderen finden. Falls sie nicht auch so viel Glück hatten wie ich und eine Schraube an ihrem Tisch locker war – wovon ich nicht ausging –, würden sie nicht von alleine freikommen. Und je länger sie bewegungsunfähig dalagen, desto größer war die Wahrscheinlichkeit, dass sie wieder einschliefen. Das durfte nicht passieren. Dann wäre alles umsonst gewesen. Es lag jetzt also augenscheinlich an mir, diese Aufgabe zu erledigen. Wie sollte ich nur diese Tür aufkriegen? Unsere Ausrüstung, unsere Waffen, selbst unsere Klamotten wurden uns ja weggenommen. Ich musste unwillkürlich an diese Alpträume denken, in denen man im Krankenhaus war und durch endlose Gänge lief, während man von irgendwem oder irgendwas verfolgt wurde. Gejagt von irgendwelchen Alptraumwesen. Bei dem bloßen Gedanken ans Träumen überkam mich ein kalter Schauer. Als wäre mir durch diese dünne Krankenhauskleidung nicht schon kalt genug. Nein. Ich schüttelte erneut meinen Kopf. Nicht ablenken lassen.

Um diesen Ort war auf jeden Fall eine Magiebarriere aufgestellt worden. Ich konnte spüren, wie sie auf mich einwirkte und versuchte meine Magie zu unterdrücken. Aber da sich ganze vier magische Wesen in ihr befanden, Alison mit ihrer magischen Kraft eigentlich doppelt zählte und die Barriere schon einige Zeit aufrechterhalten wurde, war sie bestimmt schon schwächer geworden. Es müsste eigentlich reichen, um genug Magie erschaffen zu können und mithilfe der Schraube die Tür zu öffnen. Als Benni für das Schlossknacken geübt hatte, hatte er mir viel davon erzählt. Theoretisch wusste ich, wie es funktionierte. Allerdings hatten wir es damals nicht mit einer solchen Schraube probiert und wir waren auch nicht durch eine Magiebarriere eingeschränkt gewesen. Einen Versuch war es aber auf jeden Fall wert. Eine bessere Idee hatte ich gerade auch nicht.

# AUSBRUCH

Ich ließ ein wenig von meiner Magie durch das Metall fließen und verformte es. Dann fing ich an, im Schloss herumzustochern. Es fiel mir schwer und ich spürte den Widerstand der Barriere, die gegen meine Magie drückte. Deshalb dauerte es auch ziemlich lange. Zwischendurch hörte ich immer mal wieder Schritte vor der Tür und hielt in meiner Bewegung inne. Kaum, dass die Schritte verhallt waren, fuhr ich fort und begann nebenbei zu zählen. Ich kam bis Dreihundert und die Schritte näherten sich wieder. Ich hatte nur fünf Minuten, um die nächste Tür zu öffnen. Und dabei brauchte ich für diese schon viel länger. Das würde knapp werden. Während ich noch darüber nachdachte, klickte es endlich und die Tür ging auf. Ich wartete noch, bis der Wachposten erneut vorbeigegangen war und lief zu der nächstgelegenen Tür.

Schnell hob ich die Sichtklappe im oberen Teil der Tür hoch und sah hindurch. In dem Raum vor mir lag Lenni. Das war gut. Er war viel schneller und besser im Schlossknacken als ich. Zügig machte ich mich an die Arbeit und schaffte es tatsächlich gerade noch rechtzeitig, die Tür zu öffnen. Schnell betrat ich den Raum und schloss die Tür so leise wie möglich hinter mir. Als die Schritte an der Tür vorbei waren und sich entfernten, war ich mir sicher, dass ich nicht entdeckt worden war und atmete erleichtert aus. Hastig ging ich zu Lenni. Als Erstes die Schläuche entfernen. So. Und jetzt? Ich betrachtete die Metallbändern und machte mich an ihnen zu schaffen. Verwirrt blinzelte mich Lenni an: „Luke? Bitte sag mir, dass du keine Halluzination bist …" Seine Stimme klang angeschlagen.

„Keine Sorge, ich bin keine Halluzination. Im Gegenteil! Ich bin so echt und real, wie noch nie zuvor." Ich lächelte ihn ermutigend an und ergänzte dann noch: „Ich hatte Glück und konnte mich befreien. Eine der Schrauben an diesen Metallbändern war locker." Lenni erwiderte mein Lächeln erleichtert und entspannte sich etwas.

Als ich seinen ersten Arm befreit hatte, schnappte auch er sich eine der Schrauben und widmete sich ebenfalls einem der Metallbänder. Dadurch waren wir sehr viel schneller fertig.
„Mach langsam! Dein Kreislauf muss erst wieder in Gang kommen!", meinte ich, als Lenni bereits Anstalten machte aufzustehen und gefährlich schwankte. Schnell stellte ich mich neben ihn und stützte ihn so gut ich konnte. Wenn er fiel, würde ich ihn nicht auffangen können. Wir ließen uns noch einen Moment Zeit, um wieder zu Kräften zu kommen. Als Lenni schließlich nicht mehr ganz so käsig aussah und der Wachposten ein weiteres Mal vorbeigegangen war, teilten wir uns auf und knackten die letzten beiden Türen.

## LENNI

Ich fühlte mich noch ziemlich matschig, aber immerhin konnte ich inzwischen stehen, ohne das Gefühl zu haben gleich umzukippen und ohne, dass sich alles drehte. Mein Körper fühlte sich an, als hätte ich einen Marathonlauf hinter mir. Das würde unsere Flucht nicht gerade einfacher machen. Ich öffnete die Sichtklappe zu dem Raum, zu dem Luke gezeigt hatte und sah hinein. Für einen kurzen Augenblick erstarrte mein Körper zu Eis und mein Herz zog sich schmerzhaft zusammen. Alison! Sie sah selbst aus dieser Entfernung gar nicht gut aus. Schnell machte ich mich daran, die Tür zu öffnen und rannte dann in den Raum. Besorgt betrachtete ich sie. Lukes Handgelenke hatten ja schon schlimm ausgesehen, aber Alison hatte es tatsächlich geschafft, sich die Haut durch das Ziehen und Rütteln am Metall so aufzureißen, dass sie blutete. Sie hatte offensichtlich ebenfalls versucht, sich zu befreien. Allerdings war es bei ihr erfolglos geblieben. Der Blick, den sie mir zuwarf, war müde und voller Traurigkeit. Doch er hellte sich ein wenig auf, als sie mich erkannte. Es tat weh, sie so zu sehen.

„Ist das real?" Ihre Stimme war nicht mehr als ein Flüstern. Ich blinzelte die aufkommenden Tränen weg und räusperte mich. „Es ist real. Warte, ich helfe dir." Schnell befreite ich sie von den Schläuchen und den Metallbändern, half ihr dabei, sich aufzusetzen und drückte sie fest an mich.

Ich konnte die Knochen ihrer Wirbelsäule und das Zittern ihres Körpers deutlich spüren. Sie hatte Gewicht verloren und wirkte so schwach und zerbrechlich, wie noch nie zuvor. Sie schien durch die ganze Träumerei noch mehr Kraft verloren zu haben als wir anderen. Als sie erneut sprach, war es wie ein leichter Hauch, der mein Ohr streifte: „Lenni ..." Angestrengt kämpfte ich mit meinen Gefühlen und drückte sie noch fester an mich.

„Ich kriege gleich keine Luft mehr, wenn du mich noch fester umarmst!", ergänzte sie gepresst. Schnell ließ ich los und betrachtete schuldbewusst ihr erschöpftes Gesicht. Sie hob ihre Hand, berührte vorsichtig meine Wange und wischte eine Träne weg. Beinahe so als müsste sie prüfen, ob ich wirklich echt war.

„Wir haben es tatsächlich geschafft!" Auch sie hatte jetzt Tränen in den Augen, aber sie lächelte dabei.

Luke und Benni betraten nun ebenfalls den Raum und schlossen vorsichtig die Tür hinter sich. Im Vergleich zu uns anderen sah Benni noch am gesündesten aus. Schritte passierten die Tür und wurden wieder leiser.

„Das war knapp!", Luke atmete angespannt aus.

„Jetzt kommt mir das hier fast wie ein Traum vor", murmelte Benni mürrisch und setzte sich seufzend auf den Boden. „Schon bei dem Gedanken an das Träumen oder an Nilona kriege ich schlechte Laune!", ergänzte er noch und ballte seine Hände zusammen.

„So fühlst nicht nur du. Am besten wir erwähnen Worte wie ‚Träumen', ‚Nilona' oder Ähnliches erstmal gar nicht mehr", bestätigte Luke, schloss für einen Moment die Augen und lehnte sich gegen die Wand. Uns allen war die Erschöpfung anzusehen.

„Hey, sieh mal! Du bist anscheinend der Einzige, der etwas aus der Traumwelt mitgenommen hat!", sagte Alison auf einmal und zog die Kette mit dem Peracerzahn unter meinem Hemd hervor. Ihre Stimme wurde langsam wieder normal und gewann an Kraft zurück. Ungläubig betrachtete ich den Zahn.

„Ich wusste gar nicht, dass das geht ..." Fragend sah ich zu den anderen, doch die blickten genauso ungläubig drein.

„Das ist nicht das Einzige." Alison schob meinen Hemdkragen etwas zur Seite, sodass das Zeichen sichtbar wurde, das ich in dem Dorf der Ilohaner erhalten hatte.

„Äußerst interessant ... das alles war wohl doch realer, als wir zuerst dachten. Deswegen sind wir wahrscheinlich auch so stark angeschlagen. Die ganzen Abenteuer sind nicht spurlos an uns vorüber gegangen", überlegte Luke.

Wir schwiegen eine Weile. Dass das möglich war, war höchst beunruhigend.

„Was machen wir jetzt? Wisst ihr, wo wir sind?", fragte Benni irgendwann.

„Ich bin mir nicht ganz sicher ...", murmelte Luke und wurde von Alison unterbrochen, die schon länger mit einem seltsam durchdringenden Blick die Decke anstarrte: „Aber ich ... ich kann Nilonas Präsenz ganz deutlich spüren und nicht nur ihre ... ich kann auch die Präsenz meines Bruders spüren. Wir müssen in Nilonas Schloss sein. Kein Zweifel!"

Wir wechselten beunruhigte Blicke, während Alison weiter nach oben starrte.

„Ich weiß ja nicht, ob das die Sache jetzt einfacher oder schwerer macht", meinte ich und setzte mich neben Alison auf den Tisch.
„Wohl eher schwerer. Wir sind alle ziemlich entkräftet und kennen uns kein bisschen aus. Außerdem haben wir es mit einer Übermacht zu tun. Im Schloss wimmelt es wahrscheinlich nur so von Nilonas Schergen. Wir sollten uns ganz genau überlegen, was wir als nächstes tun. Aber uns bleibt immerhin ein Vorteil. Das sollten wir nicht vergessen. Es ist egal, ob jemand anderes unsere Präsenzen spürt oder nicht. Alle wissen ja, dass wir hier sind. Sie denken nur, dass wir hier unten angekettet liegen und träumen", überlegte Luke.
„Da hast du recht. Aber eine andere sehr wichtige und positive Sache sollten wir auch nicht vergessen …", begann Alison und blickte nun abwechselnd zwischen uns hin und her. Wir sahen sie fragend an.
„Was meinst du?", fragte Benni schließlich.

Sie schmunzelte wissend und meinte: „Es ist die naheliegendste Sache von allen. Wir haben Nilona soeben einen gewaltigen Strich durch die Rechnung gemacht. Wir sind aufgewacht und inzwischen wieder zusammen. Damit hat sie sicherlich nicht gerechnet. Schon allein deshalb sind wir ihr gegenüber im Vorteil. Sie hat uns voneinander getrennt und auf verschiedenste Arten eingesperrt, aber wir haben all das überwunden. Wenn wir das geschafft haben, entkommen wir auch aus ihrem Schloss und dann werden wir sie auch besiegen. Davon bin ich fest überzeugt. Ihr nicht auch?"
Ihre Worte schenkten mir Mut. Ich erwiderte ihr Lächeln und nickte. „Du hast vollkommen recht. Wir kriegen das hin", bestätigte ich. Die anderen nickten. Jetzt brauchten wir nur noch einen guten Fluchtplan.

# NILONAS SCHLOSS

## ALISON

Luke inspizierte die Flüssigkeit, während wir anderen noch zu Kräften kamen. Nach einiger Zeit sagte er: „Ich kann es nicht mit Sicherheit sagen, aber solange wir dieses Zeug im Blut haben, sollten wir versuchen, wach zu bleiben. Ansonsten wachen wir vielleicht für längere Zeit nicht mehr auf."

Benni seufzte genervt: „Ist ja klasse! Bei uns ist es auch nie einfach. Jetzt stehen wir auch noch unter Drogen!"

Ich musste bei seinem Kommentar leise kichern.

„Ist doch so", murmelte er.

„Bist du dir wirklich sicher?", fragte Lenni und warf der Flüssigkeit einen misstrauischen Blick zu.

„Naja, wie gesagt, mit hundertprozentiger Wahrscheinlichkeit kann ich es nicht sagen, aber wir hätten sonst niemals so lange geschlafen. Nilona musste uns ja irgendwie im Traum halten und es macht Sinn, dafür eine Flüssigkeit zu verwenden, die diesen Zweck erfüllt. Da gibt es einige Mittel, die man zusammenmischen könnte, um einen solchen Effekt hervorzurufen."

„Kling überzeugend", murmelte ich und streckte mich, während ich zwischendurch immer noch nachdenklich zur Decke hoch starrte.

Wir schwiegen wieder. Die Wache ging erneut an der Tür vorbei.

„Wir sollten uns nicht zu lange hier aufhalten. Irgendwann wird man uns sicherlich doch noch bemerken", murmelte Lenni.

„Es macht keinen Sinn, jetzt einen Kampf zu führen …", fing Luke an und warf mir einen fragenden Blick zu.

Ich ahnte, warum und wandte mich den anderen zu. „Da hast du recht. Wir sind in einem viel zu schlechten Zustand. Wir müssen hier weg und wir sollten dabei möglichst viel Abstand zu Nilona halten. Am Ende bemerkt sie uns noch. Die Frage ist nur ..." Ich zögerte und suchte nach den richtigen Worten. „Ob wir Jason noch einsammeln können", beendete Luke meinen Satz. Dann hatte ich seinen Blick zu mir also richtig eingeschätzt. Ich nickte ihm zu.
„Er wird doch wahrscheinlich in der Nähe von Nilona sein. Sie wird ihn bestimmt nicht allein rumlaufen lassen. Das können wir vergessen. Zumindest, wenn wir möglichst unerkannt und ohne Kampf von hier verschwinden wollen", überlegte Benni und ergänzte noch: „Das haben wir ja auch mal wieder richtig gut hingekriegt. Wir sind aufgebrochen, um Jason zu retten und Nilona zu besiegen und jetzt schaffen wir es kaum, uns selbst zu retten."

„Nicht so pessimistisch!", bemerkte Lenni. „Immerhin konnten wir ja auch ein paar Dinge in Erfahrung bringen."
„Ja. Dinge, von denen wir noch nicht wissen, was sie bedeuten!", entgegnete Benni.
„Vielleicht kann uns die Direktorin helfen ...", grübelte ich vor mich hin. „Ich denke, wir sollten versuchen, die Schule zu erreichen. Sie scheint eine wichtige Rolle zu spielen und mein Gefühl sagt mir, dass wir dort weiterkommen werden."
„Warum nicht. Dort scheint ja sowieso noch das ein oder andere Geheimnis zu sein. Außerdem ist es momentan wahrscheinlich noch einer der sichersten Orte", meinte Luke. Die anderen nickten ebenfalls bestätigend.

„Gut, also müssen wir jetzt nur noch hier raus und die Schule erreichen. Wir sind so vielleicht in ein paar Monaten da, wenn überhaupt", grummelte Benni vor sich hin.
„Nicht unbedingt ...", sagte Luke.
„Wie meinst du das?", fragte ich ihn neugierig.
„Naja, Nilona wird sicher nicht von hier aus zu Fuß zur Schule oder zu anderen Orten gehen. Sie war auch damals urplötz-

lich an unserem Treffpunkt an der alten Eiche. Es gibt hier mit Sicherheit Portale zu verschiedenen Orten in ganz Avessia. Wie will sie sonst alles im Blick und unter Kontrolle behalten? Es gibt bestimmt auch ein Portal, das uns in die Nähe der Schule bringt. Sie ist ja unserer Vermutung nach auch eins ihrer Hauptziele", erklärte er.

„Nehmen wir mal an, dass das stimmt. Dann wäre das zwar eine gute Fluchtmöglichkeit, aber wir müssen die Portale auch erstmal finden. Und das Schloss ist sicherlich nicht klein ...", überlegte Lenni.

„Es ist wahrscheinlich unsere einzige Chance, hier rauszukommen und nicht zu viel Zeit zu verschwenden", meinte ich und entschied: „Lasst uns versuchen, diese Portale zu finden!"

„Hoffentlich finden wir auf dem Weg dorthin auch etwas zu essen, neue Kleidung oder vielleicht sogar Waffen. In unserem jetzigen Zustand kommen wir nicht weit und viel schlimmer ist noch, dass wir so auch zu sehr auffallen", stellte Benni fest.

Wir waren uns einig, standen auf und gingen zur Tür.

Wir warteten den Wachmann noch ein letztes Mal ab und schlichen hinaus auf den Flur. Es war einer dieser Flure, die ewig lang sind und gefühlt niemals aufhören. Kaltes Neonlicht strahlte uns entgegen und flackerte ab und zu. Damit war die Horroratmosphäre dann auch perfekt. Nicht im Geringsten beunruhigend. Ganz und gar nicht. Vorsichtig schlichen wir voran, darauf bedacht keinen Laut von uns zu geben, da in diesem Flur jedes Geräusch eine Minute lang hallend zu hören war. In diesem Fall war es ganz gut, dass wir alle barfuß unterwegs waren. Blöd daran war nur gleichzeitig die Tatsache, dass es unglaublich kalt war und meine Füße sich nach einer Weile anfühlten, als wären sie Eisblöcke. Nach einer gefühlten Ewigkeit kamen wir schließlich an einer Tür an. Lenni öffnete sie vorsichtig und wir spähten hindurch.

Auf der anderen Seite war es dunkel. Niemand war zu sehen. Er gab uns ein Zeichen und einer nach dem anderen huschte durch die Tür. Dahinter befand sich eine Treppe. Langsam stiegen wir nach oben und hielten auf dem Treppenabsatz inne. Vor uns befand sich ein weiterer Gang, aber er war breiter und höher als der davor. Und er war nicht so unheimlich. An der Wand gegenüber von uns befand sich ein großes Fenster. Es war Nacht. Der Mond stand hoch am Himmel und erleuchtete Teile des Flurs vor uns.

Nur ein paar Wolken tummelten sich am Himmel und zogen langsam vorbei. Der Boden des Flurs war bedeckt von einem roten Teppich, der an einigen Stellen recht verdreckt aussah. So als wären hier schon viele Leute entlanggegangen. Zwischendurch standen Ritterrüstungen oder große Blumentöpfe mit seltsam aussehenden Pflanzen an den Wänden und auch der ein oder andere Wandteppich war zu sehen. Alles war still. Kein Mensch oder magisches Wesen weit und breit. Vorsichtig schlichen wir weiter, kamen an eine Gabelung und entschieden uns, es zuerst mit dem linken Gang zu probieren. Der weiche Teppich war eine willkommene Abwechslung für meine kalten Füße.

Wir hatten Glück, dass wir niemandem begegneten. Es gab kaum Deckung und wir hatten wirklich keinen Schimmer, wo wir langgingen. Benni, der gerade vorne war, hielt auf einmal inne. Ich konnte nicht schnell genug reagieren und stieß gegen Lenni, der mich daraufhin tadelnd ansah. Dann bemerkten wir den Grund für den plötzlichen Stopp. Hier roch es nach Essen. Mein Magen machte einen Freudensprung. Ich riss mich zusammen. Beruhige dich, Alison. Es war viel zu gefährlich jetzt dort hinzugehen. Wir würden bestimmt von jemandem entdeckt werden. Benni machte Anstalten dem Geruch nachzugehen, doch Luke hielt ihn zurück. Genau in diesem Moment ging eine Tür vor uns auf, der Geruch wurde intensiver und ein paar Leute betraten den Flur. So schnell und so leise wir konnten, versteckten wir uns im Schatten von einem der Blumenkübel. Das war verdammt knapp gewesen.

Es waren drei Wachmänner. Sie unterhielten sich leise.

„Das Essen hier ist wirklich gar nicht so schlecht, aber die könnten es für uns ruhig nochmal warm machen", sagte einer.

„Ja, immerhin haben wir uns freiwillig für die Nachtschicht gemeldet. Nur weil wir die letzten sind, die hier essen, müssen wir ja nicht die kalten Reste bekommen", entgegnete ein anderer.

Sie bemerkten uns nicht und entfernten sich langsam. Bevor jemand von uns reagieren konnte, schlich Benni schon wieder in Richtung der Tür, aus der die drei Wachleute gekommen waren. Schnell eilten wir ihm hinterher.

„Benni! Nein!", flüsterte Luke gereizt, aber Benni öffnete bereits vorsichtig die Tür.

Hinter der Tür befand sich eine Art Cafeteria. Sie war nur noch teilweise beleuchtet und tatsächlich leer. Glück gehabt. Die drei Wachleute eben waren wohl wirklich die letzten Gäste gewesen. Auf einem großen Tisch in der Mitte befanden sich noch ein paar Sandwiches und Wasserflaschen, die von den Wachleuten übriggelassen worden waren. Wir warteten zur Sicherheit noch kurz, bevor wir auf den Tisch zu schlichen. Schnell schnappte sich jeder von uns etwas zu essen und zu trinken. Dann machten wir, dass wir aus dem Raum rauskamen. Wir versteckten uns wieder im Schatten der Pflanzenkübel und fielen über unsere Beute her. Endlich etwas zu essen. Ich hätte gerne noch ein paar Sandwiches mehr gegessen, aber die Wachleute hatten leider nicht genug übriggelassen. Wenigstens konnten wir uns ein bisschen stärken. Besser als gar nichts. Als wir fertig waren, versteckten wir die leeren Flaschen und Verpackungen im Blumenkübel und schlichen weiter.

# EIN GEHEIMER GANG

Es war schwierig, wach zu bleiben. Wir alle kämpften gegen die Müdigkeit an. Immer wieder mussten wir kurze Pausen einlegen, um wieder zu Kräften zu kommen. Irgendwann zeigte Luke auf eine der Türen zu unserer Rechten. Dort stand in großen Buchstaben: Lager. Vielleicht waren dort auch unsere Sachen. Vorsichtig lugte Benni durch den Türspalt. Der Raum war dunkel und schien verlassen. Schnell gingen wir hinein und schlossen die Tür hinter uns. Das Licht ließen wir lieber aus. Zum Glück gab es auch in diesem Raum einige Fenster, durch die der Mond etwas Licht verteilte. Langsam tasteten wir uns voran und suchten nach Waffen oder passenden Klamotten. In einem Korb am Rand des Raumes wurden wir fündig. Darin befanden sich Pullover und Hosen in den verschiedensten Größen. Jeder wühlte ein wenig darin herum und schließlich hatten wir alle etwas Passendes gefunden.

In dem Raum waren auch noch einige seltsame Gegenstände, die wir nicht so richtig zuordnen konnten. Es war wohl ein Ablageort für alles Mögliche, was nicht mehr gebraucht wurde. In einem Schrank fand Benni ein paar Erste-Hilfe-Koffer, deren Inhalt schon seit längerer Zeit abgelaufen war. Egal. Für unsere Zwecke sollte es reichen. So konnten immerhin Lukes Wunde am Kopf und meine Hand- und Fußgelenke versorgt werden. Ich fand es ein wenig übertrieben, da das Blut schon längst getrocknet war, erhob aber keine Widerworte. Luke kramte in diversen Schubladen und versuchte einen alten Plan vom Schloss oder etwas Ähnliches zu finden, während Lenni nach Waffen suchte. Ich selbst versuchte mich irgendwie aufzuwärmen, fröstelte vor mich hin und schlenderte planlos durch den Raum.

Hauptsache bewegen, denn beim Stehen würde ich sicherlich zu einem Eisblock werden.

Waffen konnten wir leider nicht auftreiben, aber Luke fand, nachdem er einen Haufen an Zetteln durchwühlt hatte, einen alten Plan des Schlosses. Er schien zwar mindestens ein paar Jahre alt zu sein und war komplett eingestaubt, aber vielleicht hatte sich ja nicht so viel geändert. Ich gesellte mich zu Luke und studierte mit ihm die Karte. Ziemlich weit weg von uns waren in einem der Räume blaue Kreise eingezeichnet, welche auf Portale hindeuten konnte. Wenn wir Pech hatten, war es aber vielleicht auch etwas vollkommen anderes. Einen Versuch war es auf jeden Fall wert. Wir wussten ja sowieso nicht, wohin wir gehen sollten und dieser eingezeichnete Raum sah noch am vielversprechendsten aus.

Also machten wir uns wieder auf den Weg. Luke ging mit der Karte in der Hand voran und ersetzte damit Benni an der Spitze. Ich war diesmal sogar froh über sein schnelles Tempo. Es war in diesem Schloss einfach viel zu kalt. So wurde mir wenigstens durch die Bewegung warm. Wir kamen eine Weile gut voran, aber dann wurde uns der alte Plan doch zum Verhängnis.

„Diese Wand sollte hier nicht sein", flüsterte Luke angespannt. Schweigend sahen wir uns um. „Vielleicht kommen wir auf den richtigen Weg zurück, wenn wir hier lang gehen …", überlegte Luke weiter. Wir probierten den von ihm vorgeschlagenen Gang aus und gingen weiter. Nach einer Weile landeten wir allerdings wieder an der vorherigen Wand. Sackgasse.

„Na super, jetzt sind wir im Kreis gelaufen!", beschwerte sich Benni und setzte sich seufzend auf den Boden.

„Was machen wir jetzt?", fragte ich und sah mich um.

„Hier scheint sich seit damals wohl doch einiges verändert zu haben", grübelte Luke vor sich hin, lehnte sich gegen die Wand und studierte erneut die Karte.

„Aber ein Gang kann nicht so einfach verschwinden. Es muss einen Weg geben, der wieder dorthin führt und wenn ich der

Architekt gewesen wäre …", kommentierte Lenni und ging langsam an der Wand entlang.

„Du bist aber kein Architekt!", murmelte Benni lustlos und fing an, sich auf dem Boden hin und her zu rollen. Lenni ignorierte ihn und blieb schließlich vor einem großen Wandteppich stehen.

„Wenn ich der Architekt gewesen wäre, dann hätte ich hier einen Zugang eingebaut!" Er schob den Wandteppich weg und fing an, die Wand abzutasten.

„Ach komm schon, das bringt doch nichts! Wer baut denn einen Gang, nur, um an einer anderen Stelle eine Wand zu durchbrechen?" Benni hatte aufgehört sich hin und her zu rollen und betrachtete Lenni, der immer noch fleißig die Wand absuchte.

„Naja, vielleicht war diese Stelle ja passender. Oder man wollte einen geheimen Gang einbauen oder so", überlegte Lenni und ließ sich nicht beirren.

„Toll", grummelte Benni und wollte gerade einen weiteren Kommentar ablassen, als es klickte und ein Teil der Mauer hinter dem Wandteppich zur Seite fuhr. Triumphierend drehte Lenni sich zu uns um.

„Super. Ich wusste doch gleich, dass das funktioniert!", flüsterte Benni und rappelte sich auf. Wir warfen ihm einen auffordernden Blick zu.

„Was wollt ihr hören? Gut gemacht, Lenni! Und jetzt weiter, sonst friere ich noch an diesem Teppich fest", lobte er widerwillig und ging voran. Luke und ich warfen uns einen amüsierten Blick zu und Lenni seufzte angespannt. Dann verschwanden auch wir hinter dem Wandteppich.

Kaum, dass wir alle in dem schmalen Gang waren, verschloss sich die Öffnung wieder und wir standen in der Dunkelheit.

„Wehe, du sagst jetzt irgendetwas", warnte Lenni.

„Ich sag nichts", antwortete Benni und schwieg tatsächlich.

„Wir können es nicht riskieren, Magie zu benutzen, oder?", fragte ich und versuchte in der Dunkelheit irgendetwas zu erkennen.

„Lieber nicht … schon gar nicht hier. Dadurch könnten wir auffliegen. Wir müssen uns wohl vorantasten", überlegte Luke.

„Das läuft ja mal wieder richtig gut für uns. Wollen wir Wetten abschließen, ob wir noch in diesem Jahr aus diesem Schloss rauskommen?" Das war es wohl mit dem Schweigen von Benni.

„Das ist wohl der Fluch, der auf uns liegt. Wir sind die Meister des Chaos. Außerdem haben wir es bisher immer geschafft. Also hör auf, zu stänkern. Noch ist nicht alles verloren. Wir schaffen das. Gemeinsam. Egal, wie lange es dauert", entgegnete ich. Und knuffte ihn in die Seite. Zumindest soweit ich ihn durch seine Stimme in der Dunkelheit verorten konnte.

„Ja, ja. Aber ich kann das doch so gut und du musst zugeben, dass es nicht ganz unberechtigt ist …", antwortete Benni.

„Dann verwandle deine Energie mal in etwas Positives und hilf uns, den Ausgang zu finden. Wir stehen hier schon viel zu lange!", mischte sich nun auch Luke ein. Und er hatte recht.

Schritt für Schritt arbeiteten wir uns durch den dunkeln Gang. Nicht nur einmal rempelten wir uns gegenseitig an oder traten uns auf die Füße. Zum Glück hatte ja niemand Schuhe an. Da tat das nicht so weh. Schuhe waren nämlich, genauso wie Waffen, in keiner Ecke dieses merkwürdigen Lagerraums zu sehen gewesen. Wir waren schon froh, dass wir überhaupt Klamotten und den Plan gefunden hatten. Es ging eine Weile lang nur geradeaus, bis wir an einer Steintreppe ankamen.

„Vorsicht Leute, hier geht es runter. Passt auf, dass ihr nicht ausrutscht!", flüsterte Luke. Jetzt schlichen wir in noch langsamerem Tempo die Treppe herunter. Es kam mir vor, als wären wir schon ewig unterwegs, als sie endlich endete. Und zwar in einen weiteren dunklen Gang. Super.

Hier war es noch kälter. Der Wind zog pfeifend durch die Mauern und heulte ab und zu unheimlich auf.

„Ich glaube nicht, dass wir in die richtige Richtung gehen", bemerkte ich bibbernd.

„Nein. Wenn ich die Karte richtig im Kopf habe, dann könnten wir in der Nähe der Schlosskatakomben sein. Da gibt es wahrscheinlich keine Fenster, sondern nur mit Gittern versperrte Löcher in den Wänden. Ich schätze mal, dass bald eine Tür oder so kommt, durch die wir in den Katakomben landen. Von dort aus können wir aber auch noch zu unserem Ziel gelangen. Und vielleicht begegnen wir auch weniger Leuten als in den Fluren oben, wenn bald die Sonne aufgeht", antwortete Luke.

„Das hast du aber gekonnt positiv ausgedrückt!", murmelte Benni.

„Ja, so etwas kann ich gut. Irgendjemand muss hier ja positiv bleiben", entgegnete Luke. Und er sollte recht behalten.

Nach ein paar Metern gelangten wir zu einer weiteren Wand. Als wir sie ein wenig abgetastet hatten, fanden wir wieder einen Schalter, der die Wand zur Seite schwingen ließ und betraten die Katakomben. „Oben fand ich es aber gemütlicher", flüsterte ich. Eiskalter Wind fegte durch die Gänge. Spinnweben hingen an den Wänden und der Decke und der Boden war von Staub bedeckt. Zellen mit verrosteten Gittern reihten sich aneinander und quietschten bei jedem Luftzug leise. In manchen hingen noch Ketten, in anderen standen Geräte, die an Folterwerkzeuge erinnerten, und in wieder anderen lagen Skelette.

„Hier ist wohl schon lange Zeit keiner mehr gewesen", murmelte Lenni.

„Naja, das ist für uns ja nur gut. Die Kälte könnte allerdings ein Problem werden. Wir sollten versuchen möglichst schnell hier rauszukommen", ergänzte ich. Da waren wir uns alle einig. Hier wollte niemand lange bleiben.

Mit jedem Atemzug hinterließen wir Eiswolken in der Luft. Von draußen schien fahles Mondlicht durch die Löcher in der Wand und es war wieder heller. Immerhin etwas. Ich hatte mich bei Lenni eingehakt und drückte mich an ihn. Leider half das bei dieser Kälte auch nicht mehr viel. Mein Blick glitt erneut über die Umgebung vor mir. Immer wieder lagen verrostete Ketten auf dem Boden und man konnte auch alte Blutspuren sehen.

„Also, es würde mich nicht wundern, wenn es hier spukt", bemerkte Benni.

„Jetzt hast du es ausgesprochen! Wehe wir begegnen jetzt gleich einem Geist!", zischte ich ihn an.

„Wäre das möglich, Luke?", fragte Lenni und klang etwas besorgt.

„Naja, theoretisch schon. Immerhin scheint es so, als ob hier viele arme Seelen gequält worden sind. Ich könnte mir vorstellen, dass es hier so verlassen ist, weil dieser Ort heimgesucht wird…", grübelte Luke vor sich hin.

„Aber hätte Nilona dann nicht irgendetwas gegen die Heimsuchung gemacht, oder so?", fragte ich.

„Das kommt ganz drauf an. Bei den vielen Seelen, die hier beteiligt sein könnten, könnte eine Reinigung dieses Ortes ganz schön aufwendig werden. Da ist es wahrscheinlich einfacher, wenn man sich einfach einen neuen Ort zum Foltern oder Einsperren von Gefangen sucht und diesen hier aufgibt. Außerdem war der Weg hierher ja auch versteckt. Vielleicht war das für sie schon Maßnahme genug", erklärte Luke.

„Na super. Was machen wir denn, wenn wir Geistern begegnen?", erkundigte sich Benni und sah sich prüfend um.

„Das kommt auf die Art von Geist an, die uns begegnet … Hoffen wir einfach, dass wir keinem begegnen", antwortete Luke zögernd.

„Diese Antwort gefällt mir gar nicht", grummelte Benni.

Angespannt schritten wir voran. Immer wieder sahen wir uns besorgt um, erkannten aber nichts, was auf einen Geist hindeutete.

„Warum ist dieser Kerker bitte so riesig?", flüsterte Benni genervt.

„Nilona hatte wohl viele Gefangene. Viele Feinde. Wenn der Plan hier stimmt, durchziehen die Katakomben den gesamten unteren Teil des Schlosses. Es schwebt doch auf einer Art, naja, Erdinsel. Sage ich mal. Also, ein Teil des Erdbodens schwebt mitsamt dem Schloss über der Magieader im Untergrund. Und in diesem Teil des besagten Erdbodens dürften wir uns befinden. Es wurde anscheinend komplett zum Kerker umgebaut und es gibt nur wenige Wege nach oben", entgegnete Luke.

„Da hat sie ja ganze Arbeit geleistet", murmelte Lenni. Wir gingen eine Weile schweigend weiter. Dann stolperte ich auf einmal und fiel nur nicht hin, weil ich mich noch an Lenni klammerte. Dafür riss ich ihn allerdings beinahe mit zu Boden. Alle sahen mich mit hochgezogenen Augenbrauen an.

„Das war nicht aus Tollpatschigkeit!", verteidigte ich mich.

„Ich schwöre euch, dass es sich angefühlt hat, als würde jemand mein Fußgelenk festhalten! Seht doch, der Boden ist glatt, hier ist nichts, worüber man stolpern könnte", erklärte ich.

„Gar nicht gut", flüsterte Luke besorgt und sah sich nervös um.

„Na toll, also ist der Ort hier wohl wirklich heimgesucht, wenn…", Benni konnte den Satz nicht mehr zu Ende bringen. Auch er stolperte, hatte aber nicht so viel Glück wie ich. Er fiel hin.

„Was machen wir denn jetzt?", fragte Lenni, während Luke Benni beim Aufstehen half.

„Es könnten Poltergeister sein", vermutete Luke. „Gequälte Seelen, die nun wiederum die Lebenden quälen und heimsuchen, um sich zu rächen. Die nervigste Art von Geistern, denen man begegnen kann, aber auch die häufigste von allen. Ich denke…", Luke stockte kurz und machte einen Ausfallschritt nach vorne.

Anscheinend hatte einer von den Geistern ihn geschubst. Mit einem letzten misstrauischen Blick hinter sich, fuhr er fort: „Da wir ja weiterhin keine Magie verwenden sollten, müssen wir einfach weitergehen und versuchen, sie zu ignorieren. Vielleicht wird ihnen ja langweilig. Wenn es wirklich Poltergeister sind, sollte es eigentlich nicht viel mehr werden als diese einfachen Streiche. Nichts Lebensbedrohliches oder so. In den meisten Büchern steht, dass sie im Grunde harmlos sind."

„Einfach …", grummelte Benni „Mein schmerzender Hintern sagt da was anderes. Dann beeilen wir uns lieber mal."

## DIE HEIMGESUCHTEN KATAKOMBEN

Wir versuchten weiterzugehen, doch mit der Zeit wurden die ‚Streiche' immer schlimmer. Und mit schlimmer meine ich unheimlicher. In den Zellen erschienen die Abbilder der gequälten Seelen. Leicht durchsichtig, manchmal flackernd, in zerrissener Kleidung und mit diversen Verletzungen. Einige sahen noch recht menschlich aus, andere ähnelten mehr Skeletten. Sie stöhnten, von Schmerzen geplagt, und rüttelten an den rostigen Gittern und Ketten. Die Geräusche hallten durch die Katakomben und dröhnten in unseren Ohren.

„Meint ihr, dass das jemand hören kann? Im Schloss meine ich?", fragte ich und musste etwas lauter sprechen, damit die anderen mich verstehen konnten.

„Ich denke nicht. Die spuken hier wahrscheinlich auch sonst rum und das würde sicherlich stören. Es gibt bestimmt ne Art magischen Lärmschutz ...", überlege Luke.

„Praktisch. Den hätte ich auch gerne. Für meine Ohren", meinte Benni und warf den Poltergeistern einen missbilligenden Blick zu.

„Wer weiß, was ihnen mal angetan wurde ... Sie werden schon einen guten Grund haben, diese Katakomben heimzusuchen", entgegnete Lenni.

„Das mag sein, aber das waren doch nicht wir. Wir sind nur zufällig hier. Uns könnten sie doch wohl in Ruhe lassen. Immerhin kämpfen wir in gewissem Sinne für die gleiche Sache." Benni ließ sich nicht überzeugen. Es machte keinen Sinn, weiter mit ihm darüber zu diskutieren.

Die Katakomben waren wirklich ziemlich groß. Vielleicht lag es an dem Gepolter der Gespenster um uns herum, aber der Weg kam mir unglaublich lang vor. Wir wollten gerade weitergehen, als es neben uns knarrte. Eine Gitterwand löste sich plötzlich aus ihrer Verankerung und fiel mit lautem Krachen ein paar Zentimeter vor uns auf den Boden. Das war wirklich knapp.

„Hat uns die jetzt nur nicht erwischt, weil wir eben kurz stehen geblieben sind?", fragte Lenni.

„Wollen diese Poltergeister jetzt doch Blut sehen?", Benni betrachtete das Gitter misstrauisch. „Ohne fremde Hilfe wird das Ding ja wohl nicht umgefallen sein. Das ist zwar rostig, aber immer noch am Käfig befestigt gewesen."

„Es wäre sonst ja auch zu einfach. Und ich hatte so gehofft, dass wir da drum herum kommen", murmelte Luke.

„Was machen wir jetzt?", fragte ich. Mein Herz schlug noch wie wild, weil mir das Geräusch der Gitterwand beim Aufknallen auf den Boden einen Riesenschreck eingejagt hatte.

„Ich schlage vor, dass wir schnell weitergehen. Es kann nicht mehr lange dauern. Ignorieren wir sie weiter", beschloss Luke.

„Echt jetzt?", Benni klang wenig begeistert. „Das hat ja bisher super geklappt."

Luke ignorierte ihn. In einem Tempo, das zu schnell war, um es als gehen zu bezeichnen und zu langsam, als dass es rennen war, ging es weiter voran. Diese Ignorier-Technik hatte jedoch nur zur Folge, dass sich die Poltergeister immer mehr Mühe gaben, unsere Aufmerksamkeit zu ergattern. Und ihre Methoden, wurden für uns immer gefährlicher.

Erst kamen sie auf die Idee, uns mit Steinen zu bewerfen, dann bauten sie mit den rostigen Ketten Stolperfallen. Als das auch nichts brachte, rempelten sie uns an und versuchten, uns aus dem Gleichgewicht zu bringen. Wir fielen nicht nur einmal. Vielleicht bildete ich es mir ein, aber es hörte sich so an, als würde ein leises Kichern ertönen, wenn sie es schafften, dass einer von uns fiel.

„Unhöfliches Pack", grummelte Benni.

„Gleich da …", meinte Luke. Anspannung war in seiner Stimme zu hören. Zum Glück schienen diese Poltergeister nicht noch mehr drauf zu haben. Als wir endlich an einer Treppe ankamen, die aus den Katakomben herausführte, hatten wir nur ein paar blaue Flecken und Schürfwunden davongetragen. Ein Eisentor versperrte uns den Weg zur Treppe. Es war allerdings nur mit einer dieser rostigen Ketten gesichert, weshalb es kein Problem war, sie zu entfernen. Schnell schlüpften wir alle hindurch und schlossen das Tor hinter uns.

„Und sie können uns nicht folgen?", fragte ich unsicher.

„Nein. Sieh doch!", entgegnete Luke und zeigte auf das Tor. Es wackelte, so als ob jemand daran rüttelte, aber es öffnete sich nicht. „Die kommen hier nicht raus."

„Die sind echt noch ärmer dran als wir", ergänzte Benni.

„Lasst uns hier endlich abhauen. Ich habe keine Lust mehr auf dieses Schloss." Wir stimmten ihm zu.

Schnell gingen wir die Treppe hinauf.

„Denkt daran, es ist inzwischen hell. Die Wahrscheinlichkeit wird größer, dass wir hier anderen Leuten begegnen", flüsterte Lenni.

„Dann sorgen wir mal dafür, dass das nicht passiert", flüsterte ich zurück. Langsam verließen wir im Ninja-Modus das Treppenhaus und landeten in einem der riesigen Schlosskorridore. Das Glück schien mit uns zu sein. Gerade war niemand hier. Luke betrachtete einen Moment lang seine Karte und ging voran. Hoffentlich läuft es diesmal besser. Nicht, dass wir wieder in irgendeiner Sackgasse landen und nochmal durch diese Katakomben müssen.

Die Tatsache, dass der Tag bereits seit längerer Zeit angebrochen war, war leider doch stark zu spüren. Immer wieder mussten wir uns in den Schatten irgendwelcher Nischen verstecken.

„Wir kommen kaum voran. Gibt es keinen anderen Weg? Wenn das so weiter geht, werden wir bald entdeckt", flüsterte Lenni, als wir uns in einer Ecke aneinanderdrückten. Ich sah mich um und mein Blick fiel auf eine Tür mit einer vielversprechenden Aufschrift, die auf Kleidung hindeutete. „Ich habe eine

Idee! Folgt mir!", wies ich an und schlüpfte schnell durch die Tür, als die Luft rein war. Die anderen kamen mir, ohne zu zögern, nach. Im Raum waren haufenweise Mäntel.

„Und ich hatte mich schon gewundert, warum die hier alle die gleichen Mäntel tragen", meinte Benni. „Ziehen wir uns die Mäntel über und tuen so, als würden wir dazugehören. Dann kommen wir schneller voran und hoffentlich auch bald an unser Ziel. Wenn wir die Kapuzen tief ins Gesicht ziehen, sollte das kein Problem sein. Viele von den Schergen Nilonas, die uns entgegengekommen sind, hatten ja auch Kapuzen auf", erklärte ich.

„Gute Idee. Probieren wir es!", bestätigte Luke. Hastig hüllten wir uns alle in die dunkelbraunen Mäntel und traten wieder auf den Flur hinaus. „Was ist mit unseren Füßen?", Benni wackelte demonstrativ mit den Zehen. „Das können wir nicht ändern. Hoffen wir einfach, dass niemand so genau darauf achtet", erwiderte Luke.

Der Plan schien zu funktionieren. So unauffällig wie möglich gingen wir den Gang entlang und schauten angestrengt nach unten. Eine ganze Zeit lang sprach uns niemand an. Alle kümmerten sich nur um ihren eigenen Kram. Nach einer Weile kamen wir an ein großes Tor, das offen stand und aus dem Kampfgeräusche zu hören waren. Vorsichtig blieben wir am Türrahmen stehen und lugten hinein. Verschiedene Wesen trainieren dort gemeinsam. „Bitte sag mir jetzt nicht, dass wir da durch müssen", flüsterte Benni besorgt.

Lukes Blick verriet uns die Antwort bereits, bevor er sie aussprach: „Wir müssen da durch. Ich dachte eigentlich, dass hier niemand sein würde. Das war wohl mal ein alter Ballsaal, aber bei so einer großen Armee können die vielleicht nur hier trainieren. An der gegenüberliegenden Wand müsste noch eine Tür sein, die in den nächsten Korridor führt. Da müssen wir rein und da sollte dann auch bald der Ort sein, der hier auf der Karte markiert ist und uns hier rausbringen sollte."

„Wie sollen wir das denn machen?", fragte Lenni und musterte besorgt den Raum vor uns. Bevor wir uns weitere Gedanken machen konnte, rief jemand aus dem Inneren des Raumes: „Hey! Ihr da! Es wird nicht gefaulenzt, kommt gefälligst her und trainiert mit!"

Der Junge, zu dem die Stimme gehörte, trat nach vorne und betrachtete uns mit einem missbilligenden Blick und verschränkten Armen. Mir gefror das Blut in den Adern und mein Herz setzte einen Moment aus. Jason!

# UNGEWOLLTES TRAINING

## JASON

Alle hatten mich inzwischen als Anführer von Nilonas Armee anerkannt. Beim täglichen Training traute sich niemand mehr, Widerworte gegen mich zu erheben oder sich vor den Übungen zu drücken. Unsere Gruppe wuchs immer weiter an, da Nilona unaufhörlich verschiedenste magische Wesen rekrutierte, und wir mussten in einen größeren Raum wechseln, um noch gemeinsam trainieren zu können. Zum Glück gab es im Schloss einen riesigen Ballsaal. Die Decke war hoch genug, dass sogar die Halbriesen genug Platz finden konnten, um sich vernünftig bewegen zu können. Immer, wenn ich eine Gruppe fertig ausgebildet hatte und für das weitere Vorgehen zu Nilona schickte, kamen zwei neue. Bald musste ich sogar Trainingsgruppen einteilen, um jeden trainieren zu können. Mein Tagesablauf bestand inzwischen nur noch darin, dass ich entweder andere trainierte oder selbst. Für andere Dinge blieb keine Zeit mehr.

Nilona machte bereits Druck, da sie den Angriff auf die Schule vorbereiten wollte, aber nicht genug Kämpfer hatte. Ich musste mich beeilen. Es war bald Zeit für den großen Angriff.

Heute war eine der größeren Trainingsgruppen dran. Aufmerksam ging ich durch ihre Reihen und begutachtete die Fortschritte, die bisher erzielt werden konnten. Es waren noch nicht sehr viele. Ich hatte es mit einer neuen Gruppe und vielen Anfängern zu tun. Bei ihnen ging es langsamer voran als bei den anderen. Es waren viele Skelettkrieger und auch ein paar Menschen dabei. Vielleicht lag es daran? Ich nahm eine Bewegung im Augenwinkel wahr und sah mich suchend um. Da am Türrahmen lungerten vier Gestalten herum und sahen in den Raum. Was machten die da? Waren das wieder neue Krieger? Zeit, ihnen Manieren beizubringen.

„Hey! Ihr da! Es wird nicht gefaulenzt, kommt gefälligst her und trainiert mit!", rief ich und ging auf sie zu. „Kommt her, na los! Stellt euch in einer Reihe auf!"

Sie gehorchten nur langsam, betraten unsicher den Raum und stellten sich vor mich.

Wieder solche unsicheren Angsthasen und Anfänger? Und die wollten zur Armee gehören? Es würde schwierig werden, die vernünftig auszubilden.

„Ihr seid wohl die Neuen. Für euch ist in der Gruppe gerade noch so Platz. Ich werde euch eure Faulenzerei nur dieses eine Mal verzeihen. Seht zu, dass es nicht wieder vorkommt, sonst werdet ihr Konsequenzen zu spüren bekommen und dazu würde ich euch nicht raten. Ihr wollt Teil von Nilonas Armee werden? Dann strengt euch an und nehmt das Training ernst! Warum habt ihr denn noch die Mäntel an? Die stören beim Training, legt sie ab!" Ich sah jeden einzelnen auffordernd an, aber sie zierten sich. „Das war keine Bitte!", wiederholte ich. Sie verstanden endlich und folgten meinem Befehl. Die waren ja komisch drauf. Ich hatte schon viel gesehen, aber diese vier verhielten sich wirklich merkwürdig. Ich bezweifelte, dass sie das Zeug zu guten Soldaten hatten. Vielleicht konnte man sie wenigstens an vorderster Front einsetzen.

Vor mir standen drei Jungen und ein Mädchen, die mich alle mit großen Augen anstarrten. Ich konnte ihren Blick nicht deuten. Was war nur mit denen los? Da die vier doch keine Menschen waren, wie ich zuerst gedacht hatte, sondern eindeutig magisches Blut hatten, gab es vielleicht noch Hoffnung.

„Nachkommen von Schatten- und Lichtkindern hatten wir hier noch nicht so oft. Ich habe hohe Erwartungen an euch. Sehen wir uns erstmal an, auf welchem Niveau wir bei euch ansetzen müssen. Du da! Wie heißt du?"

„Lenni", sagte dieser zögernd.

„Lenni, schnapp dir eins der Schwerter dort an der Wand und zeig mir, was du kannst!", rief ich.

Er blickte mich ungläubig und zweifelnd an: „Echt jetzt?"

„Natürlich! Was denkst du denn? Ich will doch wissen, mit wem ich es zu tun habe! Du siehst von allen noch am ehesten nach einem Kämpfer aus. Los jetzt, wir haben nicht den ganzen Tag Zeit!", erwiderte ich genervt und seufzte.

Endlich ging er zur Wand und nahm sich eins der Schwerter. „Greif mich an!", meinte ich, als er wieder da war. Er zögerte. „Greif mich an!", wiederholte ich. Dieses Mal folgte er meinem Befehl, doch ich merkte, dass er nicht mit voller Kraft kämpfte. Seine Technik war allerdings solide. Mein erster Eindruck hatte mich nicht getäuscht. Ich wollte wissen, was er wirklich konnte.

„Warum hältst du dich zurück? Im realen Kampf wird sich dein Gegner auch nicht zurückhalten. Und ich tue das auch nicht!", rief ich und griff ihn nun meinerseits an.

Ich war überrascht, dass er meine Schläge gut abblocken konnte. Selbst seine Angriffe waren gut durchdacht, auch wenn er nicht volle hundert Prozent gab. Ich hatte allerdings weder Lust noch Zeit mit ihm darüber zu diskutieren. Auch, wenn es mich störte.

„Ich habe genug gesehen. Du kommst in die A-Gruppe. Die ist da hinten links. Geh dahin und trainier mit den anderen. Jetzt du! Wie heißt du?"

„Benni!", antwortete dieser und trat vor.

Er kämpfte nicht so gut wie dieser Lenni, aber immer noch besser als die meisten anderen in meiner Trainingsgruppe. Auch der Junge, der danach kam und sich als Luke vorstellte, war kein schlechter Kämpfer. Dabei sah er gar nicht danach aus. Auch bei den beiden hatte ich irgendwie das Gefühl, dass sie sich zurückhielten. Vielleicht täuschte ich mich aber auch. Bei dem Mädchen hatte ich von Anfang an so meine Zweifel. Sie kam als letzte dran. Ich versprach mir nicht viel von ihr. Sie sah so zerbrechlich aus und zitterte schon die ganze Zeit. Außerdem sah sie mich mit einem Blick an, der mir einen Schauder über den Rücken jagte. Ob sie wirklich für unser Vorhaben geeignet war?

„Willst du tatsächlich Soldatin werden? Noch kannst du einen Rückzieher machen", bemerkte ich und hoffte innerlich, dass sie ging. Sie sagte nichts, schüttelte jedoch den Kopf. Ich seufzte. „Nun gut. So wie du aussiehst, wirst du mehr trainieren müssen als alle anderen. Wir fangen gleich mit dem Training an, ich muss deine Kräfte nicht testen." Als ich das gesagt hatte, änderte sich etwas in ihrem Blick.

„Ich würde darum bitten, auch getestet zu werden", entgegnete sie. Sie hatte tatsächlich gesprochen. Ihre Stimme war leise, aber bestimmt. Auch ihr Blick hatte auf einmal etwas Selbstsicheres. Ganz anders als zuvor.

# INNERER KAMPF

„Nun gut. Ich habe kein Problem damit. Wähle deine Waffe!", sagte ich zu ihr und wies auf die Wand. Sie wählte als einzige einen Bogen. Das war vielleicht auch besser so.
„Eine Bogenschützin also. Wie prüfen wir das am besten ab ..." Ich überlegte kurz und holte dann zehn der Skelette aus der B- und weitere zehn aus der C-Gruppe. Sie wollte einen Test, also bekam sie einen Test. Nur weil sie ein schwaches, kleines Mädchen war, würde ich es ihr nicht einfacher machen. Immerhin befanden wir uns im Krieg.
„Die werden dich gleich angreifen. Setz sie außer Gefecht. Lass dich von ihnen nicht treffen. Schaffst du das, bestehst du. Wenn ich pfeife, geht es los", erklärte ich.

Sie zog einen Pfeil aus dem Köcher und legte ihn an. Ob das gut ging? War der Test nicht doch etwas gemein? Wie sollte sie in ihrem Zustand einen vernünftigen Pfeilschuss zustande kriegen? Ich schüttelte meinen Kopf. Was kümmerte mich das? Mir läuft die Zeit weg. Ich kann nicht länger darüber nachdenken. Ich pfiff und die Skelettkrieger stürmten auf das Mädchen zu. Sie strahlte auf einmal sehr viel mehr Stärke aus als noch vor ein paar Sekunden. Man merkte, dass sie gut mit dem Bogen umgehen konnte. Die Skelettkrieger hatten keine Chance gegen sie.

Da es so viele waren, konnte sie nicht sofort alle ihre Gegner mit Pfeilen außer Gefecht setzen. Teilweise musste sie in den Nahkampf gehen oder wieder Abstand zwischen sich und die Skelette bringen. Doch sie schaffte es tatsächlich ohne einen Treffer einstecken zu müssen. Und das, obwohl sie immer noch zitterte.

Auch sie schickte ich schlussendlich in die A-Gruppe. Sie hatte es geschafft, mich zu überraschen.

Es war schon seltsam. Ich musterte die vier Neuen nachdenklich und eine leise Alarmglocke meldete sich in mir. Wenn ich sie ansah, hatte ich ein komisches Gefühl in der Magengegend. Außerdem wirkten sie alle so vertraut. Fast so, als ob ich sie kannte. Nein, sicher nicht. Ich habe sie heute zum ersten Mal gesehen. Oder? Je länger ich darüber nachdachte, desto verwirrter war ich und ein stechender Kopfschmerz setzte ein. Das hat doch keinen Sinn. Schluss mit dem Nachdenken.

## LENNI

Wir konnten alle kaum glauben, was wir soeben erlebt haben. Jason schien niemanden von uns wiederzuerkennen. Wir waren Fremde für ihn. Immerhin würde so unsere Tarnung nicht auffliegen, aber das hatten wir nicht erwartet. Nilona musste ihn irgendeiner Art von Gehirnwäsche unterzogen haben. Musste uns irgendwie aus seinem Kopf gelöscht haben. Vielleicht hatte sie sogar seine ganzen Erinnerungen an ihre Vorstellungen angepasst anstatt sie komplett zu löschen, damit er ihr loyal folgt. Was es auch war, der Typ da vor uns war jedenfalls nicht der Jason, den wir kannten. Seine Stimme hatte einen anderen, härteren Klang angenommen, seine Haltung war steif und seine Augen waren kalt. Jetzt konnten wir ihn auf jeden Fall nicht mehr so einfach retten. Das war klar. Wir mussten uns etwas einfallen lassen, damit er sich erstmal wieder erinnerte. Eines stand fest: So, wie die Situation gerade war, konnten wir ihn nicht mitnehmen. Wir hatten keine andere Wahl, als ihn hierzulassen.

Ich sah zu Alison rüber, die seltsam still und ruhig geworden war. Das musste furchtbar für sie sein. Schwer vorstellbar, wie sehr sie gerade leiden musste. Die Traurigkeit und Unsicherheit, die sie ausstrahlte, waren nicht zu übersehen. Hätte Jason sie mit seinem Spruch vorhin nicht provoziert, wäre der Test vielleicht anders ausgegangen. Durch ihre Wut konnte sie kurzzeitig wieder Stärke finden. Bis jetzt. Sie ballte ihre Hände immer wieder zu Fäusten und kämpfte offensichtlich mit ihren Gefühlen. Wir durften uns jetzt noch nicht offenbaren. Dann würden wir das Schloss wahrscheinlich nicht lebend verlassen. Ich wusste, dass Jason uns noch beobachtete und spürte sein Misstrauen. Hoffentlich konnte Alison das durchhalten.

Unter den wachsamen Blicken von Jason trainierten wir miteinander und versuchten nicht aufzufallen. Das Training war hart und dauerte sehr lange. Leider ließ uns Jason die ganze Zeit nicht aus den Augen. Wir durften nicht für den kleinsten Moment aus unserer Rolle fallen. Immer wieder sah ich zu Alison, die mit Luke trainierte, der zwischendurch leise auf sie einredete und versuchte, sie zu beruhigen. Doch für sie gab es gerade nur ihren Bruder. Diese Sehnsucht, die in ihrem Blick lag, war kaum zu ertragen. Ich hätte sie am liebsten in den Arm genommen und ihr gesagt, dass alles gut wird. Dass wir das schaffen werden und Jason wieder zu uns zurückkehren wird. Obwohl ich mir nicht sicher war, ob ich überhaupt selbst daran glaubte. Unsere Lage war momentan wirklich nicht die beste. Gleichzeitig hätte ich Jason gern geschüttelt und ihn angeschrien, um ihn wieder zu Vernunft zu bringen.

Irgendwann läutete eine Glocke und das Training war endlich beendet. Jetzt lag Jasons Aufmerksamkeit zum ersten Mal nach langer Zeit nicht mehr die ganze Zeit auf uns. Wir nutzen den Moment, schnappten uns schnell die Umhänge, huschten durch das große Tor und stellten uns hinter einen großen Blumenkübel neben der Tür, um die Mäntel überzuziehen und kurz Luft zu holen. Wir hatten es geschafft und waren tatsächlich auf der anderen Seite. Es hatte zwar sehr viel länger gedauert als erwartet, aber wir hatten es geschafft. Wir hatten den Weg fast hinter uns. Bald würden wir dieses verdammte Schloss verlassen. Wir wollten gerade aufbrechen, da hörten wir eine Stimme aus dem Ballsaal, die uns nur zu gut bekannt war.

Es war Nilona. Ihr durften wir unter gar keinen Umständen begegnen. Wir blieben im Schatten des Blumenkübels und lauschten dem Gespräch zwischen ihr und Jason. Während sie sprachen, griff Alison nach meiner Hand und drückte fest zu. Ein Blick zu ihr verriet mir, dass sie einen Kampf mit sich selbst führte und mehr als nur angespannt war.

„Wie lief das Training?", fragte Nilona und Jason antwortete: „Ich habe das Gefühl, dass es mit jedem Tag besser wird."

„Du bist eben der geborene Anführer. Dennoch … wann meinst du, werden sie bereit sein? Ich will schnellstmöglich diese Schule einnehmen. Wenn wir andere Orte erobern, ist das zwar auch ganz nett, aber in der Schule ist etwas, das ich unbedingt brauche, um Avessia vollkommen unterwerfen zu können. Leider weiß das diese verdammte Direktorin und seit sie aus dem Krankenhaus entlassen wurde kommen wir nicht mehr so leicht in die Schule rein. Ich brauche meine Armee."

„Keine Sorge. Ich denke, dass es nicht mehr lange dauern wird", entgegnete Jason und beide kamen auf den Ausgang zu, in dessen Nähe wir standen.

Schnell drückten wir uns noch weiter in den Schatten und hofften, dass sie uns nicht bemerken würden.

„Du hast auch schon große Fortschritte gemacht, was deine magischen Fähigkeiten angeht. Du bist wahrlich ein talentierter Seelenwanderer", lobte Nilona.

„Ich habe trotzdem noch viel zu lernen. Ich bin nicht durch das Kraftfeld der Schule gekommen und ich konnte auch bei diesem Mr. White, der dich so interessiert hat, nichts ausrichten. Ich konnte dir also noch nicht wirklich helfen. Zumindest bei den richtig wichtigen Dingen", meinte Jason nachdenklich.

„Das sind nur kleine Hürden auf unserem Weg, mein Lieber. Das werden wir auch noch meistern und dann gehört uns bald ganz Avessia. Glaub mir. Es wird nicht mehr lange dauern", sie lachte und ich bekam eine Gänsehaut. Wie konnten wir das nur verhindern? Wir mussten hier ganz schnell raus. Wir warteten noch, bis Jason und Nilona nicht mehr zu sehen waren und atmeten erleichtert auf. Jetzt konnte es weiter gehen.

## ALISON

Jason hatte mich nicht erkannt. Kein bisschen. Da war keine Regung. Erst hatte ich noch gehofft, dass er es vielleicht nur vorspielte, um Nilona zu täuschen, aber jetzt wusste ich, dass das nicht der Fall war. Sie kontrollierte ihn vollkommen. Es fiel mir unglaublich schwer, meine Gefühle zu kontrollieren und mir nichts anmerken zu lassen. Innerlich brodelte es in mir und ich wollte Nilona am liebsten einen Pfeil in ihr Herz jagen und Jason wieder mit nach Hause nehmen. Doch das ging nicht. Zumindest noch nicht. Momentan würden wir verlieren. Wir hätten keine Chance. Das war mir nur zu bewusst.

Ich atmete tief durch. Reiß dich zusammen, Alison! Wir sind schon so weit gekommen, wir dürfen jetzt nicht aufgeben. Ich sah zu Luke, der vorsichtig um die Ecke blickte und uns dann ein Zeichen gab, dass die Luft rein war. Schnell huschten wir über den Flur. Zielstrebig steuerten wir eine große Flügeltür an. Ein Schild zeigte, dass dies die Bibliothek war.

„Sind wir hier richtig? Hier soll es rausgehen?", fragte Benni skeptisch.

„Ich bin mir sicher. Das ist der Raum, der hier auf der Karte markiert ist. Probieren wir es aus …", antwortete Luke, doch die Tür war verschlossen. Er rüttelte mehrfach daran, aber nichts passierte.

„Lass mich mal, vielleicht kann ich das Schloss knacken", flüsterte Lenni und kniete sich vor das Schloss.
„Aber versuch, keine Magie einzusetzen oder möglichst wenig", ermahnte ihn Luke, machte Platz und behielt den Gang im Auge.

„Das ist gar nicht so einfach", murmelte Lenni und man hörte, wie es im Schloss klickte, aber die Tür ging noch nicht auf.
„Beeil dich, ich höre Schritte, hier kommt gleich jemand lang", murmelte Benni und schaute nervös den Flur entlang.
„Hab's gleich ...", flüsterte Lenni angestrengt.
„Das geht nicht schnell genug!", flüsterte Benni zurück und wir drückten uns an die Tür, um nicht sofort entdeckt zu werden. Die Schritte wurden immer lauter und als wir den Schatten von jemandem sehen konnten, der gerade im Begriff war auf unseren Flur zu biegen, gab die Tür plötzlich nach, schwang nach innen auf und wir fielen in den Raum dahinter. Hastig rappelten wir uns wieder hoch und schlossen die Tür so leise wie möglich hinter uns. Dann hielten wir noch einen Augenblick inne und Luke lauschte an der Tür.
„Die Schritte werden leiser, wir wurden anscheinend nicht bemerkt." Erleichtert atmeten wir aus und sahen uns in dem Raum um.

Die Bibliothek war riesig und einfach wunderschön. Sie füllte den gesamten Flügel des Schlosses aus. Bücherregale türmten sich in schwindelerregende Höhen übereinander und überall standen Wendeltreppen, mit denen man bis ganz nach oben gelangen konnte. In einer der Ecken konnte ich einen ziemlich großen Kamin sehen, der sein warmes, flackerndes Licht im Raum verteilte. Ab und zu musste man herumfliegenden Büchern ausweichen, die mit hoher Geschwindigkeit durch die Luft sausten.

Es war nicht wirklich viel los. Es gab zwar viele Türen in den verschiedensten Größen, aber sie waren alle verschlossen. Nun kam eines der wenigen Wesen, die sich in der Bibliothek befanden auf uns zu. Es trug einen Anzug, auf dem das Wappen des Schlosses eingraviert war. Zumindest hatte ich dieses Zeichen schon öfter hier gesehen. Es war tiefschwarz und zeigte silberne Fäden, die an Spinnennetze erinnerten. Von Nahem konnte ich sehen, dass das Wesen weißes Fell mit braunen Flecken hatte, von denen ein ziemlich großer Fleck seine linke Gesichtsseite zierte. Er trug eine Brille mit dicken, schwarzen Rändern. Seine Augen sahen im Gegensatz zu Nase und Mund riesig aus und blickten uns nun freundlich an.

„Willkommen in unserer Bibliothek. Fühlt euch wie zuhause!"
Überrascht starrten wir ihn an. Er verhielt sich ganz anders, als wir es erwartet hatten. Er war nett und schien uns nichts antun zu wollen.

„Sie gehören zu den Hvor, oder?", fragte Luke plötzlich und man konnte die Faszination in seiner Stimme hören.

„Das ist korrekt junger Mann. Ich bin erstaunt, dass du das erkannt hast, wo es doch nicht mehr viele unserer Art gibt. Die letzten unserer Art sind als Wächter hier in dieser Bibliothek gelandet." Er lächelte und ich begann mich zu entspannen. Etwas in mir sagte mir, dass uns hier keine Gefahr drohen würde. Hier waren wir sicher und es war schön, endlich mal wieder ein freundliches Gesicht zu sehen.

„Ich meine, ich habe etwas über die Hvor gelesen, als wir in Caput waren ...", überlegte Luke und der Wächter nickte.

„In der Hauptstadt gibt es viele große Bibliotheken. Sie haben einen sehr guten Ruf."

„Ach, echt?", ich erinnerte mich an meine Auseinandersetzung mit einem der Bibliothekare dort. „Leider trügt der Schein in diesem Fall. Wenn man dort fremd ist, wird man ignoriert. Es gibt lächerliche Regeln, an die man sich halten muss und die Leute dort sind unfreundlich. Das war eine der schlechtesten Bibliotheken, in denen ich jemals war. Ich kann die echt nicht weiterempfehlen."

„Dann sind unsere Informationen wohl falsch. Wir werden das in unseren Daten korrigieren", erwiderte der Wächter amüsiert.

„Das ist gut. Nicht, dass noch mehr arme Leute darauf reinfallen. Diese Bibliothek hier ist tausendmal besser!", erwiderte ich und der Wächter verbeugte sich leicht. „Vielen Dank! Es steckt auch viel Arbeit und Leidenschaft in dieser Bibliothek. Sie ist unser ganzer Stolz!"

„Ist es hier eigentlich immer so leer?", fragte ich den Wächter und er verzog das Gesicht.
„Nein. Im Gegenteil. Hier ist normalerweise sehr viel los. Seht ihr die Türen dort? Das sind Portale, deren Eingänge überall in Avessia verteilt sind. Deshalb kommen normalerweise die verschiedensten Wesen aus allen Ecken Avessias zu uns. Aber nachdem wir Besuch von einem jungen Schattenblütigen hatten, hat Nilona uns angewiesen die Portale zu schließen. Wir haben versucht sie umzustimmen, aber naja ... wenn sie sich etwas in den Kopf gesetzt hat, dann zieht sie es auch durch. Seitdem ist es hier leer. Wir hoffen aber, dass wir bald wieder öffnen können."

„Ein Schattenblütiger?", fragte Lenni neugierig und der Wächter nickte.
„Ja, er müsste in eurem Alter gewesen sein. Aber er war seit diesem Tag auch nicht mehr hier. Schon damals schien er im Inneren ganz vernebelt zu sein. Ich wollte ihm helfen, aber ich denke, dass das schief gegangen ist."
Wir wechselten beunruhigte Blicke.
„Was meinst du mit dem Wort vernebelt?", fragte Luke und der Wächter erklärte: „Nun, etwas schien ihn zu beeinflussen. Sein wahres Ich war gefangen und fand keinen Ausweg. Kennt ihr ihn etwa?"
Wir nickten nachdenklich.

„Was ist passiert?", fragte er und wir beschlossen ihm eine stark gekürzte Fassung der vergangenen Ereignisse zu erzählen. So konnten wir das Risiko noch relativ gering halten. Außerdem wäre sowieso alles vorbei, wenn der Wächter loyal zu Nilona

hielt und uns verriet. Am Ende nickte er verständnisvoll. „Ihr habt wirklich einiges durchgemacht. Ich werde euch helfen!"
Wieder starrten wir ihn überrascht an.
„Das, was Nilona sucht, ist äußerst gefährlich. Es würde sie vollends zerstören und in die Dunkelheit werfen. Es gab auch andere Zeiten, in denen sie gütig war und ganz andere Ziele verfolgt hat. So wie sie jetzt ist, ist sie eine Gefahr für ganz Avessia und für sich selbst. Die Traummagie hat sie verdorben. Sie hat zu tief gegraben und zu viel von sich selbst aufgegeben. Ich glaube, dass ihr die einzigen seid, die den Untergang von Avessia noch verhindern können. Ich kann es sehen, wenn ich in eure Augen schaue. Ihr habt den Mut, um euch Nilona entgegenzustellen. Ihr habt die Kraft, um Avessia zu retten. Eines der Portale hier liegt in der Nähe der Schule der Magie. Das werden wir für euch öffnen", erklärte er und nickte uns zu.

„Wir stehen tief in deiner Schuld. Vielen Dank!", sagte ich und er lächelte mich mitfühlend an. „Ihr müsst euch nicht bei mir bedanken. Haltet Nilona auf und nutzt eure Chance."

Wir sahen ihn mit neuem Mut an und folgten ihm zu einer der Türen. Zwei andere Wächter kamen noch dazu und stemmten gemeinsam die schwere Tür auf.

Hinter dieser sah man zuerst nur die Schlossmauer, doch dann hörte ich ein leises Summen, das immer lauter wurde, und die Schlossmauer verschwand langsam. Stattdessen erschien dort jetzt ein Wirbel hinter dem ich, wenn ich genau hinsah, einen Wald erkennen konnte. Ganz verschwommen, als würde ich durch rauschendes Wasser blicken.

„Wenn ihr durch dieses Portal hindurchgeht, solltet ihr mitten im Wald landen, der an eure Schule und das Dorf angrenzt. Seid vorsichtig. Portalreisen kosten den Körper viel Kraft. Gerade, wenn man das nicht allzu oft macht. Oh, und denkt daran, dass Nilona schon begonnen hat, die Welt nach ihren Vorstellungen zu verändern. Ich weiß nicht, was sie schon alles gemacht hat, aber ihr solltet auf jeden Fall vorsichtig sein. Ihre Schergen sind überall in Avessia verteilt. Mehr kann ich leider nicht für euch tun. Ich wünsche euch alles Glück dieser Welt!"

Und damit verabschiedete sich der Wächter, trat zwei Schritte zurück und lächelte uns an.

„Auf Wiedersehen! Vielen Dank für alles!", riefen wir ihm noch zu und schritten dann einer nach dem anderen durch das Portal. Kaum waren wir alle hindurchgetreten, schlossen die Wächter es wieder und taten so, als wäre es nie geöffnet worden.

# ENTKOMMEN

Erst hatte ich ein Gefühl, als würde ich schweben. Dann näherte sich unter mir der Boden und ich schlug hart auf. Mein Körper tat weh und ich blieb eine Weile liegen. In Sekundenabständen hörte ich die anderen ebenfalls neben mir auf den Boden fallen. Wir hatten das Schloss hinter uns gelassen. Ich atmete erleichtert aus. Die frische Waldluft tat gut. Um mich herum ragten Tannen in die Luft und ein paar Vögel sangen in ihren Ästen. Ich grub meine Hände in die Erde und schmunzelte. Wir waren tatsächlich entkommen. Schon wieder. Was sagst du jetzt, Nilona? Einer nach dem anderen standen wir vorsichtig auf und versuchten uns zu orientieren. Wir befanden uns mitten im Wald. Niemand wusste so richtig, in welcher Richtung es zur Schule ging. Es stellte sich allerdings heraus, dass wir inzwischen noch ein ganz neues Problem hatten, das wir zuerst angehen mussten.

„Habt ihr auch so Hunger?", fragte ich müde und betrachtete die Kräuter vor mir abschätzend. Ob man die essen konnte?

„Was hast du gesagt? Entschuldige, mein Magen knurrt so laut, ich kann mich nicht mehr so gut konzentrieren", entgegnete Lenni, der sich ebenfalls suchend umsah.

„Es gibt hier bestimmt ein paar essbare Pflanzen. Wir müssen nur ein wenig suchen …", meinte Benni und schaute sich eine Ansammlung von Pilzen an.

„Die Frage ist nur, ob die Pflanzen, Pilze und Beeren hier auch genießbar sind und uns nicht alle vergiften", grummelte Luke, legte sich auf den Boden und sah in den Himmel.

„Ich habe als Bester von uns allen abgeschnitten, als es um das Überleben in der Wildnis ging. Ich werde uns schon was Leckeres zaubern, wartet nur ab!", entgegnete Benni und sammelte eifrig verschiedenste Gaben des Waldes zusammen.

„Wir sind alle fast durchgefallen und du warst nur ein wenig besser als wir!", rief Lenni ihm zu und gesellte sich dann zu mir, um ebenfalls ratlos die Kräuter vor mir anzustarren und abzuschätzen, ob man sie essen konnte.

Luke drehte sich zu Benni und musterte ihn: „Wir werden alle an Vergiftung sterben."

„Du siehst das alles viel zu negativ. Das sind alles Geschenke der Natur!", antwortete Benni.

„Dass ich das mal aus deinem Mund zu hören bekomme, hätte ich nicht gedacht. Du bist ja wieder voller Energie", erwiderte Luke und starrte weiter, einen Kommentar provozierend, zu Benni rüber.

Der merkte das natürlich und drehte sich nach ein paar Sekunden gereizt um.

„Was?!"

„Sieht ziemlich willkürlich aus, wie du die Sachen hier zusammensammelst. Das könnte ich auch ..." meinte er, aber Benni zog nur eine Augenbraue hoch und machte weiter.

„Das werden wir ja noch sehen. Ihr könnt schon mal ein kleines Feuer machen. Ich kümmere mich um den Rest!"

Und Benni kümmerte sich wirklich um den Rest. Während wir ein wenig Holz für ein Lagerfeuer zusammensammelten und es an einer Stelle anzündeten, an der wir möglichst keinen Waldbrand verursachen würden, hatte Benni sich auf die Suche nach Essbarem begeben. Mithilfe von ein wenig Magie formte er eine Schüssel aus gesammelten Steinen, vermengte darin die Beeren, Kräuter und Pilze mit Flusswasser und hielt alles über das Feuer. Die Menge an Magie hielten wir so gering wie möglich, damit niemand diese bemerken oder aufspüren konnte.

„Willst du die Schüssel jetzt die ganze Zeit halten?", fragte ich. „Naja, anders geht es ja gerade nicht", murmelte Benni und schwenkte seine Wald-Suppe in der Schüssel hin und her. Schweigend starrten wir auf sie, während ab und zu immer mal wieder ein Magen knurrte. Nach einer gefühlten Ewigkeit befand Benni seine Suppe für fertig und wir aßen sie bis auf den letzten Tropfen auf. Es dauerte nicht lange, dann kamen die Bauchschmerzen.

„Ich wusste, dass das keine gute Idee war. Was zum Teufel hast du da reingetan?", beschwerte sich Luke.

„Immerhin haben wir jetzt keinen Hunger mehr", murmelte Benni und ich ergänzte: „Ja, aber jetzt ist es schlimmer als vorher."

Dagegen konnte niemand etwas erwidern. Und so lagen wir eine ganze Weile Seite an Seite auf dem Boden und quälten uns durch diverse Bauchkrämpfe.

„Wie konntest du in der Prüfung eigentlich besser sein als wir?", fragte Luke nach einer Weile.

„Naja …", meinte Benni und musste es nicht mal aussprechen. Uns allen ging in diesem Moment ein Licht auf.

„Du hast geschummelt, oder?" meinte Luke und Benni nickte.

„Aber nur bei ein paar Fragen."

„Ja, die Fragen, die den Punkteunterschied ausgemacht haben, toll! Warum hast du denn dann diese Giftsuppe gemacht?", entgegnete Luke ärgerlich.

„Na, weil wir alle hungrig waren und ich mich noch an ein paar Dinge erinnern konnte … An den Kräutern, die ich reingetan habe, lag es nicht", meinte Benni.

„Das war mir klar", grummelte Luke und seufzte.

„Mach es doch das nächste Mal selbst", grummelte Benni zurück.

„Hey, nicht streiten! Danke, dass du uns helfen wolltest, Benni. Wir werden es schon überleben", versuchte ich die Situation etwas zu entschärfen.

„Genau, lasst uns einfach noch ein wenig hier liegen bleiben, bis die Schmerzen aufhören", stimmte mir Lenni zu.

Die Schmerzen hörten auch tatsächlich bald auf. Dafür kam etwas Neues hinzu.

„Leute, seht ihr das auch?", fragte Lenni und zeigte in den Himmel. „Der Mond lächelt uns zu."

„Ja, ich sehe es auch und jetzt winkt er sogar!", meinte ich und winkte zurück. Auch Lenni fing an zu winken.

„Benni ... zeig mir doch mal die Pilze, die du in die Suppe getan hast", bat Luke und biss dabei seine Zähne zusammen, um seine Wut zu unterdrücken.

„Die hier...", entgegnete Benni und reichte ihm ein paar.

„Du Vollidiot! Weißt du, warum du dich an die erinnern kannst?" Jetzt war Luke nicht mehr zu halten. „Die kann man zwar essen und die sind auch genießbar, aber durch die kriegt man Halluzinationen! Hast du ja super hinbekommen!"

„Entschuldige bitte! Immerhin waren die nicht giftig ...", erwiderte Benni und klang sogar ein wenig schuldbewusst.

„Ja, dafür haben die Beeren schon gesorgt!", rief Luke und atmete dann tief durch, um sich zu beruhigen.

„Okay. Wir können es ja sowieso nicht mehr ändern. Das sitzen wir jetzt auch noch aus, aber du kochst nie wieder etwas, ist das klar?!"

„Ist klar", bestätigte und schmollte.

Die Halluzinationen hielten länger an als die Schmerzen, was sich als ziemliches Problem herausstellte. Wir mussten weiter und während man überall verrückte Dinge sieht, ist das gar nicht so leicht. Lenni und mich schien es dabei besonders schlimm erwischt zu haben.

„Hey, Lenni, sieh mal! Da ist ein Einhorn!", rief ich und Lenni nickte erfreut.

„Ja, das folgt uns schon die ganze Zeit. Ich finde, wir sollten ihm einen Namen geben. Was hältst du von Steffie?"

„Steffie?", wiederholte ich.

„Ja, genau. Ich finde das passt", meinte er bestimmt.

„Ich wäre für Julia. Das passt doch viel besser!", entgegnete ich genauso bestimmt.

„Steffie!"

„Julia!"

„Steffie!"

„Julia!"

„Leute!", rief Luke dazwischen. „Das ist kein Einhorn, sondern ein Wildschwein. Und jetzt geht da nicht so nah ran, sonst reizt ihr es noch und wir werden angegriffen. Das können wir nun wirklich nicht gebrauchen!"

„Dann sag doch, wie du es nennen würdest, wenn dir unsere Vorschläge nicht gefallen", entgegnete ich und Lenni nickte eifrig.

„Genau, mach nen besseren Vorschlag!.

Luke seufzte ausgiebig.

„Geh lieber auf die beiden ein", flüsterte Benni Luke zu und er seufzte ein weiteres Mal.

„Milla."

„Milla?", fragten Lenni und ich gleichzeitig und Luke nickte.

„Diskussion beendet."

„Aber Benni durfte doch noch gar nicht ...", ich konnte meinen Satz nicht beenden, denn Luke unterbrach mich: „Diskussion. Beendet."

Und damit schritt er weiter voran.

Ich schmollte. Lenni auch. Dennoch stapften wir ihm hinterher.

Benni ließ sich allerdings ein Stück zurückfallen und flüsterte: „Ich hätte es Heyka genannt."

„Interessant. Wir haben alle weibliche Namen ausgesucht, aber was ist, wenn es ein Männchen ist?", flüsterte ich zurück und war wieder besser gestellt.

„Schluss jetzt! Jeder hat einen Namen gesagt, das reicht!", rief Luke von vorne.

Wir merkten, dass er wirklich gereizt war und hörten auf, das Thema weiter auszudiskutieren. Im Endeffekt hätten wir uns sowieso auf keinen der Namen einigen können. Das Einhorn-Wildschwein blieb also namenlos.

Als die Sonne sich endlich zwischen den Wolken blicken ließ, verschwanden auch die Halluzinationen allmählich und es kehrte wieder ein wenig Normalität ein. Zumindest für kurze Zeit. Es tat gut, endlich wieder die warme Sonne auf der Haut zu spüren, aber das hielt nicht lange an. Je näher wir unserem Ziel kamen, desto weniger Sonne drang zu uns durch und desto mehr veränderte sich die Umgebung. Eigentlich sollte uns alles so langsam wieder bekannt vorkommen, aber das war nicht der Fall.

# EINE VERÄNDERTE WELT

„Warum verschwindet die Sonne denn jetzt auf einmal?", fragte Benni, sah zu den Baumkronen hoch und wurde kreideweiß. „Oh. Ich hab den Grund dafür gefunden", murmelte er und zeigte nach oben. Wir folgten seinem Blick und es wurde klar, warum er so bleich geworden war. Zwischen den Baumwipfeln waren Spinnweben gespannt. Und damit meine ich nicht diese kleinen Spinnweben, die man ab und zu mal im Garten oder im Wald sieht. Nein, diese Spinnweben waren riesig. Die Fäden waren dick und es verfingen sich nicht nur Insekten, sondern auch Vögel darin. Selbst die starken Greifvögel schienen keine Chance zu haben. Zumindest sah ich einen Adler, der zwischen den Fäden gefangen war. Wenn die Netze schon so groß waren, wie groß mussten dann erst die dazugehörigen Spinnen sein.

„Gehen wir weiter! Noch wurden wir nicht entdeckt und das sollte am besten auch so bleiben. Berührt die Fäden auf keinen Fall. Durch die Vibration würden wir unseren Standort verraten", empfahl Luke und wir setzten unseren Weg fort.

Anfangs war das noch kein Problem und wir kamen gut voran. Mit der Zeit breiteten sich die Netze aber auch zunehmend in Bodennähe aus und wir hatten Mühe, sie zu umgehen. Selbst Rehe und Wildschweine hatten sich in den Netzen verfangen und zappelten hilflos. So etwas hatte ich noch nicht gesehen. Irgendwann knackte es über uns. Schnell versteckten wir uns hinter einem der Bäume und suchten den Verursacher für das Geräusch. Eigentlich wussten wir es bereits. Es war eine Spinne. Und zwar eine gewaltig große.

Man kann sich ja streiten, ob Spinnen mit Haaren oder ohne ekeliger sind, aber ich kann euch sagen: Dieses haarige Viech war schon sehr grenzwertig. Die acht glänzenden, schwarzen Augen, das buschige, braun-schwarze Fell und ihre riesigen, vor Sabber triefenden Kiefer, waren mehr als abstoßend. Zu unserem Glück schien sie uns nicht bemerkt zu haben. Sie kletterte über uns hinweg, schnappte sich eines der Rehkitze, das an ihrem Netz festgeklebt war, und verschwand damit in die Baumwipfel. Dass die Äste unter ihrem Gewicht nicht brachen, war bemerkenswert.

Angespannt atmete ich auf.

„Lasst uns schnell aus diesem Wald verschwinden", flüsterte Benni. Niemand hatte etwas dagegen. Je länger wir hierblieben, desto größer wurde die Wahrscheinlichkeit, dass wir entdeckt und gefressen wurden. Wie bei einem Parcours duckten wir uns unter den Fäden drunter durch oder kletterten vorsichtig drüber. Nach einer Weile wurde es endlich wieder heller. Wir waren am Waldrand angekommen und sahen hinunter auf unser Dorf. Eigentlich waren wir davon ausgegangen, dass wir nun besser vorankommen würden, aber da hatten wir uns schwer getäuscht. Auch das Dorf war kaum noch wiederzuerkennen.

Die einzelnen Häuser konnte man unter den Decken aus Spinnweben kaum erkennen und weit und breit war kein Mensch zu sehen. Nur Spinnen und andere Wesen, die uns höchstwahrscheinlich nicht freundlich gesinnt waren.

„Ob die Dorfbewohner sich retten konnten?", fragte Lenni und ich antwortete: „Bestimmt. Die Direktorin hat sie sicherlich in der Schule untergebracht."

„Und wie kommen wir jetzt in die Schule?", fragte Benni und ergänzte noch: „Durch das Dorf können wir nicht gehen. Da entdeckt man uns sofort. Ich habe aber auch keine Lust wieder durch diesen Spinnenwald zu gehen!"

„Dann bleibt uns nur noch der Waldrand. Wir folgen ihm und kommen so von außen zur Schule", überlegte Luke.

„Meinst du die Schule steht noch?", erkundigte ich besorgt.

„Ganz sicher. Siehst du das Blinken da hinten? Das ist sicherlich die Reflektion des Schutzschildes, der um die Schule herum aufgebaut wurde", antwortete Luke. Er hatte Recht. In der Ferne, hinter dem Dorf blinkte etwas. Das war als würde das Sonnenlicht von Glas reflektiert werden.

„Kommen wir denn durch die magische Barriere durch?", fragte Benni skeptisch.

„Kommt darauf an. Zur Not müssen wir auf uns aufmerksam machen, damit sie uns reinlassen", meinte Luke.

„Also stehen unsere Chancen mal wieder nicht so gut. Was habe ich auch geglaubt? Bei uns wird sowas ja nie einfach …", grummelte Benni und seufzte.

Seine gute Laune war verschwunden und er hatte wieder seine gewohnt negative Art. Luke klopfte ihm aufmunternd auf die Schulter und ging dann voran in Richtung Schule.

Wir blieben im Schatten der Bäume, um nicht entdeckt zu werden. Es war ein ziemlicher Umweg, aber dafür kamen wir unentdeckt weiter voran. Schon bald konnten wir die Schule sehen. An der Vorderseite versuchten ein paar Halbriesen den Schutzschild zu durchbrechen. Zum Glück erfolglos. Wir beschlossen, von der anderen Seite zur Schule zu schleichen und eine Konfrontation möglichst zu vermeiden. So konnten wir auch bis zum Schluss im Schutz des Waldes bleiben. Obwohl mir dieser Schutz inzwischen auch nicht mehr so verlässlich vorkam.

Je weiter wir kamen, desto öfter mussten wir uns im Schatten der Bäume vor magischen Wesen verstecken, die die Grenzen des Schutzwalls entlang patrouillierten. Es waren hauptsächlich Skelettkrieger, die zum Glück zu den schwächeren magischen Wesen gehörten. Sie versuchten Gegner eher durch ihre große Anzahl einzuschüchtern. Als wir den Schutzwall zur Hälfte umrundet hatten, passierte, was passieren musste: Wir wurden entdeckt. Da wir keine Waffen hatten, mussten wir jetzt doch Magie einsetzen und hofften nur, dass Nilona dadurch nicht erfuhr, dass wir aus ihrem Schloss entkommen waren.

Luke vermutete allerdings, dass wir inzwischen weit genug von ihr entfernt waren und von ihr unentdeckt bleiben müssten. Wir durften nur nicht zulassen, dass die Skelettkrieger ihr von uns berichteten. Das war das größere Problem. Bedeutete also, wir mussten jeden einzelnen von ihnen besiegen. Lenni schaffte es, einem der Skelette, die uns nun gemeinsam angriffen, das Schwert wegzunehmen, während wir anderen unsere Magie nutzten. Um gegen die Skelette anzukommen, entschieden wir uns für Feuermagie. Wir schlugen und traten mit hell lodernden Fäusten und Füssen zu, sodass die Skelette in ihre einzelnen Knochen auseinanderbrachen. Das sorgte für einen ganz schönen Lärm, was schlussendlich noch zwei weitere Patrouillen auf uns aufmerksam machten, die in der Nähe gewesen waren.

Überall lagen Knochen herum, ich wusste schon gar nicht mehr, wo ich hintreten sollte und nutzte sie schließlich als Waffen, die ich mit einem kräftigen Windstoß auf unsere Feinde schmetterte. Dann nahm ich auf einmal Bewegungen hinter dem Schutzschild wahr und zwei Personen schritten hindurch. Ich glaubte meinen Augen kaum. Es waren Maja und Thomas, die beide wohlauf zu sein schienen und sich nun ebenfalls in das Kampfgetümmel stürzten.

„Alles in Ordnung bei euch?", rief Maja, zückte ihr Schwert und durchtrennte ein Skelet vor ihr sauber in zwei Hälften.

„Kurzfristig gesehen ja. Langfristig gesehen geht es so", antwortete Luke und duckte sich unter einer Axt hinweg. Das hatte er noch recht einfach ausgedrückt. Andererseits war gerade auch nicht wirklich viel Zeit für lange Unterhaltungen.

Gemeinsam mit Maja und Thomas hatten wir keine Probleme mehr mit unseren Gegnern und hatten sie bald besiegt. Die beiden zeigten uns einen versteckten Durchgang durch den Schutzschild und führten uns zur Direktorin. Wieder in der Schule zu sein fühlte sich komisch an. Als wäre ich Ewigkeiten nicht hier gewesen. Auch hier hatte sich viel verändert. Jeder verfügbare Raum wurde dafür genutzt, die Leute aus dem Dorf unterzubringen und zu versorgen. Es gab viele Verletzte und das Schluchzen der Menschen hallte durch die Gänge.

Wir befanden uns wirklich im Krieg mit Nilona. Und sie machte auch nicht vor den unschuldigen Dorfbewohnern halt, die an sich ja keine Gefahr für sie waren. Sie nahm keine Rücksicht auf Verluste. Die älteren Schüler eilten mit Heilkräutern, Mullbinden und frischem Wasser von einem Zimmer ins nächste, um die Verwundeten zu versorgen. Es herrschte reger Betrieb und wir mussten uns regelrecht durch die Gänge quetschen, um vorwärtszukommen. Die Direktorin war in ihrem Arbeitszimmer und diskutierte mit einem Mann in einem weißen Anzug, der uns den Rücken zugedreht hatte. Als sie uns sah, lächelte sie erleichtert.

„Ich hatte schon Angst, ihr hättet es nicht geschafft. Gut, dass ihr hier seid", sagte sie.

Der Mann im Anzug drehte sich um und meinte: „Ich habe dir doch gesagt, dass sie es schaffen werden. Die vier sind wirklich taff."

Den Mann kannten wir doch. Das war der gleiche, der uns in der Traumwelt geholfen hatte. Mr. White.

„Schön, euch wohlbehalten wiederzusehen", freute er sich.

„Du kannst dich an unsere Begegnung erinnern?", fragte Luke ungläubig.

„Aber ja. Alle anderen, denen ihr begegnet seid, werden sich aber nicht erinnern können. Bei mir ist das etwas anderes. Ich war schon vor Nilona ein Meister der Träume. Mir macht dabei niemand so schnell etwas vor", erklärte er stolz.

„Aber wie kann das sein?", ich war immer noch verwirrt. Er deutete auf die Stühle und wir setzten uns, während er zu erzählen begann.

„Traummagie ist von mir als Erstes angewendet worden. Sie ist quasi meine Spezialmagie. Mein Talent. Ich habe die ersten Bücher verfasst und andere in der Kunst dieser Magieform gelehrt. Ich habe Lesungen in Caput gehalten und meine Faszination für das Träumen weitergegeben. Man nannte mich zu der Zeit auch den Gott des Träumens. Heute würde ich sagen, dass das ein bisschen zu viel der Ehre ist. Der Name Somnium gefällt mir besser. Ich bin der Herrscher über die Traumwelten. Für meine Forschungen habe ich mit Marith Beckbaum zusammengearbeitet, die dann auch selbst Bücher verfasst hat. Sie war mir eine treue Assistentin und hat mich gleich kontaktiert, als ihr bei ihr wart. Sie konnte leider nicht selbst kommen und helfen, richtet euch aber ihre Grüße aus. Doch ich schweife ab.

Eines Tages habe ich einen Fehler gemacht. Ein Mädchen kam zu mir und wollte unterrichtet werden. Ihr Name war Nilona. Sie war talentiert und hatte sich bereits viel Wissen über das Thema angeeignet. Ich habe mich von ihr überreden lassen und trainierte sie in der Traummagie. Sie war wahrhaft einzigartig. Doch irgendwann gingen ihre Ambitionen in die falsche Richtung. Sie wollte Maschinen erschaffen, die Menschen in Träumen halten können, damit sie sie beeinflussen kann. Sie wollte in fremde Köpfe eindringen, ohne die Erlaubnis der jeweiligen Personen zu haben. Sie hat sich von mir nicht davon abbringen lassen. Ich habe ihr schließlich gesagt, dass sie bei mir nicht mehr willkommen ist, wenn sie diesen Weg einschlägt. Sie hat ihre Forschungen trotzdem fortgesetzt. Also habe ich sie rausgeschmissen. Doch es war bereits zu spät. Viel zu spät. Sie konnte ihre Forschungen auch allein fortsetzen und wurde immer stärker. Ich habe sie im Auge behalten, um herauszufinden, was sie plant. Nun ja, auch hier war ich zu spät. Jetzt versuche ich zu helfen, wo ich kann, um das Allerschlimmste zu vermeiden", schloss er.

„Was wäre denn das Allerschlimmste?", fragte Benni nach.

„Nun ja ...", begann Mr. White. „Ihr wisst ja, dass sie es auf die Schule abgesehen hat, richtig?"

Wir nickten.

„Aber den Grund dafür kennt ihr noch nicht. Die Schule war damals nicht nur ein Ort, an dem geheime, durchaus kriegsrelevante Informationen versteckt wurden. Nein, es ist hier noch etwas viel Wertvolleres versteckt", sprach er weiter und wir nickten wieder. Er machte es aber ganz schön spannend.

„Tief unter der Schule, noch weit unter den Katakomben, versteckt vor den Augen von Fremden, gibt es einen Ort. Einen kleinen, runden Raum. Auf den ersten Blick unscheinbar, aber von enormer Wichtigkeit. In diesem Raum befindet sich eine Art Brunnen. Dieser Brunnen ist ein Knotenpunkt der verschiedenen Flüsse der Magie unter Avessia. Ähnlich wie der Ort, an dem Nilona ihr Schloss errichtet hat, nur viel stärker. Dort, an diesem Brunnen, fließt alles zusammen. Er ist das wichtigste Heiligtum unserer Welt. Dort will Nilona hin. Sie hat herausgefunden, dass er sich hier befindet. Wer mit dieser Macht in Berührung kommt, der kann alles erreichen. Auch die Weltherrschaft", erklärte er. So war das also. Ein Knotenpunkt der Magie.

„Die Prophezeiung, die wir gefunden haben, spielt wahrscheinlich genau auf diesen Brunnen an", überlegte Luke und rezitierte:

„Sie webt dich ein mit straffen Fäden,
Sie lässt dich niemals wieder los.
Die Traumweberin ist die Königin der Träume,
halt dich von ihr fern, rette dich auf das letzte Floß!
Sie ist nicht weit entfernt von absoluter Macht,
Es fehlt ihr noch eine Komponente.
Ein Junge, der geboren werden
wird im Schatten seiner Schwester.
Ein Junge, der besonders ist.
Ein Junge, der der Schlüssel ist.
Versteckt ihn vor der Königin,
Sonst ist unser freies Land dahin!

Hat sie ihn einmal eingesponnen,
Hat das Böse seinen Lauf genommen.
Das Licht verliert an Kraft
Und die Lücke, die zwischen Gut und Böse klafft,
Spaltet sich immer weiter auf.
Nimmst du die Konsequenzen in Kauf
Oder wirst du dich wehren?
Dann musst du nur die Grenze überqueren.
Kannst du ihn sehen, den Unterschied
zwischen Traum und Realität?
Schwach ist es, nur in Träumen zu agieren.
Was, wenn die Grenzen einmal fielen?
Suche an dem Ort, an dem du lernst,
Geh dorthin, wo du dich mit Büchern erwärmst
Und folge den steinernen Stufen in die Tiefe.

Bist du würdig, so tritt ein,
Bist du es nicht, so lass es lieber sein.
Unsere Geheimnisse geben wir nicht jedem Preis,
Zeichne einen roten Kreis
Und warte auf das Gericht.
Hat das Gute mehr Gewicht?
Dann mach dir keine Sorgen,
Siegt jedoch das Böse in deinem Inneren,
Erlebst du nicht den neuen Morgen."

„Aber man muss doch würdig sein, um zum Brunnen zu kommen, oder?", fragte Benni nach.

„Ja und genau deshalb …" Ich stockte kurz. „Genau deshalb braucht sie wohl meinen Bruder. Er soll sicherlich die Tür für sie öffnen und ganz nebenbei profitiert sie noch von seinen Fähigkeiten."

Es war auf einmal ganz klar. Deshalb das alles. „Also müssen wir vor ihr an diesem Brunnen sein und dafür sorgen, dass sie ihn nicht nutzen kann", fuhr ich fort und sah fragend zu Mr. White, der mir zustimmte.

„Ja, jemand muss dort hinuntersteigen und sich den Gefahren aussetzen, die auf dem Weg lauern. Aber auch der Gefahr, nicht würdig zu sein. Es ist nur eine Frage der Zeit bis Nilona unser Schutzschild durchbrechen wird und hier einmarschiert. Wir können sie nicht ewig aufhalten. Es stehen schon jetzt immer mehr ihrer Schergen vor unserer Tür. Sie bereitet alles für den finalen Schlag vor", betonte er.

„Ich gehe", meldete ich mich sofort.
„Du gehst aber sicherlich nicht allein!", schaltete sich Lenni ein.
„Genau. Wir kommen auch mit. Gemeinsam sind unsere Chancen am größten, schnell zu diesem Brunnen zu gelangen", ergänzte Benni und Luke nickte: „Wir lassen dich sicher nicht allein gehen."
„Wenn es jemand schaffen kann, dann ihr", sagte Mr. White und lächelte. „Ihr habt euren Mut und euer Geschick mehr als nur einmal gezeigt. Das Schicksal von ganz Avessia liegt in euren Händen." Er vertraute uns und unseren Fähigkeiten wirklich sehr.
„Wir werden versuchen, euch so viel Zeit zu verschaffen, wie wir können. Wir halten Nilona auf. Was es auch kostet. Außerdem bleiben wir in Kontakt. Für alle Fälle", ergänzte die Direktorin noch, die durch die langen Monologe von Mr. White bislang kaum etwas sagen konnte.

„Bevor ihr in die Höhlen hinabsteigt, solltet ihr euch noch ein bisschen vorbereiten und ausruhen. Das wird kein Spaziergang. Ihr habt euch eine kleine Atempause wahrlich verdient", sagte Mr. White und damit war das Gespräch fürs Erste beendet.

Wir bekamen einen Raum zugewiesen, in dem noch Platz war und einer der älteren Schüler sah kurz bei uns vorbei und versorgte unsere Wunden. Dann bekamen wir eine große Schüssel Eintopf, um wieder zu Kräften zu kommen. Die warme Mahlzeit tat gut. Ich genoss die kleine Pause sehr.

Danach machten sich die Müdigkeit und die Anstrengungen der letzten Tage bemerkbar und ich schlief ein. Ohne Probleme. Mein Körper schaltete sich einfach aus. Es war ein schönes Gefühl, das erste Mal seit langer Zeit in einem sicheren Raum schlafen zu können. Ohne Angst haben zu müssen, dass gleich ein magisches Wesen reinkommt, das uns umbringen will. Ich habe diese Pause wirklich gebraucht.

# EIN BESONDERES HÖHLENSYSTEM

Ich fühlte mich erholt, als ich aufwachte. Was eine warme Mahlzeit und eine ordentliche Portion Schlaf alles erreichen können, ist nicht zu unterschätzen. Auch meine Hoffnung und meine Zuversicht kehrten langsam zurück. Wir konnten das schaffen. Wir hatten schon so viele Abenteuer bestritten. Das hier würden wir auch noch überstehen. Wir trafen uns heute in der Schulbibliothek, um die letzten Vorbereitungen zu treffen. Die anderen warteten bereits auf mich. Ich war mal wieder die letzte. Das wunderte auch niemanden mehr. Mr. White hatte bereits ein paar Bücher rausgesucht und auf einem großen Tisch ausgebreitet. Es waren auch einige Karten dabei. Die Anzahl und das unterschiedliche Aussehen wunderten mich etwas.

„Sind das Karten des Höhlensystems?", fragte ich und betrachtete sie genauer.

„Ja, genau", antwortete Mr. White.

„Ist ja cool, dass es so was gibt", murmelte ich.

„Theoretisch ja", entgegnete Benni.

„Wieso nur theoretisch?", hakte ich nach.

„Es gibt keine einheitlichen Karten", erklärte Lenni und Mr. White legte die einzelnen Karten zur Demonstration nebeneinander, um mir den Unterschied zu zeigen.

„Das sind aber mehr als nur kleine Unterschiede", stellte ich fest.

„Genau das ist das Problem. Es war schon seit langer Zeit niemand mehr in dem Höhlensystem unter der Schule. Diese Aufzeichnungen sind alles, was wir haben, um uns dort zu orientieren. Damals sind ein paar Magier in die Höhlen aufgebrochen und haben sie kartografiert und so auch den Raum mit dem Brunnen gefunden. Es sieht aber so aus, als hätte jeder einzelne von ihnen eine ganz andere Höhle untersucht, da die Karten so unterschiedlich sind. Die einzige Gemeinsamkeit ist dieser Raum mit dem Brunnen, der auf jeder Karte verzeichnet ist. Nur eben an unterschiedlichen Stellen. Zumindest bei den Karten, die uns hier erreicht haben", erklärte Mr. White.

„Mit einer vernünftigen Karte wäre es ja auch mal wieder zu einfach gewesen", seufzte Benni.

„Hmm ... aber das macht auch irgendwie Sinn", sagte ich nachdenklich.

„Inwiefern das denn?", Benni runzelte die Stirn.

„Nun ja. Dieser Brunnen ist doch enorm wichtig. Seine Macht darf nicht in die falschen Hände fallen. Außerdem muss die Magiekonzentration dort und im Höhlensystem in der Nähe sehr hoch sein. Vielleicht ist es einer der Schutzmechanismen der Höhle", erklärte ich meinen Gedankengang.

„Das hört sich plausibel an", überlegte Luke.

„Immerhin haben die Magier ja trotzdem ihr Ziel erreicht. Wir schaffen es sicherlich auch. Wir müssen uns nur unseren eigenen Weg suchen", ergänzte ich.

„Naja", begann Lenni. „So ganz stimmt das nicht. Mr. White hat auch ein paar Berichte von Forschern hier, die es nicht geschafft haben, den Raum zu finden und umkehren mussten oder es nie wieder zurückgeschafft haben."

„Oh. Dann ist das wohl doch nicht unser einziges Problem", murmelte ich.

„Nein, leider nicht", bestätigte Luke. „Es ist wie in der Traumwelt, als wir diesen Raum mit der hohen Magiekonzentration gesucht haben. Eine solch hohe Konzentration lockt automatisch magische Wesen an und nicht alle sind friedlich. Genauer gesagt sind die wenigsten friedlich.

Aus den Berichten kann man kaum etwas über die Wesen, die tief unter Avessia leben, herauslesen. Falls es Angriffe gab, konnten die Wesen nie beschrieben werden, weil alles viel zu schnell ging. Es gibt nur ein paar Aufzeichnungen über die Pflanzen und ein paar der friedlichen Lebewesen dort. Der Rest wird erst klar werden, wenn wir selbst dort unten sind."

„Also sollten wir wohl eher vorsichtig vorgehen, oder?", überlegte ich weiter.

„Das wird vielleicht nicht reichen", sagte Lenni.

„Warum nicht?", fragte ich überrascht. Lenni sah zu Mr. White herüber, der nickte und damit begann, in einem der Bücher herumzublättern.

Dann räusperte er sich und las: „Wir sind nun schon seit einigen Tagen in dieser Höhle unterwegs. Ich bin mir nicht sicher, aber ich habe das Gefühl, dass uns jemand beobachtet. Auch die anderen sind beunruhigt. Manchmal hören wir Schritte oder Geräusche in der Nähe, aber wir konnten unsere Verfolger noch nicht entdecken. Sie sind gut darin, sich zu tarnen. Wir dringen immer tiefer in das Höhlensystem ein. Je tiefer wir hinabsteigen, desto näher kommen die Schritte. Es wurde heute diskutiert, ob wir umkehren sollten, aber wir sind schon so nah. Ich konnte die anderen noch umstimmen und wir haben unseren Weg fortgesetzt. Wir haben in einer kleinen Höhle Rast gemacht. Ich muss bei meiner Wache kurz eingenickt sein. Plötzlich hat mich ein Geräusch aus meinem Schlaf gerissen. All unsere Fackeln gingen durch einen ungewöhnlich starken Luftzug aus und wir saßen in der Dunkelheit. Danach sind schnelle Schatten durch unser Lager gelaufen. Ich konnte nur Umrisse sehen, die sich sehr flink fortbewegten. Sie sahen nicht menschlich aus. Schreie ertönten. Schmerzerfüllt. Das werde ich nie vergessen. Ich bin gerannt. So schnell ich konnte. Am Ende habe nur ich überlebt. Keiner meiner Kameraden hat es aus der Höhle geschafft."

„Was auch immer das für Wesen waren, sie scheinen gute Jäger zu sein", fasste Lenni zusammen.

„Wir waren doch auch schon mal in einem der Höhlensysteme unter der Schule. Können wir das Wissen nicht irgendwie nutzen?", fragte ich dann.

„Leider nicht. Die beiden Höhlensysteme sind voneinander getrennt und haben nichts miteinander zu tun. Ihr müsst viel tiefer unter die Erde und ihr werdet es mit viel gefährlicheren Wesen zu tun bekommen", erklärte Mr. White.

„Können wir denn Magie benutzen?", fragte ich weiter.

„Benutzen könnt ihr sie, aber die Frage ist, ob es euch etwas bringt", überlegte Mr. White.

„Warum?" Ich war mir nicht sicher, worauf er hinauswollte.

„Nun ja. Das ist ein Ort voller Magie und die Wesen dort stehen schon seit langer Zeit unter magischem Einfluss. Es kann gut sein, dass sie eine gewisse Immunität entwickelt haben. Vielleicht nicht unbedingt gegen alle Arten der Magie, aber durchaus gegen einige. Deshalb konnte sich vielleicht auch niemand so richtig gegen sie verteidigen. Sie haben diesen Aspekt nicht bedacht. Waren nicht darauf vorbereitet und haben sich zu sicher gefühlt. Ihr solltet also vielleicht eher versuchen, mit euren Waffen zu kämpfen. Herauszufinden, was die Schwächen der jeweiligen Wesen sind, könnte zu lange dauern. So viel Zeit werdet ihr mit Sicherheit nicht haben. Vor allem, wenn es Wesen sind, die plötzlich aus dem Hinterhalt angreifen. Magie wird euch an diesem Ort also nicht unbedingt weiterbringen", erklärte Mr. White geduldig. Seine Worte ergaben Sinn. Wirklich unerfreulich, das Ganze. Diese Unternehmung würde schwieriger werden, als ich zuerst dachte.

„Also haben wir es mit einem Ort zu tun, der sich ständig verändert und der voll von Magie und gefährlichen magischen Wesen ist", fasste ich nochmal unsere Erkenntnisse zusammen.

„So sieht es aus", sagte Benni.

„Gibt es auch gute Nachrichten?", erkundigte ich mich vorsichtig.

„Durchaus. Ihr werdet es spüren, wenn ihr dem Brunnen näherkommt. Dort ist die ganze Umgebung mit Magie aufgeladen. Es wird sich so anfühlen, als würde die Luft unter Spannung stehen. Es gibt auch eine bestimmte Art von Kristallen, die an solchen Orten zu finden ist. Sie leuchten in einem hellen Rosa. Wenn ihr die seht, seid ihr ganz in der Nähe. Folgt ihnen und sie werden euch mit Sicherheit zu dem Raum führen, in dem sich der Brunnen befindet", entgegnete Mr. White und zeigte uns ein Bild von den Kristallen in einem der Bücher, die er auf dem Tisch liegen hatte.

„Wenn ihr erstmal dort seid, solltet ihr auch sicher vor den magischen Wesen sein. Die magische Konzentration ist dort zu stark für sie. Selbst für euch wird es nicht einfach werden. Nebenwirkungen von einer so hohen Magiekonzentration könnten starke Kopfschmerzen, Schwindelgefühl, Übelkeit, Kreislaufbeschwerden und Orientierungslosigkeit sein. Ihr solltet euch nicht zu lange beim Brunnen aufhalten. Ich weiß nicht, ob ihr sonst auch langfristige Schäden davontragen könntet. Beeilt euch am besten und verschwindet dann schnell von dort. Apropos", fuhr Mr. White fort und zog einen kleinen Gegenstand hervor.

Es sah aus wie ein Stück Silber, das wie ein Stern geformt war. Allerdings waren die Zacken sehr lang. Viel länger als bei einem normalen Stern.

„Wenn ihr am Brunnen angekommen seid, berührt ihn und erweist euch als würdig. Nutzt seine Kraft, um Nilona zu schwächen. Sobald ihr eine Verbindung mit dem Brunnen eingeht, werden ihr wissen, was zu tun ist. Ist alles vollbracht, nutzt das hier. Das ist ein Teleportationsstern. Jeder muss einen Zacken berühren und einer von euch muss auf den Mittelteil des Sterns drücken. Genau drei Mal und er bringt euch hierher zurück. Das gilt natürlich auch für den Fall, wenn etwas schief gehen sollte. Wenn ihr die Mission abbrechen müsst, benutzt den Stern. Ihr müsst ihn nur berühren, festhalten ist nicht nötig. Es kommt auf den Kontakt mit dem Stern an. Hoffen wir aber, dass es nicht dazu kommt, dass ihr abbrechen müsst oder euch Gedanken darüber machen müsst, ob auch jeder teleportiert wird", erklärte er.

Wir nickten und Luke steckte den Stern ein. Immerhin war unser Rückweg dadurch einfacher. Das ist doch schon mal etwas.

Den Rest des Tages nutzen wir dafür, unsere Rucksäcke mit allen möglichen nützlichen Dingen zu packen. Es war wirklich gut, dass Mr. White bei uns war. Er kannte sich bestens aus, beriet uns und machte uns Mut. Er hatte immer einen passenden Spruch parat, um uns aufzubauen. Außerdem hatte er auch eine Tasche mit besonderen Gegenständen mitgebracht. Am besten fand ich eine Art Schirm, der unser Lager unsichtbar machen konnte. Er wird bei den Wesen dort unten zwar voraussichtlich nicht unbedingt perfekt funktionieren, aber vielleicht konnte er uns wenigstens etwas Zeit verschaffen. Außerdem hatte Mr. White ein paar Laternen, die niemals aus gingen. Sie waren mit einer speziellen Art von Glühwürmchen gefüllt. Man musste nur ab und zu so ein süßes, geleeartiges Zeugs in die Laternen füllen, von dem die Tiere sich ernährten. So hatten wir auf jeden Fall immer ein paar sichere Lichtquellen. Wirklich praktisch und gleichzeitig noch hübsch anzusehen.

Mr. White hatte sogar ein paar Pflanzen dabei, die magische Wesen abschrecken konnten. Die schreckten allerdings auch uns ein wenig ab. Der Geruch, den sie ausstrahlten, war wirklich unangenehm. Da würde ich auch Abstand halten. Aber solange es hilft, lohnt es sich auch. Also rein in luftdicht verschlossene Plastiktüten und ab in den Rucksack mit dem stinkenden Zeug. Luke nahm zur Sicherheit auch alle vorhandenen Karten des Höhlensystems mit und wollte zusätzlich eine eigene zeichnen. Er hoffte wohl immer noch, dass wir die alten Karten doch irgendwie nutzen konnten, um einen schnelleren Weg zum Brunnen zu finden. Wenn jemand tatsächlich einen Weg finden würde, dann er. Da war ich mir sicher.

Um unsere Waffen zu verstärken, bestrichen wir die Klingen und Pfeilspitzen mit einem speziellen Gift, das lähmende Eigenschaften besaß. Wenn wir uns schon auf unsere Waffen verlassen mussten, konnten wir sie auch noch ein wenig verbessern. Unsere Rucksäcke waren am Ende des Vormittages auf jeden Fall gut gefüllt. Wir lasen in den Büchern von Mr. White, nachdem wir mit allem fertig waren, noch ein wenig über Kreaturen, die bevorzugt in Höhlen wohnten und hörten uns noch ein paar Tipps von ihm an. Am darauffolgenden Tag wollten wir aufbrechen.

Da wir nach den Vorbereitungen noch ein wenig Zeit hatten und wir alle etwas nervös waren, halfen wir der Direktorin und den anderen noch dabei, die Schule weiter abzusichern und zu befestigen. Lenni half Mr. Mavos und trainierte mit ein paar der jüngeren Schüler und Schülerinnen den Schwertkampf. Luke und Benni halfen Luv dabei, den magischen Schutzschild zu verstärken und noch weitere Ebenen nach innen aufzubauen, damit man sich zurückziehen konnte, und ich half bei der Heilung und Versorgung der Verletzten mit. Die Ablenkung tat gut. Außerdem war es schön, anderen helfen zu können. Vor dem Schutzschild hatten sich inzwischen so viele Schergen versammelt, dass wir den Rauch der Feuer in ihren Lagern deutlich sehen konnten. Sie hatten sogar einen Teil des Waldes gerodet, um genug Platz zu haben.

Außerdem war inzwischen regelmäßig das laute Beben des Schutzschildes zu hören, wann immer die Halbriesen darauf einschlugen. Die Zeit wurde knapp. Wer weiß, wann Nilona hier aufkreuzen würde. Wir mussten sie unbedingt aufhalten, bevor noch mehr Unschuldige verletzt wurden. Die Verletzten in der Schule stellten ja nur einen Bruchteil aller dar, die durch Nilona leiden mussten.

Ich seufzte und konzentrierte mich wieder auf meine Arbeit. Schließlich war es Abend und ich fiel erschöpft ins Bett. Beim Versuch zu schlafen kreisten meine Gedanken um Nilona. Schon wieder. Ohne die Ablenkung von vorher waren die Sorgen wieder da und quälten mich. Es fiel mir sehr schwer abzuschalten und mich noch ein wenig zu erholen, bevor wir aufbrachen. Am Ende hatte ich nur ein paar Stunden geschlafen, aber beim Gedanken an das Kommende wurde ich hellwach. Ich spürte das Adrenalin nur so durch meine Adern rauschen. Es war so weit: Jetzt ging es los.

## EIN LANGER WEG

Der Höhleneingang befand sich in der Schulbibliothek. Neben dem großen Kamin an einer der Wände gab es einen versteckten Mechanismus. Es war genauso, wie in der Prophezeiung beschrieben. Dort, wo man las und sich aufwärmte, befand sich der Eingang. Eines der Bücherregale an der Wand ließ sich, nach Betätigung des Mechanismus, nach hinten drücken und zur Seite schieben. Dahinter befand sich eine Wendeltreppe aus Stein, die nach unten führte.

„Das hier ist wohl der Eingang. Seid ihr einmal hindurch gegangen, können wir euch nicht mehr helfen", sagte die Direktorin und gab uns noch ein Gerät mit, das ähnlich aussah wie ein Walkie-Talkie. „Hiermit können wir hoffentlich in Kontakt bleiben, falls etwas Unerwartetes passieren sollte. Ich bin mir nur nicht sicher, ob die Verbindung noch stabil ist, wenn ihr unten seid, aber das werden wir dann ja sehen", erklärte sie und ergänzte noch: „Ich fühle mich besser, wenn ihr es mitnehmt." Sie schien sich Sorgen um uns zu machen.

„Kein Problem. Wenn es funktioniert, melden wir uns zwischendurch", entgegnete Luke und verstaute das Gerät in seinem Rucksack.

„Euch bleibt nicht viel Zeit. Es sieht so aus, als ob uns hier bald der große Angriff von Nilona bevorsteht. Ich würde am liebsten sagen, dass ihr euch nicht beeilen müsst, aber das kann ich nicht. Ich kann weder den Zeitdruck noch die Schwierigkeit der Aufgabe leugnen, die vor euch liegt. Eine Mischung von vorsichtigem und zügigem Vorankommen ist wohl für den Moment die beste Lösung", riet Mr. White. Auch ihm war seine Nervosität anzumerken.

„Wir kriegen das hin", meinte ich und nickte ihm zu.

„Ja, das werdet ihr. Dann wollen wir mal keine weitere Zeit verschwenden. Wenn ihr die ersten Stufen hinuntergestiegen seid, versiegeln wir die Tür. Ihr kommt dadurch natürlich nicht mehr so einfach über diesen Weg raus, aber es kann euch auch niemand so leicht folgen. Wir wollen nichts riskieren. Für den Rückweg habt ihr ja den Teleportationsstern", erklärte Mr. White.

„In Ordnung", antwortete Lenni und ging gemeinsam mit Luke voran.

„Ich wünsche euch viel Glück", sagte Mr. White noch und die Direktorin nickte. „Unsere Gedanken begleiten euch. Vertraut auf eure Fähigkeiten. Das Schicksal von Avessia liegt jetzt allein in euren Händen."

Wir hatten viel zu verlieren. Der Druck war groß. Einer nach dem anderen verschwanden wir in dem Gang und stiegen die Treppen runter. Als wir die ersten Stufen hinter uns hatten, hörten wir, wie sich das Bücherregal wieder vor den Eingang schob. Jetzt gab es kein Zurück mehr.

Die steinerne Wendeltreppe, die in endlosen Windungen vor uns lag, war sehr eng. Wir mussten hintereinander gehen und aufpassen, dass wir einander nicht anrempelten.

„Passt auf, dass ihr nicht ausrutscht, manche Stufen sind etwas glitschig", meinte Luke.

„Sag das Alison. Wenn jemand genau dorthin tritt, wo man auf jeden Fall ausrutscht, dann sie", entgegnete Benni.

„Witzig. Ich gebe mir wirklich die allergrößte Mühe, dieses Talent zu unterdrücken", erwiderte ich.

Je tiefer wir kamen, desto kühler wurde es. Außerdem waren auch die Treppen immer stärker mit Moos bewachsen.

Bald schon fühlte es sich an, als würde man auf weichem Erdboden gehen.

„Wie kann das Moos hier überhaupt wachsen?", murmelte ich fast mehr zu mir selbst.

„Moos ist hart im Nehmen. Das kann auch an solchen Orten überleben", antwortete Luke, der mich gehört hatte.

„Echt krass", flüsterte ich. Um die Chance auszurutschen zu verringern, hatte ich mich an der Wand entlanggetastet, weil es kein Geländer gab, an dem ich mich festhalten konnte. Da jetzt aber auch dort alles voller Moos war, hatte ich die Befürchtung, bald Insekten zu berühren, die dort lebten und hörte damit auf. Stattdessen streckte ich meine Arme leicht zu beiden Seiten aus, um im Notfall besser mein Gleichgewicht wiedererlangen zu können.

Bislang war ja zum Glück alles gut gegangen. So langsam bekam ich allerdings einen Drehwurm von den ganzen Windungen vor uns. Wie lang war diese Treppe denn bitte? Luke musste inzwischen immer häufiger Spinnweben zur Seite wischen, die uns den Weg versperrten. Hier war wirklich lange niemand mehr langgegangen. Benni bekam die Geste mit und leuchtete misstrauisch die Wände und Decken ab, um im Notfall den dort heimischen Spinnen ausweichen zu können. Es waren allerdings weit und breit keine Spinnen anzutreffen. Auch keine anderen Krabbelviecher. Dabei hätte ich gedacht, dass die moosige Wand ein super Lebensraum für sie wäre.

„Ist das nicht merkwürdig?", meldete sich Benni irgendwann.

„Was denn?", fragte Luke.

„Naja, dass hier keine Spinnen oder andere Tierchen sind. Es gibt Netze und es gibt Moos, aber alles scheint leer und leblos", erläuterte Benni.

„Vielleicht haben sie ihr Zuhause verlassen und sind jetzt im Höhlensystem. Es kann gut sein, dass es hier nicht genug Nahrung gab. Sie wären dadurch dann automatisch gezwungen, umzuziehen", überlegte Luke.

„Ach so. Daran habe ich noch gar nicht gedacht", murmelte Benni.

„Nicht alles hat einen gefährlichen Grund", entgegnete Lenni und schmunzelte.

„Man weiß ja nie …", meinte Benni und hörte zur Sicherheit auch weiterhin nicht damit auf, alles abzuleuchten. Es könnte ja doch noch eine Spinne zurückgeblieben sein.

„Seht mal, da vorne wird der Gang breiter!", rief Luke. Er hatte recht. Ein paar Stufen weiter führte ein Gang weg von der Treppe.

„Aber die Treppe geht auch noch weiter", überlegte ich und hielt meine Laterne nach unten, um mehr sehen zu können.

„Davon stand nichts in den Aufzeichnungen. Bei den anderen hat die Treppe an einem bestimmten Punkt geendet und in das Höhlensystem geführt", bemerkte Luke verwirrt.

„Das geht ja gleich richtig gut los", seufzte Benni und ging ein Stück in den Gang hinein. „Es geht hier auf jeden Fall ne Weile weiter", stellte er fest als er wieder zurückkam.

„Was machen wir jetzt?", fragte Lenni.

„Probieren wir es erstmal mit dem Gang hier", schlug Luke vor. „Alle einverstanden?"

„Können wir so machen", antwortete ich und auch die anderen stimmten zu. Wir verließen also den Weg mit den Treppen und betraten den Gang.

Hier war das Vorankommen deutlich angenehmer. Es war wirklich schön, nicht mehr die ganze Zeit in einer Spirale nach unten zu gehen. Außerdem war die Gefahr auszurutschen in diesem Terrain nicht mehr ganz so groß. Gut für mich. Sogar sehr gut. Wir gingen eine Weile geradeaus und landeten in einer Sackgasse.

„Na toll. Also haben wir uns doch falsch entschieden", grummelte Benni.

„Besser wir merken es jetzt als in ein paar Stunden. So können wir immerhin noch schnell wieder zurück", erwiderte Lenni.

Wir drehten enttäuscht um und gingen zurück. Doch statt wieder auf dieses Steintreppenhaus zu treffen, gabelte sich der Gang vor uns plötzlich.

„Wie kann das denn jetzt sein?" Verwirrt sah ich mich um.

„Wo sind die Treppen hin? Die müssten doch hier sein. Außerdem sind wir doch vorhin an keiner Gabelung vorbeigekommen", meinte Lenni und leuchtete in die beiden Gänge. Von einer Treppe keine Spur.

„Ich dachte, dieser Ort ist nur beim Betreten immer anders. Nicht, dass er sich die ganze Zeit über verändert!", rief Benni verärgert.

„Das macht die Sache jetzt deutlich schwieriger." Luke kratze sich nachdenklich am Kopf.

„Kann man denn so überhaupt den richtigen Weg finden?", fragte ich unsicher.

„Wir müssen uns wohl auf unser Gefühl verlassen. In welchem Gang ist die Magie stärker konzentriert? Könnt ihr das spüren?", antwortete Luke nachdenklich.

Ich schloss meine Augen und atmete tief ein und aus. Vor meinem inneren Auge sah ich die Gabelung mit den zwei Gängen und fühlte in jeden für einen Augenblick hinein.

„Ich bin mir nicht sicher. Wir sind so weit von unserem Ziel entfernt, dass die Magiekonzentration noch sehr schwach ist, aber der linke Gang könnte es sein", vermutete ich.

„Das würde ich auch so sehen", bestätigte Lenni und öffnete gerade wieder seine Augen.

„Gut, gehen wir links lang", beschloss Luke und wir gingen weiter. Hoffentlich war das die richtige Entscheidung. Wir hatten nicht genug Zeit, um uns hier unten zu verirren und immer wieder umzukehren. Zumal dann ja auch alles wieder anders aussah. Luke packte die alten Karten wieder in seinen Rucksack. Die würden uns nach unseren neuen Erkenntnissen nun wirklich gar nicht mehr helfen können. Trotzdem versuchte er weiterhin selbst eine Karte zu zeichnen.

Der Gang war breit genug, dass wir zu zweit nebeneinander laufen konnten. Es war immer noch sehr moosig und die Luft war feucht.

„Ist hier in der Nähe ein unterirdischer Fluss?", fragte ich.

„Es kann auch sein, dass einer unter uns ist", überlegte Luke.

„Oder im nächsten Moment direkt vor uns", scherzte Benni. Luke warf ihm einen bösen Blick zu. „Was? Stimmt doch", entgegnete Benni. Luke ignorierte ihn.

„Sieh mal, du hattest recht!", rief auf einmal Lenni und zeigte auf die steinerne Wand. Dort krabbelte ein kleiner Tausendfüßler lang.
„Gibt's ja nicht. Ein Lebewesen", flüsterte Benni.
„Die sind wohl wirklich alle hier. Interessant ...", murmelte Luke. Wir gingen weiter und trafen auf immer mehr Insekten.

„Ist das ein gutes Zeichen? Das werden ja immer mehr", fragte Lenni.
„Kann gut sein. Genau sagen kann ich es nicht. Hier ist auf jeden Fall alles voller Leben", entgegnete Luke.
Wir setzten unseren Weg fort. Es ging eine lange Zeit geradeaus als plötzlich ein platschendes Geräusch ertönte.
„Mist!", rief Luke.
„Was ist denn?", fragte ich und schloss mit Lenni zu ihm auf. Wir standen vor einem Unterwassersee und Luke war direkt ins Wasser getreten.

Unser Licht reichte aus, um bis zur anderen Wand zu leuchten.
„Oh nein, bitte sagt es nicht. Dass plötzlich Wasser vor uns auftaucht, war doch nur ein Scherz", seufzte Benni und eilte ebenfalls zu Luke.
„Ich glaube, wir müssen tauchen", überlegte dieser und schüttelte sein triefnasses Bein.
„Das auch noch. Uns bleibt auch nichts erspart. Ich hätte einfach nichts sagen sollen, vielleicht wäre es dann anders gelaufen", grummelte Benni vor sich hin.
„Vielleicht. Wer weiß das schon?", antwortete Lenni.
„Meinst du echt, dass es da weitergeht?", fragte ich nachdenklich.
„Das können wir doch leicht herausfinden. Schick mal ne Lichtkugel durch das Wasser", entgegnete Luke. Ich folgte seinem Vorschlag und ließ eine Lichtkugel unter Wasser zur Wand und an der Wand entlang schwimmen. Ihr Licht schimmerte nur leicht durch das Wasser und reichte kaum bis zu uns. Ich vertraute mehr auf mein Gefühl, als ich die Kugel lenkte. Tatsächlich konnte ich sie an einer Stelle unter der Wand hindurchführen.

„Es scheint da wirklich weiterzugehen", meinte ich. „Ich weiß aber nicht, wie weit", ergänzte ich noch.

„Aber die Magiekonzentration ist da hinten ein wenig höher", bemerkte Lenni, der begonnen hatte mithilfe seiner Magie die Umgebung abzutasten.

„Dann probieren wir es aus", entschied Luke.

Langsam betraten wir den See und schwammen zur gegenüberliegenden Wand. Das Wasser war unglaublich kalt und es war so tief, dass ich den Boden nicht sehen konnte, obwohl das Wasser an sich ziemlich klar war. Das gefiel mir ganz und gar nicht. An der Wand angekommen, tauchten wir ganz unter und entdeckten die Öffnung in der Wand. Sie war gerade groß genug, dass wir alle ohne Probleme hindurchpassten.

Nacheinander schlüpften wir durch die Öffnung. Hinter ihr wurde der Gang zum Glück wieder breiter und wir hatten mehr Bewegungsfreiheit. Immerhin mussten wir uns über Sauerstoffprobleme keine Gedanken machen, da die Magie das für uns regelte und wir so unter Wasser atmen konnten. Ertrinken konnten wir dadurch also schon mal nicht. Vorsichtig tauchten wir weiter. Was uns ein paar Meter nach dieser Öffnung erwartete, ließ mich staunend innehalten. Wir hatten es vorher nicht sehen können, weil es zu weit weg und durch die Mauer versteckt war. Vor uns war es auf einmal taghell und das hatte rein gar nichts mit möglichen Auswirkungen der Sonne durch irgendwelche Spalten oder mit unseren Lichtkugeln zu tun. Der Boden, die Wände, einfach jeder freie Raum war voll mit bunten Korallen, die helles Licht ausstrahlten. Zwischen ihnen tummelten sich kleine Fische, die an uns vorbeisausten und deren Schuppen im Licht silbern schillerten. Es war ein wahres Paradies.

Begeistert schwammen wir weiter, darauf bedacht, die Korallen nicht zu berühren. Das war gar nicht so einfach, weil sie teilweise mitten in den Gang hineinwuchsen. Dann wurde dieser aber zum Glück auf einmal breiter und mündete in einen weiteren unterirdischen See. Wir wollten gerade Richtung Wasseroberfläche schwimmen, als Benni, der neben mir schwamm, plötzlich nach unten gerissen wurde. Reflexartig griff ich nach seinem Arm, konnte mich jedoch nicht gegen die Kraft stemmen, die an ihm riss und wurde mit ihm gemeinsam nach unten gezogen.

Der Grund dafür war schnell klar: Es waren die Algen, die am Boden dieses Sees lebten. Sie hatten ein Eigenleben entwickelt und immer mehr von ihnen griffen nach uns und zogen uns unerbittlich weiter nach unten. Sie waren dunkelgrün und hatten kleine Härchen an ihren Blattoberflächen. Ich machte mir zunehmend Sorgen darüber, dass die Geschwindigkeit, mit der wir nach unten gezogen wurden, nicht abnahm, obwohl der Boden schon zu sehen war. Lenni und Luke konnte ich nur noch ganz klein über uns sehen. Sie konnten nicht ansatzweise so schnell hinter uns herschwimmen. Am Boden waren noch ein paar Ausläufer der Korallen und es sah so aus, als ob wir genau in ihnen landen würden. Ich wappnete mich für den Aufprall und machte mich ganz klein. Dann schlugen wir mit gewaltiger Wucht auf den Boden auf und ein stechender Schmerz durchzuckte mich.

Die Koralle, auf der wir gelandet waren, war zum Glück weich und linderte unseren Sturz ein wenig ab, aber dafür nesselte sie. Überall, wo sie unsere Haut berührte, machte sich ein brennender Schmerz breit. Schnell befreiten wir uns von den Algen, die uns immer noch fest umschlungen hielten und unsere Bewegungsfreiheit stark einschränkten. Sie schienen mit dieser Koralle zusammenzuarbeiten. Was für eine intelligente Schweinerei. Aber nicht mit uns. Noch leicht mitgenommen vom Aufprall, stießen wir uns nach dem Durchtrennen der Algen vom Boden ab und versuchten so viel Abstand wie möglich zwischen uns und diese nesselnde Koralle zu bringen. Überall, wo sie mich berührt hatte, brannte meine Haut wie Feuer.

Ich konnte in Bennis Gesichtsausdruck erkennen, dass auch er starke Schmerzen hatte. Außerdem war seine Haut überall dort, wo die Koralle sie berührt hatte, knallrot und voller Brandblasen. Bei mir musste es ähnlich sein. Zumindest fühlte es sich so an. Wir wollten zu den anderen zurückschwimmen, aber wir kamen nicht weit. Wie aus dem Nichts waren wir plötzlich von Wasserwesen umzingelt, die ihre Waffen auf uns richteten. Überrascht hielten wir in unserer Bewegung inne. Wo waren die denn auf einmal hergekommen? Sie sahen aus wie riesige Seepferdchen. Nur, dass sie eben richtige von Schuppen bedeckte Arme besaßen. Das sah mehr als merkwürdig aus. Seepferdchen mit Armen, die ihre Waffen auf uns richteten. Eine mehr als seltsame Situation. Vorsichtig hoben wir die Hände nach oben, um zu zeigen, dass wir friedlich waren.

Ich war mir nicht sicher, ob sie die Geste verstanden. Ihre Augen waren ausdruckslos und sie zielten immer noch mit ihren Waffen auf uns. Sie sprachen miteinander, aber ich konnte ihre Sprache nicht verstehen. Für mich klang es wie rhythmisches Blubbern. Ich konnte noch nicht mal einschätzen, ob das Blubbern freundlich oder aggressiv klang. Es klang eben ... wie Blubbern nun mal klingt. Darin eine Sprache zu erkennen, war für meine Ohren unmöglich. Freilassen wollten sie uns jedenfalls noch nicht. Unsere Arme wurden mithilfe der haarigen Algen hinter unseren Rücken festgebunden. Kurz darauf wurden wir von ihnen weggeskortiert. Wohin auch immer. Ich konnte nicht wirklich sagen, ob uns diese Wesen jetzt feindlich gesinnt oder einfach nur vorsichtig waren.

Hoffentlich konnten wir uns irgendwie mit ihnen verständigen, sonst würden wir wohl wenig Chancen haben, uns zu erklären und hier wieder wegzukommen. Vielleicht mit Bildern oder so. Aus den Augenwinkeln konnte ich erkennen, dass Luke und Lenni uns heimlich folgten. Sie hatten uns eingeholt. Das beruhigte mich. Es bedeutete, dass die Wasserwesen sie noch nicht entdeckt hatten. Das war gut. Die beiden konnten uns bestimmt wieder aus diesem Schlamassel rausholen. Hoffentlich. Zumindest wussten sie, wo wir waren.

# DIE STADT UNTER WASSER

Wir schwammen durch einen Vorhang aus lila schimmernden Algen und das, was uns dahinter erwartete, ließ mich überrascht innehalten. Hier lebten diese Wesen also. Es war eine abgeschlossene, riesige Unterwasserhöhle. Überall an den Wänden wuchsen dieselben leuchtenden Korallen und in der Mitte befand sich eine Stadt. Es sah so aus, als wäre sie aus toten Korallenüberresten erbaut worden. Sie war strahlend weiß. Breite Wasserstraßen führten durch die Stadt und irgendwie hatten diese Wesen es geschafft, dass die Strömung hier so floss, dass wir von ihr nach vorne gedrückt wurden und schneller vorankamen. Man konnte sich richtig von ihr tragen lassen. Fühlte sich ein bisschen so an wie eine Achterbahnfahrt unter Wasser. Die Stadtbewohner lugten neugierig aus ihren Häusern und beäugten uns. Keines der Häuser hatte Türen oder Fenster. Da waren einfach Löcher und auch sonst konnte ich nichts in den Häusern sehen, außer Algen. Natürlich.

Wir steuerten auf ein großes Gebäude zu, das wohl sowas wie ein Palast zu sein schien. Die Wesen führten uns hinein und wir betraten einen langen Saal, an dessen Ende eines dieser Wasserwesen saß, das allerdings ein wenig größer war als die anderen. Auch hatte es eine andere Farbe. Alle anderen, denen wir begegnet waren, waren orange-braun, aber dieses Wesen war rot-braun und viel auffälliger. Kurz vor ihm wurden wir angewiesen, stehen zu bleiben. Es blubberte uns an. Ich wechselte einen fragenden Blick mit Benni. Keine Ahnung, was es uns sagen wollte. Das Wesen merkte, dass wir es nicht verstanden und blubberte die anderen an. Sie unterhielten sich kurz, dann erhob sich der Rot-braune und schwamm in einen anderen Raum. Wir folgten ihm zögerlich. Dort waren Bildnisse in die Korallenwände geritzt worden. Er zeigte auf eines. Vorsichtig näherten Benni und ich uns der Wand und betrachteten das Bild. Darauf waren viele Quallen abgebildet, in deren Mitte sich ein Gegenstand befand. Eine Kugel oder Perle. Wir sahen wieder zu dem Rot-braunen, der nun auf ein anderes Bild zeigte. Den Ort erkannte ich wieder. Der mit dieser nässelnden Koralle. Sie war so dargestellt, als würde sie leuchten.

„Ich glaube, diese Koralle, auf der wir gelandet sind, ist bei denen heilig", flüsterte ich Benni zu und er nickte.

„Da könntest du recht haben. Auch, wenn ich nicht verstehe, warum dieses nesselnde Ding heilig sein sollte. Mein Gesicht brennt immer noch", erwiderte er.

Das Bild daneben zeigte anscheinend die Strafe, die einen erwartete, wenn man diesen heiligen Ort betrat. Es war der Tod. Klar. Was auch sonst? Ich zeigte auf das Bild mit der Strafe und dann auf uns. Der Rot-braune schüttelte seinen Kopf und zeigte wieder auf das erste Bild und auf uns.

„Ich glaube er gibt uns noch eine Chance", übersetzte ich.

„Wie großzügig. Wenn wir dieses Kugelding für ihn aus dem Meer von Quallen holen, sind wir also frei? Können die das nicht selbst machen?", meinte Benni ironisch und ergänzte noch mürrisch: „Wir sind ja nicht schon genug verbrannt und haben ja auch gerade nichts Besseres zu tun."

„Ich glaube, wir haben keine Wahl", sprach ich meine Befürchtung direkt aus, wandte mich dem Rot-braunen zu und nickte.

Er schien darüber erfreut zu sein und wies zwei seiner Leute an, uns zu dem Ort mit den Quallen zu bringen. Das vermutete ich zumindest.

„Wir könnten die beiden einfach überwältigen", flüsterte Benni mir auf dem Weg zu, als wir die Stadt verlassen hatten.

„Ich glaube nicht, dass das unser Problem löst. Versuchen wir einfach schnell diese Perle zu holen und setzen anschließend unseren Weg fort. Wir haben keine Zeit, mit diesem Volk Streit

anzufangen. Wer weiß, was dann wieder alles passiert", entgegnete ich und er seufzte. „Ja, ja. Du hast ja recht."
Von Luke und Lenni war weit und breit nichts zu sehen. Wo die beiden wohl waren? Nach ein paar weiteren Minuten endlosen Schwimmens kamen wir an einem Loch im Boden an und die beiden Wasserwesen wiesen nach unten. Weiter würden sie uns wohl nicht folgen. Konnte ich verstehen. Da ging es echt weit runter und es war alles pechschwarz.

„Echt jetzt?", seufzte Benni. Ich klopfte ihm auf den Rücken und schwamm vor. Auch mir war mulmig zumute, aber ich wollte diese Aufgabe schnellstmöglich hinter mich bringen. Dabei nahm ich mir vor, lieber keine Magie zu benutzen, weil ich nicht wusste, ob diese Wasserwesen positiv oder negativ darauf reagieren würden. Deshalb schwammen wir eine Weile in vollkommener Dunkelheit. Bis vor uns plötzlich Lichter auftauchten.

„Siehst du das auch? Oder ist das schon eine Halluzination wegen dem Druck hier unten", fragte Benni.

„Ich sehe das Licht auch. Wir nähern uns wohl unserem Ziel", antwortete ich. Nach ein paar weiteren Schwimmzügen war klar, dass es die Quallen waren. Sie leuchteten den Weg. „Okay, versuchen wir, sie lieber nicht zu berühren."

„Du bist lustig. Die sind doch überall!", rief Benni skeptisch.

„Naja, wir sind ja weit genug unten, dass diese Wasserwesen es nicht mitbekommen, wenn wir Magie benutzen würden. Denke ich zumindest. Am besten wir erschaffen ein Schutzschild um uns herum", schlug ich vor.

„Das ist eine sehr gute Idee. Sehr viel besser als einfach drauflos zu schwimmen", erwiderte Benni. Ich ignorierte seinen Nachsatz, erschuf ein Schild um meinen Körper herum und tauchte weiter hinunter, zwischen den Quallen hindurch. Benni folgte mir.

Es stellte sich als mehr als gut heraus, dass Benni mich aufgehalten hatte und wir unsere Magie nutzten. Immer, wenn die Quallen unser Schild berührten, gab es eine kleine elektrische Entladung. Wir mussten zum Glück nicht mehr weit tauchen, dann sahen wir schon die Perle auf einem Erdsockel liegen. Leider lag sie nicht lose darauf, sondern war mit dem Sockel verbunden. Gemeinsam zogen wir an ihr und stemmten uns gegen den Sockel, bis wir es schließlich schafften, die Perle abzutrennen. Das Ding war ganz schön schwer und zog uns im ersten Moment ruckartig zu Boden, da wir mit dem schweren Gewicht nicht gerechnet hatten. Wir mussten sie mit gemeinsamer Kraft nach oben tragen. Deshalb dauerte der Weg auch doppelt so lang.

Dort angekommen warteten auch immer noch die beiden Wasserwesen, die die Perle mit großen Augen anstarrten. Die schien ihnen wirklich wichtig zu sein. Nach einer kurzen Pause setzten wir uns wieder in Bewegung. Auch für den restlichen Rückweg brauchten wir deutlich länger, weil wir die schwere Perle tragen mussten und die beiden Wasserwesen keine Anstalten machten, uns zu helfen. Sie schauten uns und die Perle nur immer wieder ungläubig an. Ich war froh, dass wir, in der Stadt angekommen, die Strömung nutzen konnten und bis zum Schloss getragen wurden. Meine Arme zitterten schon von der Anstrengung.

Endlich angekommen, riss uns der Rot-braune die Perle quasi aus den Händen.

„Gern geschehen", grummelte Benni.

Der Rot-braune nickte uns zu und machte eine Geste, die wohl bedeutete, dass wir gehen durften. Es achtete auch niemand mehr auf uns. Alle betrachteten nur noch diese Perle. Wir nutzten unsere Chance, bevor sie es sich anders überlegten, und schwammen schnell aus der Stadt.

Lenni und Luke warteten vor dem Algenvorhang, der zur Stadt führte und diskutierten noch, wie sie unbemerkt hineinkommen könnten. Als sie uns sahen, waren sie erleichtert. Nicht nur darüber, dass es uns gut ging, sondern auch darüber, dass sie keinen Plan mehr brauchten, um in die Unterwasserstadt zu kommen. Schnell tauchten wir zur Wasseroberfläche und ich war mehr als froh, als wir endlich wieder Boden unter den Füßen hatten. Luke betrachtete die Brandblasen, die immer noch leuchtend rot auf Bennis und meiner Haut prangten und kramte in seinem Rucksack nach einer Salbe.

Ich bot an, Benni zu heilen, aber er wollte, dass ich meine Kräfte aufsparte. Deshalb hatten wir beide kurz darauf eine dicke Schicht Salbe auf der Haut.

„Was ist da unten passiert?", fragte Lenni neugierig, als wir verarztet waren. „Wir waren kurz davor, da einzumarschieren." Benni und ich erklärten abwechselnd, was passiert war und die beiden staunten nicht schlecht.

„Zum Glück seid ihr jetzt wieder hier", meinte Luke nachdenklich.

„Das hätte übel für uns ausgehen können", bestätigte Lenni. Wir schwiegen eine Weile.

„Worüber denkst du nach?", fragte ich Luke, der grübelnd die Wasseroberfläche anstarrte.

„Nun ja. Ich habe mal was über eine verschollene Perle gelesen, um die damals Kriege geführt wurden, bis sie eines Tages gestohlen wurde und bis jetzt nie wieder aufgetaucht ist. Sie soll unglaublich wertvoll sein. Einer der besonderen Schätze von Avessia", erklärte er.

„Vielleicht hätten wir die Perle doch lieber selbst behalten sollen", scherze Benni.

„Es ist wohl besser, wenn sie hierbleibt. Solche Schätze wecken die Gier in anderen. Würde bekannt werden, dass die Perle gefunden wurde, würden wieder Kriege um sie geführt werden. Wir sollten das für uns behalten. Es könnte außerdem auch eine ganz andere, normale Perle sein. Wir wissen es ja nicht", erwiderte Luke. Da hatte er recht. Man weiß echt nie, was man auf seinen Reisen so findet.

Wir ruhten uns noch einen Moment am Wasserufer aus, brachen dann aber doch lieber wieder auf. Wir fühlten uns in Wassernähe nicht mehr wohl und wollten hier auf keinen Fall unser Lager aufschlagen. Deshalb beschlossen wir, das Höhlensystem noch ein wenig weiter zu erkunden und einen Ort für unser Lager suchen, der möglichst weit weg von diesem Unterwassersee war. Obwohl diese Wesen wahrscheinlich gar nicht an Land überleben konnten, aber man weiß ja nie. Hier konnte man nie zu vorsichtig sein.

Nach der ganzen Schwimmerei fühlte es sich ein wenig seltsam an wieder zu gehen. Ich bildete mir ein, immer noch das Wasser und die Strömung um mich herum zu spüren. Dieses Gefühl ließ erst nach einiger Zeit nach. Die Gänge wurden wieder schmaler und wir mussten uns durch einige Engstellen quetschen oder drunter durchkriechen. Jetzt würden uns diese Wasserwesen sicherlich nicht mehr folgen können. Diese Gänge waren nicht dafür gemacht, dass man sie entlang ging.

„Vorsicht Leute!", rief Luke, als wir gerade wieder unter einer Felswand hervorkrochen. „Hier geht es tief nach unten."

Ich lugte über den Felsvorsprung und konnte nur leicht die Umrisse der Felsen am Boden der Schlucht erkennen, die sich spitz zu uns emporreckten. Ich wusste nicht, was ich schlimmer fand. Die Höhe oder die Aussicht, auf diese spitzen Felsen zu fallen.

„Wir werden von den Felsen aufgespießt, wenn wir nicht aufpassen", meinte Lenni nachdenklich.

„Entweder runterklettern oder mit Magie zum anderen Ende schweben", murmelte Luke mehr zu sich selbst als zu uns. Dann sagte er laut: „Wir sind alle ziemlich erschöpft und wir sind heute gut vorangekommen. Ich denke, wir können uns eine kleine Pause gönnen. Schlagen wir unser Lager auf. Hier können uns auch andere Wesen schlecht überraschen, wir sind gut geschützt. Einen besseren Ort zum Übernachten finden wir so schnell sicherlich nicht wieder. Überlegen wir uns später, welchen Weg wir einschlagen. Vielleicht kommen uns in der Zwischenzeit ja auch noch mehr Ideen. Was meint ihr?" Wir stimmten ohne Widerworte zu.

Nacheinander begannen wir damit, unsere Rucksäcke auszupacken. Eine Pause war jetzt genau das Richtige. Wir waren alle erschöpft. Ich hatte hier unten kein Zeitgefühl, aber wir waren sicherlich schon einige Stunden lang unterwegs. Vielleicht sogar schon einen ganzen Tag. Vielleicht ist es über uns jetzt schon tiefe Nacht oder aber der neue Morgen beginnt bereits. Wenn wir nur einschätzen könnten, wie weit es noch bis zu unserem Ziel ist und ob wir in die richtige Richtung gingen. Der Weg könnte noch mehrere Tage oder am Ende vielleicht sogar mehrere Wochen umfassen. Wer wusste das schon?

Mein Körper war schwer und meine Beine kribbelten vom vielen Laufen und Schwimmen. Nur einen Moment hinlegen und dann geht es wieder. Danach helfe ich den anderen. Ich brauche nur einen kleinen Augenblick. Einen ganz kleinen Augenblick die Augen schließen.

Kaum lag ich, schlief ich auch schon ein. Ich kam nicht mal mehr dazu etwas zu essen und die Jungs mussten unser Lager ohne meine Hilfe aufbauen. Ich hatte es nur geschafft, meine Matte auf den Boden zu legen. Für mehr hatte meine Energie doch nicht mehr gereicht.

# VERTEIDIGUNG DES SCHUTZ-WALLS

## MAJA

Avessia hatte sich verändert. Überall herrschte Chaos. Nilonas Schergen breiteten sich schnell aus und zogen brandschatzend durch die Dörfer und Städte auf ihrem Weg. Grausamkeit war an der Tagesordnung. Die Schule war einer der wenigen Orte, die noch einigermaßen sicher waren. Wir hatten so viele Menschen evakuiert, wie wir konnten. Inzwischen war ich mir allerdings nicht mehr sicher, ob wir sie wirklich retten konnten. Schon seit einigen Wochen war einfach alles anders. Unsere Tage liefen immer nach dem gleichen Muster ab. Morgens halfen wir dabei, alle zu versorgen und das Essen zu verteilen. Wir mussten die Leute aus dem Dorf auch immer häufiger beruhigen. Danach ging es gegen Mittag weiter mit der Sicherung der Schule und ihrer Umgebung.

Unsere Anspannung stieg mit jedem Tag weiter an. Besonders das ständige Grummeln und Beben von den Halbriesen, die gegen den Schutzschild hämmerten, machte alle nervös. Wenn die ersten Aufgaben erledigt waren, patrouillierten wir am Schild entlang. In Gruppen von mindestens fünf Leuten, abwechselnd rotierend. Wir entdeckten häufig kleine Gruppen von Skelettkriegern, die sich am Waldrand hinter der Schule aufhielten. Es geschah nicht selten, dass wir uns nach draußen schlichen und die Skelettkrieger bekämpften. Wir wollten Nilonas Schergen schrittweise dezimieren. Am Anfang war das auch gar kein Problem. Es waren nur kleine Gruppen, die wir mühelos besiegen konnten. Da mussten wir nicht lange überlegen, ob wir den Schutzschild verlassen und uns ihnen entgegenstellen sollten. Es klappte gut.

Mit der Zeit wurden es jedoch mehr. Ob das an unseren Angriffen lag oder an der Tatsache, dass immer mehr von Nilonas Schergen im Lager eintrafen, war nicht ganz klar. Ihre Gruppenstärke wuchs jedenfalls an und ich hatte auch das Gefühl, dass sie besser kämpfen konnten. Besser vorbereitet waren. Es wurde immer schwerer, sich heimlich aus dem Schutzschild zu schleichen, ohne dass wir die Position des versteckten Eingangs dabei preisgaben.

Außerdem wurde es auch immer schwieriger unsere Gegner zügig zu besiegen. Sie gefahrlos zu besiegen. Ich wurde das Gefühl nicht los, dass sie mit der Art, wie wir kämpften, vertraut waren und sich an uns anpassten oder zumindest vorher ähnlich wie wir trainiert wurden. Thomas meinte nur, dass ich mir das alles einbilden würde und die Skelette viel zu dumm sind, um so weit zu denken. Damit hatte er vielleicht sogar recht, aber das hieß nicht automatisch, dass es unmöglich war. Denn wenn die Skelettkrieger sich nicht von allein organisieren können, kann es jemand anderes für sie tun. Die Skelettkrieger sind vielleicht nicht die hellsten, aber dafür war ja Nilona da. Gerissen genug für alle zusammen. Sie steuerte sicherlich alles aus dem Hintergrund. Sie würde schon dafür sorgen, dass ihre Soldaten gut vorbereitet waren.

Jemand wird sie alle trainiert haben und ich war mir sicher, dass es Nilona war. Sie würde sicherlich nicht persönlich das Training ihrer Armeen übernehmen, aber sie hatte sich bestimmt jemanden geholt, der darin sehr gut war. Jemanden, der gut war, aber auch jemanden, den sie kontrollieren konnte. Das war sicherlich der Grund dafür, dass wir den Schutzschild inzwischen nicht mehr so einfach gefahrlos verlassen konnten. Es bedeutete aber auch, dass uns ein noch härterer Kampf bevorstehen könnte, als wir zuerst dachten, wenn sie irgendwann durchbrechen sollten. Vor allem, wenn sie uns von allen Seiten angriffen. Von allen Seiten. Ich hielt in Gedanken kurz inne. Mir kam eine Idee. Vielleicht war es eine dumme Idee, aber das sollte die Direktorin entscheiden. Die Idee war gut genug, um sie ihr vorzuschlagen.

Ich rief meiner Gruppe zu, dass sie die Patrouille ohne mich beenden sollten und sprintete zurück zur Schule. Vollkommen außer Atem kam ich im Büro der Direktorin an.
„Maja, ist alles in Ordnung? Sie sind doch wohl nicht schon durchgebrochen, oder?", fragte sie überrascht.
„Nein, machen Sie sich keine Sorgen. Ich hatte nur eine Idee", sprudelte es aus mir heraus. Ich setzte mich zu ihr an den Schreibtisch, schnappte mir ein leeres Blatt Papier und einen Bleistift und begann beim Erklären zu zeichnen.

„Es ist doch auffällig, dass es immer mehr Skelettkrieger werden. Sie umkreisen uns in kleinen Intervallen und mit großer Gruppenstärke und sind auch gut ausgebildet worden. Es wird immer größerer Druck auf uns ausgeübt. Wir sind inzwischen regelrecht von ihnen umzingelt. Sie sind bei weitem nicht mehr so einfach zu besiegen wie am Anfang. Würde der Schutzschild jetzt also kollabieren, würden wir von allen Seiten angegriffen werden. Wir müssten rund um die Schule verteidigen und bräuchten überall gute Kämpfer. Was wäre aber, wenn ein Großteil des Schildes bestehen bleibt und nur ein kleiner Teil geöffnet wird? So könnten wir an einem Punkt konzentriert verteidigen. Die gegnerischen Streitkräfte, die um uns herum im Wald verteilt waren, müssen dann erstmal zurückkehren, was uns zusätzlich mehr Zeit einbringen könnte. Wären unsere Chancen nicht größer, wenn wir nur an einer Front kämpfen? Dadurch können wir in dem jeweiligen Bereich auch alle Vorkehrungsmaßnahmen treffen", erklärte ich immer noch ein wenig außer Atem.

„Das ist gar keine schlechte Idee", murmelte die Direktorin. „Die Sache hat nur einen Haken. Um deinen Plan durchzuführen, müssten wir die Magie auf den hinteren Teil des Schildes konzentrieren. Dadurch kann der Teil, durch den die gegnerischen Truppen später kommen sollen, natürlich sehr viel schneller durchbrochen werden. Die Magie ist dort viel schwächer. Es ist wie eine Einladung. Wenn wir das machen, wird es nicht lange dauern, bis sie hier sind und der Kampf geht sofort los."

„Oh", meinte ich nachdenklich. Darüber hatte ich noch gar nicht nachgedacht. Wir mussten Alison und den anderen ja so viel Zeit wie möglich verschaffen.

„Es ist dennoch nicht unmöglich. Deine Idee gefällt mir", flüsterte sie mir zu und ich sah überrascht auf.

Sie grinste zuversichtlich. „Hör gut zu", begann sie. „Wir starten ab jetzt mit den Vorbereitungen in dem Bereich, in dem sie durchbrechen werden. An dem Schutzschild ändern wir aber noch nichts. Das machen wir erst, wenn sie sowieso kurz davor sind, durchzubrechen. So können wir noch am meisten Zeit für die Suche nach dem Brunnen herausholen. Dann müssen alle hier Anwesenden ihre Magie anwenden und den hinteren Teil des Schutzschildes verstärken, damit er erhalten bleibt. Alle Energie muss auf diesen Teil, der überbleiben soll, gerichtet und gelenkt werden. Es ist riskant, aber dadurch sollte nur der nicht fokussierte Teil des Schutzschildes zerstört oder eben aufgehoben werden. Hoffentlich ist das am Ende auch der von uns gewollte Teil. Ich kann nicht sagen, ob es klappen wird. Es wurde noch nie versucht. So können wir aber den Vorteil im Kampf erhalten und dennoch möglichst viel Zeit für unseren Einsatztrupp im Höhlensystem unter uns herausschlagen. Wenn wir es so machen, kann deine Idee funktionieren."

Ich nickte. Das hörte sich gut an.

„Sehr schön. Ich ernenne dich zur Einsatzleiterin für die Vorbereitungen. Nimm dir die Leute, die du brauchst und fang sofort an", ergänzte sie noch.

„Ich?", fragte ich verblüfft. Damit hatte ich nicht gerechnet. Ich hatte kaum Erfahrung und war noch eine Schülerin. Warum sollte ich das machen?

„Aber ja! Das war doch deine Idee und du hast in dieser schwierigen Situation schon mehrmals bewiesen, dass du Führungspotential hast und einen kühlen Kopf bewahren kannst. Du bist die Richtige dafür. Aber ich zwinge dich natürlich nicht dazu. Wenn du das nicht willst oder es dir nicht zutraust, musst du natürlich nicht die Leitung übernehmen", antwortete sie.

„Doch. Doch ich mache das", bestätigte ich nach einem Moment des Überlegens zuversichtlich. Nun konnte ich mich beweisen. Die Direktorin glaubt an mich und vertraut mir. Ich werde zeigen, dass sie Recht hat. Ich war schon dabei, das Büro zu verlassen, als ich mich doch nochmal umdrehte.

„Haben sie sich schon gemeldet? Ich meine Alison und die anderen?", fragte ich unsicher.

Die Direktorin sah besorgt aus. „Nein. Bisher noch nicht. Ich konnte noch keine Verbindung zu ihnen herstellen. Hoffen wir einfach, dass sie es nur vergessen haben und das Gerät noch ausgeschaltet ist", antwortete sie.

„Ihnen geht es gut", sagte ich überzeugt und nun war es die Direktorin, die mich erstaunt ansah.

„Das kann ich fühlen", ergänzte ich noch und lächelte. Ja, ich fühlte es in jeder Zelle meines Körpers. Sie waren dort unten und kämpften für uns und für Avessia. Sie lebten. Und sie werden es schaffen.

„Du hast recht", meinte die Direktorin. „Ich mache mir zu viele Sorgen. Ich habe sie in das Höhlensystem geschickt und den Gefahren, die in den Tiefen lauern, ausgesetzt. Ich will nicht, dass ihnen etwas zustößt. Aber ich habe sie nicht ohne guten Grund gehen lassen. Sie sind für diese Aufgabe geeignet. Es kann niemand anderes machen." Ihre Stimme klang jetzt ebenfalls zuversichtlicher.

„Sie werden sich bestimmt bald melden", sagte ich.

„Ja, ganz bestimmt", erwiderte die Direktorin.

„Sagen Sie mir, wenn Sie etwas von ihnen hören, ja?", bat ich noch.

Sie nickte. „Das mache ich. Du bist eine der Ersten, die es erfahren wird."

Damit verließ ich das Büro und schloss leise die Tür hinter mir. Hoffentlich ging es ihnen da unten wirklich gut. Was auch immer jetzt in den Tiefen Avessias passierte und was für Gefahren dort auch immer auf meine Freunde lauerten. Ich würde dafür sorgen, dass sie so viel Zeit bekamen, wie möglich. So viel Zeit, dass sie die Aufgabe erledigen konnten und wieder zu uns zurückkehren würden. Neuer Mut und Hoffnung keimten in mir auf. Die vier verlassen sich auf uns und wir verlassen uns auf sie. Gemeinsam werden wir das schaffen.

Wir werden Nilona zeigen, dass es nicht klug ist, sich mit uns anzulegen. Wir geben nicht so schnell auf. Wir kämpfen bis zum bitteren Ende, um diese Welt und alle, die hier leben zu beschützen. Mit immer schnelleren Schritten ging ich zur Bibliothek. Ich musste mir ein wenig mehr über das Bauen von Fallen und Ähnlichem anlesen. Außerdem kannten wir ja schon ein paar von Nilonas Schergen. Wir wussten grundsätzlich, mit wem wir es zu tun hatten, ob Skelettkrieger oder Halbriesen. Jeder hat seine Schwächen. Ich musste nur das richtige Buch finden.

Ich las bis die Nacht hereinbrach. Danach wusste ich, was ich brauchte, um den Weg für Nilona möglichst steinig zu machen. Ich nutzte die restlichen Stunden, um ein Team zusammenzustellen. Dabei suchte ich Leute aus, die handwerklich begabt waren. Wir mussten noch ein paar Dinge bauen. Den Weg präparieren. Als ich alle rekrutiert und zusammengetrommelt hatte, sprachen wir noch die letzten grundsätzlichen Dinge ab und verabredeten uns für den nächsten Tag. Es war bereits zu spät, um heute noch mit allem zu beginnen. Müde legte ich mich hin. Für den heutigen Tag hatte ich genug vorbereitet. Morgen würde der Spaß richtig losgehen.

Die Sonne war noch nicht richtig aufgegangen, als ich schon mit allen um einen Tisch in der Bibliothek herumsaß und mein Vorhaben erklärte. Ich hatte ein paar Seiten aus den wichtigsten Büchern kopiert und zum Nachlesen hingelegt. Gemeinsam fertigten wir eine Karte an, die den Weg zeigte, den Nilonas Schergen nehmen sollten. Alle beteiligten sich und brachten ihre Ideen ein, um dafür zu sorgen, dass unser Plan funktionierte und niemand vom Weg abweichen würde. Dann war es an der Zeit, die

Materialien zusammenzusuchen. Durch unsere momentane Situation hatten wir nicht alles in Massen zur Verfügung, deshalb mussten wir an einigen Stellen kreativ werden. Hauptsache war nur, dass es am Ende funktionierte.

Wir trugen alle Materialien nach draußen, weil in der Schule zu wenig Platz war, und begannen damit, Fallen und Barrikaden zu bauen, aber auch das Gelände selbst vorzubereiten. Wir schaufelten Gräben aus und schütteten Erde zu steilen Hügeln auf. Das Glück war auf unserer Seite und es regnete bei der ganzen Aktion nicht ein Mal. Wir konnten also ohne Probleme arbeiten und kamen gut voran. Alle gaben ihr Bestes. Was sagst du jetzt, Nilona? Willst du hier immer noch durch?

# GEJAGT

## ALISON

Ich fühlte mich besser, als ich aufwachte. Erholt. Auch, wenn die Strapazen der letzten Zeit noch spürbar waren. Ein paar Stunden musste ich wohl tatsächlich geschlafen haben. Ich wischte mir die Creme vom Gesicht und tastete meine Haut ab. Die Brandblasen waren verschwunden. Es tat auch nicht mehr weh. Da hatte sich die ganze Eincremerei ja richtig gelohnt. Auch die anderen wachten langsam auf. Lenni hatte Wache gehalten und reichte mir etwas zu essen.

„Deine Haut ist gut verheilt", bemerkte er und strich sanft über meine Wange, an der noch ein letzter Rest der Creme geklebt hatte. „Sie ist an einigen Stellen nur noch etwas rot", murmelte er.

„Das kann aber auch an was anderem liegen", scherzte ich und lehnte mich gegen ihn. Die Nähe zu ihm beruhigte mich. Ein paar Sekunden, in denen ich meine Sorgen und all das Negative vergessen konnte.

Als alle wach und gestärkt waren, diskutierten wir über das weitere Vorgehen.

„Ich stimme dafür, dass wir klettern", sagte Benni. „Wenn man ganz genau guckt, scheint es dort unten weiterzugehen." Er beugte sich über die Klippe und verengte seine Augen. Dann zeigte er in die Dunkelheit. „Da ist, glaube ich, ein weiterer Gang"

„Siehst du da echt was?", fragte ich ungläubig und folgte seinem Blick. Ich erkannte gar nichts. Es war einfach nur dunkel und die Schatten der spitzen Steine zeichneten sich leicht ab.

„Vertraut mir", bat er selbstbewusst. „Da geht es weiter!"

„Benni hat gesprochen", sagte Luke und nickte. „Warum also nicht. Probieren wir es aus. Wenn da nichts ist, klettern wir einfach stattdessen die Wand hoch und gehen den oberen Weg weiter." Lenni und ich hatten keine Einwände, also holten wir ein paar Seile aus den Rucksäcken und kletterten vorsichtig die Wand runter. Obwohl ich bemüht war, nicht runterzusehen, setzte meine Höhenangst ein. Ich kam deshalb nur langsam voran und zitterte stark. Jeder Schritt nach unten war eine Qual. Lenni blieb in meiner Nähe und warf mir ab und zu beunruhigte Blicke zu. Ich versuchte ihn zu ignorieren, da mich seine Sorge nur noch nervöser machte.

Angestrengt kletterte ich weiter und erreichte schließlich als Letzte den sicheren Boden. Endlich. Erleichtert lehnte ich mich an einen der spitzen Steine, die aus dem Boden emporragten und atmete aus. Diesmal gab niemand einen Kommentar dazu ab. Sie alle wussten, dass ich so meine Probleme mit Höhe hatte.

„Die Steine sind echt dicht aneinander", stellte Luke fest und begann damit, einen Weg durch sie hindurch zu suchen. Im Slalom liefen wir durch die Schlucht, umkreisten die Steine und kamen bereits nach kurzer Zeit an der gegenüberliegenden Wand an. Zum Glück war die Schlucht nicht allzu breit.

„Wo hattest du jetzt diesen Gang gesehen?", fragte Luke skeptisch. Wir tasteten die Wand ab und suchten nach einem Durchgang.

„Es müsste hier in dem Bereich gewesen sein", überlegte Benni.

Im flackernden Licht unserer Lampen war kein Gang zu sehen. Ich strich gerade mit meiner Hand an der Wand entlang, als ich auf einmal den Halt verlor und nach vorne stolperte.

„Ich glaube, ich habe den Gang gefunden!", rief ich den anderen zu, die zu mir eilten.

„Gibt es ja nicht", flüsterte Lenni.

„Das ist wohl sowas wie ne optische Täuschung oder so. Von unserer Position aus kann man kaum erkennen, dass es hier weitergeht. Von oben hatte Benni einen anderen Blickwinkel und

konnte so erkennen, dass es hier einen Durchgang gibt", überlegte Luke.
Benni nickte stolz. Er war sichtlich erleichtert darüber, dass es hier tatsächlich einen Gang gab.
„Dann gehen wir hier mal weiter", entschied Luke mit neuer Zuversicht und ging voran.

In diesem Bereich gab es viele Höhlenpflanzen und auch ein paar kleine Tiere, die an ihnen knabberten. Zumindest bis unser Licht auf sie fiel und sie panisch verschwanden.
„Seht mal!", rief ich. Ich hatte mich über eine Stelle am Rand des Ganges gebeugt, an der viele grüne, grasähnliche Pflanzen wuchsen, an denen kleine, orangene Früchte hingen. In der Mitte der Pflanzen lag eines dieser kleinen Tiere. Es war ungefähr so groß wie meine Hand, war von grauem Fell bedeckt und hatte keine sichtbaren Ohren. Dafür hatte es allerdings große, schwarze Augen und eine lange Nase. Es atmete nicht mehr und hatte blutige und bereits leicht verkrustete Kratzspuren im Bauchbereich.

„Es wurde angegriffen, aber nicht gefressen", sagte Luke verwundert und beugte sich zu dem Wesen herunter.
„Das ist merkwürdig. Die Kratzspuren sind sehr tief. Es wurde mit einem gezielten Hieb zur Strecke gebracht", teilte er uns seine Beobachtungen mit.
„Das muss ein schnelles Tier gewesen sein. Ich meine, diese Wesen sind ja sehr schnell geflüchtet, als sie uns entdeckt haben und haben sich in den kleinen Tunneln versteckt, die hier überall in den Wänden sind. Es muss schwer sein, eines von ihnen zu erwischen", überlegte ich weiter.

„Es müssen gute Jäger sein", meinte Lenni.
„Jäger?", fragte ich nach.
„Ja. Raubtiere, die gut darin sind zu jagen. Zu töten. Aber gleichzeitig sind sie nicht unbedingt auf das Fleisch als Nahrung angewiesen. Sie könnten ihre Beute auch einfach nur zum Spaß oder als Training für die Jüngeren nutzen", erklärte er nachdenklich.

„Könnten das ...", begann ich und sah mich unruhig um. „Die Wesen sein, die die anderen Forscher gejagt haben?", beendete Benni für mich und betrachtete ebenfalls nervös unsere Umgebung. „Da!", sagte er und ging ein Stückchen weiter. Wir folgten ihm.

Dort war ein rotes Symbol an der Wand. Ganz klein und leicht zu übersehen.

„Ist das Blut?", fragte ich.

„Kann gut sein", bestätigte Lenni und strich über das Zeichen. „Was meinst du?", fragte er an Luke gewandt.

„Nun. Das könnten Begrenzungsmarkierungen sein. So, als würde jemand sein Revier abstecken", antwortete dieser und klang besorgt.

„Dann befinden wir uns jetzt also im Jagdgebiet von jemandem", schlussfolgerte Lenni ernst.

„Das würde ich auch so sehen", erwiderte Luke und nickte grübelnd.

„Umkehren macht keinen Sinn. Die Magiekonzentration ist hier höher, als sie oben am Rand der Schlucht war", überlegte ich und hatte meine Augen geschlossen, um die Umgebung besser wahrzunehmen. Die Magie war inzwischen schon deutlich leichter wahrzunehmen als zuvor.

„Also haben wir keine Wahl. Wir müssen durch ihr Territorium", seufzte Luke. „Haltet eure Waffen bereit und bleibt wachsam. Vielleicht haben wir Glück und sie haben uns noch nicht bemerkt. Lasst uns möglichst leise sein. Wir sollten versuchen, ihr Territorium möglichst schnell zu verlassen. Ich würde hier ungern unser Lager aufschlagen wollen. Hoffentlich ist ihr Raubgebiet nicht allzu groß", ergänzte er noch und wir setzten uns wieder in Bewegung.

Es war schnell klar, dass wir mit jedem unserer Schritte tiefer in fremdes Territorium eindrangen. Immer mehr tote Tiere lagen im Gang herum und der Geruch von Verwesung und Blut wurde zunehmend stärker. Wir wurden immer unruhiger. Fliegen summten und saßen zu hunderten auf den Kadavern. Ich musste mir meinen Arm vor die Nase halten, um den Geruch etwas abzumildern und den konstanten Würgereiz zu vermeiden, der eingesetzt hatte. Erst waren die Kadaver noch recht frisch, dann waren langsam nur noch Knochen zu sehen.

„Sie breiten sich wohl weiter aus, wenn nichts mehr zu jagen da ist", flüsterte Luke. Die Knochen lagen auch mitten auf unserem Weg und wir mussten darauf achten, nicht auf sie drauf zu treten und so unsere Anwesenheit hier preiszugeben. Falls wir nicht sowieso schon entdeckt worden waren. Ab und zu sahen wir auch wieder dieses Zeichen an der Wand. Das Revier wurde anscheinend schon einige Male erweitert.

Was für eine Spezies mag das wohl sein, die aus Spaß alles tötet und sich immer weiter voran arbeitet? Sie wird ihre Strategie sicherlich über die Jahre perfektioniert haben. Experten im Jagen. Bei dem Gedanken lief mir ein Schauer über den Rücken. Wir blieben vor einer Weggabelung stehen und überlegten. Ich hörte ein Rascheln hinter uns. Beunruhigt stellte ich mich zu Lenni.

„Hast du das gehört?", flüsterte ich nervös.

„Ja. Wir werden schon seit einiger Zeit verfolgt, aber sie halten noch Abstand und beobachten nur. Es war auch nicht sehr wahrscheinlich, dass wir ihr Revier durchqueren können, ohne von ihnen bemerkt zu werden. Wahrscheinlich haben sie uns gerochen", flüsterte er zurück.

Ich hatte gar nicht gemerkt, dass wir schon seit längerer Zeit verfolgt wurden.

„Kommt ihr? Wir haben uns für einen Gang entschieden", fragte Luke möglichst leise.

Wir schlossen wieder zu den anderen auf. Das Rascheln begleitete uns. Es fiel mir immer stärker auf. Das lag aber auch daran, dass hier überall praktischerweise dieses grasähnliche Zeug wuchs. Dadurch konnte man unsere Verfolger ganz gut hören. Andererseits wunderte es mich, dass sie nicht darauf achteten, leise zu sein, wenn sie doch so gute Jäger waren. Vielleicht kommt es hier unten ja nicht so sehr auf das Hören an. Wer weiß ...

Lenni und ich bildeten das Schlusslicht. Wir versuchten möglichst bedrohlich und abschreckend auszusehen. Das half allerdings nicht wirklich. Egal wie oft ich auch zurückblickte, ich konnte unsere Verfolger nur hören, aber nicht sehen. Ziemlich unheimlich.

„Meinst du, die sind unsichtbar?", flüsterte ich Lenni zu.

„Vielleicht. Hier ist die Magiekonzentration schon deutlich stärker zu spüren als zu Anfang. Aber ich glaube kaum, dass sie das die ganze Zeit so aufrechterhalten können, falls das der Grund sein sollte. Irgendwann müssen sie sich zeigen. Wahrscheinlich, wenn sie angreifen", flüsterte er zurück.

Das brachte uns dann auch nicht mehr viel. Ich hatte gehofft, unsere Verfolger vorher zu Gesicht zu bekommen, um sie besser einschätzen zu können, aber das würde so wahrscheinlich eher nichts werden.

Andererseits ... „Die sind doch durch die Magie hier beeinflusst und erst dadurch so geworden, oder?", überlegte ich.

„Wahrscheinlich. Worauf willst du hinaus?", fragte Lenni leise.

„Nun ja. Können wir die nicht auch spüren und wahrnehmen?", erklärte ich meinen Gedankengang.

„Da ist was dran", entgegnete er.

„Was flüstert ihr denn da die ganze Zeit? Wir wollten doch leise sein? Ich kann euch aber gut hören", zischte uns Luke von vorne zu.

„Alison hatte gerade einen guten Einfall", flüsterte Lenni zurück.

„Einen guten Einfall? Inwiefern?", fragte Benni neugierig. Ich erklärte es erneut.

„Das hört sich logisch an. Aber dann hätten wir sie eigentlich die ganze Zeit spüren müssen, oder?", überlegte Benni.

„Nicht unbedingt. Wenn die Magie in ihnen nicht so stark ist, wie die in der Umgebung, ist ihre Präsenz nicht so auffällig. Wir müssten uns schon wirklich auf sie konzentrieren, um sie zu spüren", erklärte Luke. „Wir stehen hier ziemlich einladend rum. Am besten wir gehen weiter und Alison versucht, sie gleichzeitig aufzuspüren. Lenni, du musst nur darauf achten, dass sie nicht stolpert oder gegen eine Wand läuft oder so", ergänzte er noch.

Er hatte damit zwar recht, da ich wahrscheinlich die Augen geschlossen halten musste, um die Wesen zu spüren, aber ich warf ihm trotzdem einen bösen Blick zu. Wenn es ums Stolpern ging, dachte man immer zuerst an mich.

Wir setzten unseren Weg fort und den neuen Plan in die Tat um. Lenni hatte meinen Arm ergriffen und führte mich durch die Gänge, während ich mit geschlossenen Augen unsere Umgebung scannte. Kleine Magiepartikel schwebten wie leichter Nebel durch die Luft. Ich konnte sie vor einem inneren Auge tanzen sehen. Es wurde immer einfacher, sie wahrzunehmen, je länger ich nach ihnen tastete. Hinter uns war die Magie an einigen Stellen tatsächlich stärker konzentriert. Wie Luke vermutet hatte, war der Unterschied gar nicht so groß.

Es waren drei verschiedene Präsenzen, die sich uns näherten und dicht an den Wänden blieben. Doch das war nicht alles. Ich nahm auch Präsenzen vor uns wahr. Wir gingen recht nah an ihnen vorbei, doch niemand sagte etwas. Warum konnten wir sie nicht sehen?

„Rechte Seite. Dicht an der Wand. Circa zehn Schritte von uns entfernt muss einer von ihnen lauern", flüsterte ich.

„Da ist nichts", murmelte Benni.

„Nur die Felswand", Luke kratzte sich nachdenklich am Kopf.

„Ich kann es genau spüren. Dort ist die Magiekonzentration höher. Sie alle halten sich dicht an den Wänden auf. Hinter uns sind drei von ihnen und vor uns noch mehr. Noch viel mehr", erklärte ich leise, während wir unseren Weg fortsetzten. „Jetzt gehen wir direkt an ihm vorbei."

„Heißt das, dass die wirklich unsichtbar sind?", fragte Benni.

„Das glaube ich nicht", begann Luke. „Ich denke vielmehr, dass sie auf eine gewisse Weise getarnt sind. Das könnte auch der

Grund dafür sein, dass sie sich so nah an den Wänden aufhalten. Sie passen sich vielleicht farblich so an, dass sie aussehen wie die Höhlenwände. Deshalb können wir sie mit unserem bloßen Auge nicht wahrnehmen." „Kann sein. Aber was machen wir denn jetzt?", fragte Benni nervös.

„Alison, wie viele von denen kannst du in unserer Nähe spüren?", fragte Luke leise.

„Es ... es werden immer mehr", murmelte ich beunruhigt. „In allen Richtungen. Sie sind überall."

„Verdammt. Heißt das, dass das hier ihr Nest ist, oder so?", frage Lenni angespannt.

„Das kann sein. Oder sie bereiten sich darauf vor, uns anzugreifen. Beide Möglichkeiten sind nicht unbedingt gut für uns", überlegte Luke.

„Wartet!", sagte ich. „Vor uns, im linken Gang, kann ich nichts spüren."

„Ja, da vorne ist eine Gabelung", bestätigte Lenni.

„Die Frage ist, ob es gut ist, dass sie sich dort nicht aufhalten oder ob da noch mehr Ärger lauert", grummelte Benni skeptisch.

„Ich glaube nicht, dass wir eine Wahl haben. Sie sind inzwischen deutlich in der Überzahl und kommen immer näher", flüsterte ich aufgeregt.

„Dann gehen wir in den Gang", entschied Luke und wir verschnellerten unsere Schritte. Der Gang führte wieder tiefer unter den Erdboden und es wurde merklich kühler.

„Und? Folgen sie uns noch?", fragte Lenni.

„Nein. Sie sind am Eingang zu diesem Abschnitt der Höhle stehengeblieben", antwortete ich erleichtert und öffnete meine Augen wieder. Ich blinzelte und brauchte einen Moment, um mich an die normale Sicht zu gewöhnen.

„Ob das an der Temperatur liegt?", fragte Benni und rieb sich fröstelnd seine Arme.

„Vielleicht. Es ist hier ja wirklich deutlich kühler", überlegte Luke. „Wenn es noch kühler wird, bekommen wir selbst bald Probleme", ergänzte er besorgt.

Der Gang hatte bislang keinerlei Abzweigungen. Es ging immer nur geradeaus und leicht nach unten. Schon bald erzeugten unsere Atemzüge Eiskristalle in der Luft. Eine dünne Eisschicht bedeckte die Wände und den Boden und sorgte dafür, dass wir bald mehr voran glitten als gingen. Irgendwann wurde es eine wahre Rutschpartie.

„Es geht immer steiler nach unten", bemerkte Benni, der gefährlich wackelte. Auch ich war kurz davor, umzufallen. Wir rutschten immer schneller auf dem glatten Boden. Lenni war der erste, der das Gleichgewicht verlor und kegelte den Rest von uns beim Fallen um, sodass wir alle auf einem Haufen den Gang hinunterrutschten. Ich verlor vollkommen die Orientierung, als der Boden unter mir plötzlich verschwand und ich nach unten fiel. Mit einem harten Aufschlag knallte ich auf die Erde auf. Mühselig rappelte ich mich hoch und suchte nach meiner Lampe. Sie war ein paar Meter weiter weggeschleudert worden, aber immerhin hatte sie den Absturz heile überstanden. Vorsichtig leuchtete ich den Raum ab, in dem ich gelandet war.

Es gab keine weiteren Gänge. Nur ein Loch in der Decke und das Loch oben an der Wand, aus dem ich rausgefallen war. Bei dem Loch in der Decke konnte ich kein Ende erkennen. Wenn es ein Ende hatte, war es weit entfernt. Auf dem Boden lag außer mir nur noch Benni, der das Bewusstsein verloren hatte. Von den anderen war weit und breit nichts zu sehen. Wir mussten beim Rutschen getrennt worden sein. Der Gang hat sich wahrscheinlich aufgeteilt und Lenni und Luke waren in einem anderen Gang gelandet. Hoffentlich gab es bei ihnen einen Ausgang.

Ich holte zwei Decken aus meinem Rucksack und wickelte mich und Benni darin ein. Er hatte eine Beule am Kopf, aber zum Glück blutete es nicht stark. Ich bestrich die Wunde mit einer schmerzlindernden Salbe und kauerte mich zitternd zusammen. Zum Glück hatte Luke uns alle dazu überredet, die kleinen Erste-Hilfe-Kits mitzunehmen. Sonst hätte ich Bennis Wunde nicht so einfach versorgen können. Besorgt wartete ich darauf, dass Benni aufwachte. Hier unten war es wie in einem Kühlschrank. In dieser Kälte nicht bei Bewusstsein zu sein war gar nicht gut. Hoffentlich wachte Benni bald auf. Vielleicht hatte er ja eine Idee, wie wir die anderen wiederfinden konnten. Allerdings wusste ich innerlich bereits, dass wir hier alleine nicht so einfach rauskommen würden. Ich konnte nur hoffen, dass es den anderen besser ergangen war als uns.

# KALTES ERWACHEN

## LENNI

Ich musste für kurze Zeit bewusstlos gewesen sein. Meine Gliedmaßen waren von der Kälte ganz steif und ich brauchte einen Moment, um aufstehen zu können. Luke lag neben mir und war noch nicht wieder bei Bewusstsein. Alison und Benni konnte ich nicht sehen. Schnell wickelte ich Luke in ein paar Decken ein, damit er nicht erfror und erkundete bibbernd die Höhle, in der wir uns befanden. Meine Lampe war bei unserer Rutschpartie kaputt gegangen und die leuchtenden Insekten flogen frei durch die Luft. Immerhin war so überall ein wenig Licht.

Die Höhle war recht klein. Es gab ein Loch in der Decke, aber da würden wir nicht so einfach raufkommen. Die Wände waren glatt und rutschig. Der Schacht, der uns hergebracht hatte, war wohl der einzige Ausweg. Der war allerdings ziemlich hoch. Luke und ich könnten mit gegenseitiger Unterstützung geradeso wieder hineingelangen und raufklettern, aber für Alison und Benni war das keine Möglichkeit. Die beiden waren zu klein. Zumindest, wenn man davon ausgehen konnte, dass sie in einer ähnlichen Höhle wie wir gelandet waren.

Ich versuchte in Bewegung zu bleiben und ging eine Weile im Kreis. Da wachte Luke endlich auf und stöhnte vor Schmerz. Schnell ging ich zu ihm und half ihm, sich aufzusetzen. Er sah verwirrt aus. Vielleicht hatte er eine Gehirnerschütterung.

„Weißt du noch, wie du heißt?", fragte ich vorsichtig.

„Klar. Ich bin Luke und voll bei Verstand", murmelte er angestrengt und hielt sich den Kopf. „Und mein Kopf fühlt sich furchtbar an", ergänzte er und betrachtete blinzelnd unsere Umgebung.

„Wo sind die anderen?", fragte er.

„Wir wurden in diesem Rutschsystem wohl getrennt", erklärte ich. Luke nickte. „Verstehe. Hast du schon einen Plan?", fragte er weiter und betrachtete missmutig die glatten Wände und das Loch in der Decke.

„Ja. Wir kommen hier auf dem gleichen Weg raus wie wir reingekommen sind", antwortete ich und zeigte auf den Schacht über uns.

„Okay. Der ist aber ziemlich hoch", murmelte Luke. „Ich weiß nicht, ob die anderen …"

„Wir werden sie wahrscheinlich holen müssen", unterbrach ich ihn und nickte. Luke versuchte aufzustehen und ich stützte ihn.

„Na, dann mal los. Wir wollen die beiden in dieser Kälte nicht zu lange warten lassen", meinte er und betrachtete den Schacht.

„Geht das denn schon?", fragte ich skeptisch.

„Klar, mach dir keine Sorgen", sagte Luke zuversichtlich.

Ich ließ ihn auf meine Schultern steigen, damit er den Schacht erreichen konnte.

„Ganz schön rutschig", grummelte er vor sich hin, während er sich nach oben zog.

Ich half so gut ich konnte. Als er endlich oben war, zog er mich hoch. Das dauerte noch länger. Zum Glück gab es an den Seiten des Schachtes kleine Einbuchtungen, an denen wir uns festhalten konnten. Bis wir beide im Schacht waren, war uns auf jeden Fall wieder warm. Immerhin etwas. Jetzt mussten wir nur irgendwie wieder nach oben. Wir hatten keine Ahnung, wo die anderen waren. Welche Abzweigung war die richtige? Wir mussten es wohl einfach ausprobieren.

Die erste Abzweigung führte in eine weitere Höhle, die so aussah wie die, aus der wir gerade gekommen waren. Allerdings stapelten sich hier Knochen auf dem Boden. Beunruhigt wollten wir gerade wieder nach oben klettern, als wir Geräusche hörten. Jemand näherte sich. Schnell pressten wir uns an die Wand und in den Schatten des Schachtes, um nicht entdeckt zu werden. Dadurch konnten wir jedoch auch nicht sehen ob und wenn ja, wie jemand die Höhle betrat. Wir hörten nur ein Klacken. Als würde jemand viele Dinge auf einen Haufen werfen. Die Geräusche verstummten wieder und wir lugten vorsichtig aus unserem Versteck. Ich schluckte. Oben auf dem Haufen lagen jetzt frische Knochen, an denen noch Blut und Fleischreste klebten.

„Das muss sowas wie ne Müllkippe sein", flüsterte Luke.

„Wer braucht denn so viele Müllkippen", entgegnete ich verwundert.

„Damit wollte ich nicht sagen, dass jede dieser Höhlen gleich eine Müllkippe ist. Das könnte sein, muss aber nicht. Würde zumindest erklären, warum es nur ein Loch in der Decke und diese Schächte gibt. Ein ausgeklügeltes Lagersystem", erklärte Luke.

„Wer braucht denn hier unten ein Lagersystem?", erwiderte ich.

„Ich weiß es nicht. Vielleicht die Jäger, um nach und nach die ganzen Knochen aus den Höhlengängen loszuwerden. Denk daran, an wie vielen Kadavern wir auf dem Weg hierher vorbeigekommen sind. Das kleine Tier, das Alison gefunden hat, war ja nur der Anfang. Da waren auch einige größere dabei.", murmelte Luke nachdenklich.

„Da lagen dafür dann aber noch ziemlich viele Knochen herum. Müssten die nicht alle hier sein?", überlegte ich zweifelnd.

„Das stimmt. Aber in einem der Berichte, die uns Mr. White gezeigt hat, wurde von einem unglaublichen Artenreichtum berichtet. Begünstigt durch die Magiekonzentration hier. Davon haben wir aber bisher kaum etwas zu sehen bekommen. Im Gegenteil sogar. Es ist bisher eher karg und einseitig hier unten. Das könnte entweder bedeuten, dass die Forscher in einem anderen Bereich der Höhle waren, was ich allerdings bezweifle, oder die Jäger haben inzwischen einen Großteil des Lebens hier unten vernichtet. Ein Teil der Überreste ist hier und der andere Teil ist noch irgendwo in den Gängen verteilt", antwortete Luke und begann wieder nach oben zu klettern.

„Ich frage mich echt, was das für Wesen sind", flüsterte ich und kletterte ihm hinterher. Der nächste Schacht führte uns nach draußen.

„Endlich. Ich kann nicht mehr. Die ganze Kletterei ist echt anstrengend. Wenn wir das richtige Loch im Boden finden, ziehen wir Alison und Benni einfach mit einem Seil heraus. Wir müssen nur aufpassen, dass wir nicht erwischt werden", meinte Luke zuversichtlich und ich nickte zustimmend. Meine Arme brannten inzwischen auch schon wie Feuer. Eine kleine Kletterpause kam auch mir gelegen. Leise ließen wir uns auf den Boden fallen und schlichen vorwärts.

„Wir sind immer nach links geklettert. Da wir jetzt auf keine weitere Höhle getroffen sind, schlage ich vor, dass wir uns zur rechten Seite orientieren. Wenn wir Glück haben, sind die Höhlen alle aneinandergereiht", überlegte ich.

„Gute Idee", antwortete Luke und schlich vor. Es dauerte nicht lange, und wir fanden uns in einer langgestreckten Höhle wieder, die in regelmäßigen Abständen Löcher im Boden aufwies. Es roch teilweise sehr unangenehm, was Lukes Mülltheorie unterstrich.

„Jackpot", flüsterte ich und wir machten uns auf die Suche nach Alison und Benni. Sie waren tatsächlich gar nicht so weit von uns entfernt gewesen. Wir hatten uns am Anfang nur für die falsche Richtung entschieden.

## ALISON

Ich machte mir Sorgen um Benni. Er wachte einfach nicht auf. Deshalb beschloss ich, doch Magie anzuwenden und so seine Kopfwunde zu heilen und ihn ein wenig zu wärmen. Es dauerte ungewöhnlich lange, bis er endlich die Augen aufschlug.

„Alison?" Seine Stimme klang schwach. Erleichtert drückte ich ihn an mich.

„Ich dachte schon, dass du nicht mehr aufwachst!" Ich konnte nicht verhindern, dass mir ein paar Freudentränen die Wangen hinunterliefen. Er lebte noch.

„Keine Sorge. So leicht sterbe ich nicht. Aber wenn du mich weiter so fest drückst, dann schaffst du es vielleicht doch noch", antwortete er und grinste mich an.

Schnell ließ ich ihn los und strich mir unauffällig über die Augen.

„Wo sind die anderen?", fragte er und schaute sich um.

„Wir wurden getrennt", erklärte ich.

„Na toll ...", grummelte er.

„Ich würde dir ja Wasser anbieten, aber es ist nach all der Zeit hier unten eingefroren. Wir sollten versuchen, uns ein wenig zu bewegen", schlug ich vor.

„Gut. Ich weiß nicht mal, ob ich noch Zehen habe."

Ich half ihm aufzustehen und wir gingen ein wenig im Kreis herum.

„Was ist mit dem Schacht?", fragte Benni nach einer Weile.

„Ich glaube, der ist zu hoch für uns", überlegte ich.

Benni setzte gerade dazu an, etwas zu erwidern, als ihm ein Seil auf den Kopf fiel.

„Aua!", er rieb sich den Kopf.

„Alles in Ordnung da unten?" Das war Luke. Sie hatten uns gefunden.

„Ja, alles in Ordnung!", bestätigte ich.

„Mehr oder weniger", murmelte Benni neben mir.

„Wir haben das Seil festgemacht. Ihr könnt zu uns hochklettern", rief Luke zu uns runter.

Das war leichter gesagt als getan. Durch das Klettern wurden meine eiskalten Finger endlich wieder warm und Gefühl kehrte in sie zurück. Das letzte Stück zogen Lenni und Luke mich hoch. Glücklich blieb ich einen Moment auf dem Steinboden liegen. Kurz danach sah ich auch Benni aus dem Loch klettern.

Endlich wieder vereint setzten wir unseren Weg fort.

„Konntet ihr die Wesen jetzt sehen?", fragte ich neugierig.

„Nein. Leider nicht", erwiderte Lenni.

„Es müssen echt intelligente Wesen sein", überlegte Luke.

„Ich weiß ja nicht. Wie intelligent sind solche Wesen, wenn sie die Umwelt um sich herum total zerstören?", warf ich ein.

„Das ist auch wieder wahr", seufzte Luke. Er und Lenni hatten uns inzwischen ihre neuen Erkenntnisse und Theorien mitgeteilt. Ich war sehr froh, dass wir in einer der leeren Höhlen gelandet waren. Als wir endlich einen Weg gefunden hatten, der uns wieder nach oben führte, hörten wir Schritte hinter uns. Schnell versteckten wir uns in einem dunkeln Nebengang und lugten neugierig aus dem Schatten. Es war das erste Mal, dass wir die Wesen sehen konnten. Ich war überrascht. Nicht, weil sie so außergewöhnlich aussahen, sondern weil sie uns so sehr ähnelten.

Als sie vorbeigegangen waren, verharrten wir noch einen Moment in unserem Versteck.

„Die waren ja ... also", begann Lenni.

„Vom Körper her sahen sie aus wie wir", beendete ich seinen Satz.

„Das hatte ich nicht erwartet", murmelte Luke.

„Sie haben uns gar nicht bemerkt", fiel mir auf.

„Nun, an uns haftet jetzt auch ein anderer Geruch. Der Schacht war ziemlich verdreckt. Vielleicht bemerken sie uns deshalb nicht mehr so schnell", erklärte Luke.

„Dann hat dieser Umweg ja wenigstens einen Vorteil mit sich gebracht", sagte Benni. Nachdenklich gingen wir weiter.

Vielleicht waren das die ersten Menschen, die sich an diesen Ort verirrt hatten und hier sesshaft geworden sind, weil sie den Ausgang nicht mehr gefunden haben. Die ersten Forscher, die auf der Suche nach dem Brunnen waren, ihn aber nie gefunden haben. Sie haben sich über die Jahre an ihren neuen Lebensraum angepasst und ... saugten ihn seitdem bis auf den letzten Tropfen Leben aus. Ich fragte mich, wie es hier ganz am Anfang ausgesehen hat. Es muss einmal ein paradiesisch schöner Ort gewesen sein.

Wir betraten wieder die obere Höhlenebene, auf der wir vor unserer Rutschparty gewesen waren und hatten es damit auch wieder mit normalen Temperaturen zu tun. Endlich. Ich war nicht für die Kälte geschaffen.

Es hatte den Anschein, als wären wir tatsächlich noch nicht wieder entdeckt worden. Zumindest konnte ich keine stärkeren Magiepräsenzen in unserer Nähe wahrnehmen. Wir mussten uns auch langsam der Grenze des Jägerterritoriums nähern. Es gab immer weniger Knochen auf dem Boden und seltener Zeichen an den Wänden. Das war auch gut so, denn wir alle waren am Ende unserer Kräfte. Mein Körper hörte gar nicht mehr auf zu zittern. Diesmal jedoch nicht vor Kälte, sondern vor Kraftlosigkeit. Auch unser Tempo hatte sich verringert. Wir mussten dringend eine Pause machen.

„Ich habe schon eine ganze Weile kein Zeichen mehr an den Wänden gesehen", bemerkte Lenni in diesem Moment.

„Ich auch nicht", bestätigte ich.

„Können wir eine Pause riskieren?", fragte ich hoffnungsvoll.

„Ich denke schon. Aber jemand von uns sollte Wache halten. Zur Sicherheit. Nicht, dass wir doch noch verfolgt werden", sagte Luke.

Alle waren erleichtert. Wir bauten unser Lager auf einem kleinen Felsvorsprung in einer größeren Höhle auf. Benni war von uns allen noch am fittesten, weshalb er die erste Wache übernahm. Ich hatte mich zwar auch angeboten, weil ich seltener als die anderen Wache hielt, aber man sah mir wohl an, wie fertig ich war. Sie bestanden darauf, dass ich mich ausruhe. Auf der einen Seite freute ich mich darüber, aber es gefiel mir auch nicht, wie ein rohes Ei behandelt zu werden. Das nächste Mal würde ich die Wache übernehmen.

# ÜBERFALL

## BENNI

Als Alison sich für das Wachehalten vorgeschlagen hatte, hätte ich am liebsten laut aufgelacht. Das konnte nicht ihr Ernst sein. Sie war blass, ihre Beine zitterten und sie atmete schwer. Wenn jemand von uns eine Pause brauchte, dann sie. Sie sah erschöpfter aus als wir alle zusammen. Ich hatte auch den Verdacht, dass sie mich geheilt hatte, als wir in dieser Kältekammer waren. Deshalb ging es mir von uns allen wohl noch am besten. Dabei sollten wir doch nicht ohne Grund hier unten keine Magie anwenden.

Es war nur so ein Gefühl. Es war, als hätte ihr Licht mich wieder aufwachen lassen. Ich wusste ja, wie fertig sie nach solchen Heilaktionen immer war. Deshalb war sie jetzt wahrscheinlich noch erschöpfter. Ich war zwar auch nicht sonderlich scharf darauf als Erster Wache zu halten, aber es gab Schlimmeres. Zum Beispiel, wenn Alison jetzt Wache gehalten hätte. Da mache ich das doch gerne. Die anderen waren ja auch müde. Bei mir hielt es sich noch in Grenzen.

Ich warf einen Blick auf die anderen. Sie schliefen bereits alle friedlich. Luke schnarchte sogar leise. Ha! Damit werde ich ihn aufziehen, wenn er mich das nächste Mal provoziert. Ich blickte wieder nach vorne. Wir hatten nur wenig Licht angelassen, um möglichst nicht aufzufallen. Vor mir entfaltete sich grenzenlose Dunkelheit. Ich seufzte leise. Wie langweilig. Die Zeit verging und es blieb alles ruhig, bis es hinter mir raschelte. Alison war aufgewacht und setzte sich eingewickelt in ihre Decke neben mich. Sie rieb sich müde die Augen.

„Soll ich dich ablösen?" Ihre Stimme war ganz leise. Sie war noch im Halbschlaf und hatte ihre Augen nur zur Hälfte geöffnet. Was für eine Frage.

„Alles gut, ich bin noch nicht müde. Du kannst dich wieder hinlegen", antwortete ich. Das war zwar ein wenig geflunkert, aber ich wollte sie nicht allein Wache halten lassen. Ich spürte ihren prüfenden Blick auf mir. Selbst mit halbgeschlossenen Augen. Sie glaubte mir nicht. Aber sie sagte auch nichts und blieb einfach neben mir sitzen. Gemeinsam starrten wir eine Weile in die Dunkelheit.

„Weißt du, ich freue mich, dass ihr so auf mich aufpasst, aber ich kann auch Wache halten. Diese Reise ist für euch doch auch anstrengend. Ihr seid auch müde und erschöpft. Ihr müsst euch auch ausruhen können", bemerkte sie nach einer Weile. Ich schielte zu ihr rüber. Sie machte sich wohl schon seit einiger Zeit Gedanken darüber.

„Das verstehe ich. Glaub mir, wir wissen alle, dass du das sofort übernehmen würdest. Du musst kein schlechtes Gewissen haben. Wir würden nicht hier sein, wenn wir es nicht wirklich wollen würden. Wir machen das gerne. Du gehst gerade durch eine schwere Zeit und trägst eine schwere Last auf deinen Schultern. Lass uns dir wenigstens diese Pausen gönnen, damit du ein wenig aufatmen kannst. Sonst können wir ja kaum etwas tun", erwiderte ich.

Sie musterte mich. Ich konnte erkennen, dass sie Tränen in den Augen hatte.

„Danke", flüsterte sie schließlich. „Dennoch möchte ich etwas zurückgeben.".

„Das tust du doch schon. Jeden Tag. Du bist hier, machst uns Mut und kämpfst mit voller Kraft. Das respektiere ich sehr", sagte ich und lächelte sie aufmunternd an. Eine Träne kullerte ihre Wange runter, aber in ihrem Blick lagen weder Zweifel noch Traurigkeit. Im Gegenteil. Ihr Blick war voll von Überzeugung und Ernst. Aber ... da war noch etwas anderes. Ein anderer Grund. Ich ahnte, was sie vorhatte. Sie musste ihre Gedanken nicht aussprechen.

„Du willst das mit dem Brunnen allein erledigen, oder?", fragte ich schließlich.

Sie sah überrascht aus und lächelte mich schuldbewusst an. „Ja. Wenn wir dort ankommen, gehe ich allein in den Raum. Ich kann es nicht genau erklären, aber ich habe das Gefühl, dass es meine Aufgabe ist. Dass ich dafür bestimmt bin. Dass ich die Einzige bin, die das vielleicht überleben kann. Aber die anderen würden mich niemals allein gehen lassen. Sag ihnen bitte nichts davon. Versprich es mir. Ihr müsst Jason zurückbringen und Nilona besiegen. Auch, wenn ich vielleicht nicht ..." Sie konnte den Satz nicht beenden.

Sie hatte ihre Hände zu Fäusten geballt und suchte nach den richtigen Worten.

„Ich verspreche es", sagte ich und nahm es ihr ab, ihren Satz beenden zu müssen. Es war die Wahrheit. Ich konnte es in ihren Augen sehen. Nicht nur das. Eigentlich habe ich es von Anfang an gewusst und die anderen ahnten es sicher auch. Wenn wir am Brunnen ankommen, müssen wir sie allein gehen lassen. Nilona hat Jason geholt und glaubt, dass er würdig ist. Dann ist Alison es auch. Aber die Folgen kannte niemand. Niemand wusste wirklich, ob Alison oder auch Jason das überleben würden. Es gefiel mir nicht. Ganz und gar nicht. Dennoch sah ich keine andere Möglichkeit. Genau deshalb gab ich ihr dieses Versprechen.

Sie sah erleichtert aus. Sie hatte schon so viel durchgemacht und stand jetzt auch noch vor dieser Monsteraufgabe. Dennoch schrak sie nicht zurück. Sie ging weiter. Erhobenen Hauptes. Wenn jemand würdig ist oder es verdient hat zu überleben, ist sie es. In diesem Moment hob sie ruckartig den Kopf und starrte in die Dunkelheit.

„Was ...", begann ich, stoppte aber in der Mitte des Satzes. Ich spürte es auch. Da war etwas in der Dunkelheit. Schnell drehte ich mich zu den anderen und rüttelte sie wach. Es dauerte einen Moment, bis ich sie so weit hatte, dass sie ansprechbar waren.

Es war fast so wie in den Aufzeichnungen. Sie griffen aus dem Hinterhalt an. Leise und ohne Vorwarnung. Und ich hatte wirklich gedacht, dass diese nervigen Jäger das Interesse verloren hätten und uns nicht weiterverfolgten. Da lag ich aber mächtig daneben. Die gaben nicht auf. Im Gegenteil. Sie hatten sich noch mehr Mühe gegeben, unentdeckt zu bleiben und uns in falsche Sicherheit zu wiegen. Wirklich erstaunlich diese Jäger. Sie überraschten mich immer wieder.

„Es sind viele. Mindestens zehn", flüsterte Alison, die immer noch angestrengt in die Dunkelheit starrte. Zehn. Das müssten wir doch noch schaffen können. Wir brauchten nur noch mehr Licht. Mir kam eine Idee. Ich griff nach einer der Laternen und öffnete sie. Die kleinen Insekten flogen heraus und verteilten sich und damit ihr goldenes Licht im Raum. Vom Schutz der Dunkelheit beraubt, drehten sich die Jäger nervös hin und her. So viel Licht waren sie wohl nicht gewohnt.

„Das ist unsere Chance!", rief Lenni und stürmte voran. Zeit, zurückzuschlagen.

## ALISON

Wir sprangen vom Felsvorsprung und griffen die Jäger an, die noch verwirrt in der Gegend herumblickten. Jetzt, wo ich ihnen so nahe war, konnte ich sie das erste Mal richtig betrachten. Ihre Haltung war gebeugt und ihre Augen blickten wild zwischen uns hin und her. Ihre Nägel an Händen und Füßen waren hart und scharf wie die Krallen von Raubtieren. Sie knurrten auch so wie Raubtiere. Kleidung trugen sie keine, aber ihre Haut war überall bemalt. An einigen klebten auch Moos und kleine Pilze. Naja, vielleicht wuchsen sie auch auf der Haut, das konnte ich nicht so genau sagen. Dadurch konnten sie sich also so gut vor ihrer Beute verstecken. Selbst wenn man genauer hinsah, konnte man sie nur schwer von den Höhlenwänden unterscheiden. Schon gar nicht, wenn man kaum Licht hatte. Der Einfluss der

Magiekonzentration hier verstärkte die Täuschung noch. Selbst jetzt war es fast so, als würden die Jäger vor meinen Augen flackern. Ich konnte sie nur unscharf wahrnehmen, obwohl sie doch direkt vor mir standen.

Ich fragte mich nur, ob sie das kontrollieren konnten oder die Magie um sie herum es einfach auslöste. Sie fingen sich zu unserem Pech wieder sehr schnell. Wie vermutet waren sie gute Kämpfer. Es waren wilde, aber koordinierte Angriffe. Außerdem griffen sie uns alle gleichzeitig an, was uns kaum Zeit zum Atmen ließ. Ich war hauptsächlich damit beschäftigt, ihre Angriffe abzuwehren. Neben mir hörte ich, wie jemand scharf die Luft einzog. Einer der Jungs musste getroffen worden sein. Ich konnte aber nicht sehen, wer es war, da bereits die nächsten Schläge auf mich einprasselten. Sie schlugen unerbittlich mit ihren Krallen zu, die jetzt, wo sie kämpften, viel länger waren als zuvor.

Ich wartete geduldig, bis meine Chance für einen Angriff kam und konzentrierte mich auf die Verteidigung. Zu meinem Glück bot sich mir kurz darauf eine solche und ich hatte durch eine Pause im Angriffsmuster meines Gegners die Möglichkeit zu einem Angriff. Jetzt bloß keine Fehler machen. Wer weiß, wie viele Chancen ich noch bekommen würde.

Wie Mr. White es uns empfohlen hatte, kämpften wir mit unseren Waffen und setzten keine Magie ein. Wir konnten sie so auf jeden Fall verletzen. Das Gift an unseren Klingen half uns noch zusätzlich. Als ein paar von den Jägern gelähmt am Boden lagen, flohen die restlichen. Endlich konnte ich mich nach den anderen umsehen.

Luke war verletzt. Blutende Kratzspuren zogen sich über seinen Bauch. Ich war schon kurz davor, ihn mit meiner Magie zu heilen, als er mich aufhielt.

„Nein. Das schwächt dich zu sehr. Sie könnten wiederkommen und dann mit noch mehr Verstärkung. Du brauchst deine Kräfte. Wir haben genug mit, um die Wunde auch so zu ver-

sorgen. So schlimm ist sie gar nicht", sagte er unter zusammengebissenen Zähnen.
Es missfiel mir sehr, ihn nicht zu heilen und ich konnte sehen, dass seine Wunden keineswegs ‚nicht so schlimm' waren. Dennoch riss ich mich zusammen und half Benni, ihn ohne Magie zu versorgen, während Lenni die Umgebung im Auge behielt.

Wir versiegelten die Wunden so gut es ging und wickelten ihn in Mullbinden ein. Benni gab ihm ein Schmerzmittel und er schlief kurz darauf ein.

„Eine der Nebenwirkungen von so starken Mitteln. Die machen immer müde", murmelte Benni mehr zu sich selbst als zu mir und betrachtete Luke besorgt. Danach begannen wir damit, unser Lager abzubauen. Hier konnten wir nicht mehr länger bleiben. Mithilfe von einer Plane, die eigentlich für ein Zelt gedacht war und den dazugehörigen Zeltstangen, die wir aufteilten und aneinanderbanden, bauten wir eine Trage für Luke. Als wir ihn vorsichtig auf die Trage schoben, sagte Benni: „Eigentlich müssten die Wunden genäht werden. Die Versiegelung ist nur notdürftig. Wenn er sich zu viel bewegt, geht die Wunde sehr leicht wieder auf und er hat schon jetzt nicht wenig Blut verloren. Wir müssen uns beeilen und ihn zu einem Arzt bringen."

Ich nickte und klopfte ihm auf die Schulter. „Er schafft das. Mach dir keine Sorgen."

Dann packte ich die letzten Kleinigkeiten in Lukes Rucksack. Dabei fiel mir das Gerät in die Hände, mit dem wir zur Direktorin Kontakt halten sollten. Das hatte ich ganz vergessen.

„Probier es doch aus", schlug Lenni vor, der sich wieder zu uns gesellt hatte. „Vielleicht funktioniert es ja wirklich. Wir sind ja schon ne Weile hier unten, die machen sich bestimmt Sorgen."

„Stimmt", antwortete ich und drehte das Gerät in meinen Händen.

Als ich endlich herausgefunden hatte, wie es funktioniert, schaltete ich es ein. Anders als bei Walkie-Talkies, war kein Rauschen oder sonst ein Geräusch zu hören.

„Hallo?", fragte ich in den Lautsprecher. Eine Weile geschah nichts, dann aber knackte es und eine andere Stimme ertönte. „Hallo. Alison bist du das?", es war die Stimme der Direktorin. „Ja, ich bin es", erwiderte ich erleichtert. Das Gerät funktionierte hier unten noch.

„Wie sieht es bei euch aus?", fragte sie.

„Wir sind schon ein gutes Stück vorangekommen. Die Karten der anderen Forscher, die hier unten waren, können wir allerdings nicht nutzen. Es gab noch keinerlei Ähnlichkeiten. Den Jägern sind wir auch schon begegnet, aber wir konnten ihren Angriff abwehren."

Ich überlegte kurz, Lukes Verletzung zu erwähnen, entschied mich jedoch dagegen. Ich wollte die Direktorin nicht beunruhigen.

„Die Magiekonzentration ist hier schon stärker. Ich denke, wir sind auf einem guten Weg", berichtete ich stattdessen.

„Das ist gut. Ich will euch nicht hetzen, aber ihr müsst euch beeilen. Ich denke, dass Nilonas Angriff kurz bevorsteht. Wir haben einen Plan, aber ich denke, wenn sie einmal hier sind, können wir sie trotzdem nicht mehr sehr lange aufhalten", antwortete die Direktorin.

„Verstehe. Wir beeilen uns", sagte ich und warf dabei einen sorgenvollen Blick auf Luke.

„In Ordnung. Ich wünsche euch viel Glück! Meldet euch, wenn es Probleme gibt", meinte sie.

„Machen wir. Auf Wiedersehen", erwiderte ich und schaltete das Gerät aus. Beeilen war so eine Sache. Wir hatten ja auch keine Ahnung, wie nah wir jetzt wirklich schon an dem Brunnen waren.

Wir schulterten die Rucksäcke. Ich übernahm zusätzlich den von Luke und die anderen übernahmen die Trage, da Luke immer noch schlief und wahrscheinlich auch nicht laufen könnte, wenn er wach gewesen wäre. Jetzt ging ich vorneweg. Ausgerechnet die Person mit dem geringsten Orientierungssinn von allen. Ich verließ mich deshalb nicht auf meine Augen, sondern auf mein Gefühl. Wo war die Magiekonzentration höher? Immer wieder bogen wir ab. Die Umgebung veränderte sich erneut. Es gab wieder mehr Leben. Mehr Pflanzen, die den Boden und die Wände bedeckten und kleine Insekten, die herumkrabbelten und flogen. Ich wollte gerade erneut abbiegen, hielt aber in meiner Bewegung inne.

„Was ist?", fragte Benni.

„Sie sind wieder da", flüsterte ich. Ich nahm die Präsenzen der Jäger jetzt deutlich wahr.

„Och nee", grummelte Benni.

„Sie halten aber mehr Abstand", meinte ich.

„Wir haben jetzt wohl ihren Respekt", überlegte Lenni.

„Gut so, die sollen gefälligst wegbleiben", seufzte Benni.

„Wartet mal, ich hab ne Idee. Das mit dem Respekt ist gut", entgegnete ich, ging an den beiden vorbei und schnappte mir einen Stein vom Höhlenboden. Dann begann ich damit, ein Symbol in die Höhlenwand zu ritzen.

„Was soll denn das?", fragte Benni skeptisch.

„Ich markiere unser Revier. Vielleicht hören sie dadurch endlich auf, uns zu folgen. Ich kopiere ihre Verhaltensweisen", murmelte ich angestrengt.

„So hartnäckig wie die sind?" Benni klang immer noch nicht überzeugt.

„Ich habe ein gutes Gefühl dabei", erwiderte ich.

„Ist das das Wappen der Schule?", fragte Lenni belustigt.

„Jap, das passt doch, oder?", meinte ich und grinste ihn an.

„Allerdings." Er schmunzelte. Benni beugte sich ein Stück vor und betrachtete das Symbol.

„Das soll das Wappen der Schule sein? Hätte ich nicht erkannt", kommentierte er. Ich warf ihm einen bösen Blick zu und stand wieder auf.

„Solange die Jäger erkennen, dass sie uns jetzt besser nicht mehr folgen sollten, ist alles gut."

Wir setzten unseren Weg fort und ich ritzte in regelmäßigen Abständen erneut das Wappen der Schule in die Höhlenwand. Am Anfang folgten uns die Jäger noch ohne zu zögern. Mit der Zeit wurden es allerdings weniger, bis auch der letzte umdrehte. Wir waren unsere Verfolger endlich los. Dieses Mal kehrten sie hoffentlich nicht noch einmal zurück.

# ENDLOSE GÄNGE

Das Höhlensystem war wirklich ein Labyrinth. Ich war froh, dass wir den Rückweg nicht mehr finden mussten. Es grenzte an ein Wunder, dass überhaupt Leute wieder hier rausgefunden haben. Luke wachte zwischendurch nur kurzzeitig auf und fiel wieder in unruhigen Schlaf. Er hatte Fieber bekommen. Das war kein gutes Zeichen. Außerdem hatte ich hier unten inzwischen auch den letzten Rest meines Zeitgefühls verloren.

Ich konnte überhaupt nicht einschätzen wie viel Zeit vergangen war und wie viel uns noch blieb. Hoffentlich hatten wir noch genug Zeit, bevor Nilona in der Schule einmarschierte. Ich schüttelte meinen Kopf. Konzentration, Alison. Lass dich nicht ablenken.

Hinter der nächsten Abzweigung versteckte sich ein reißender Fluss. Am Anfang war neben ihm noch ein breiter Weg, aber er wurde mit der Zeit immer schmaler.

„Wir können hier nicht mehr lange weitergehen", rief Lenni mir zu.

„Ja, ich weiß. Wir müssen aber in diese Richtung!", entgegnete ich.

„Dann nehmen wir doch einfach den Fluss!" Das war Luke. Er war wieder für einen Moment aufgewacht.

„So eine Idee kann nur jemand haben, der fiebert", seufzte Benni.

„Naja, sie ist gar nicht mal schlecht", meinte ich.

„Gar nicht mal schlecht? Hast du dir diesen Fluss mal angeguckt? Die Strömung muss unglaublich stark sein. Wie sollen wir denn dem Fluss folgen, ohne zu ertrinken?", meckerte Benni.

„Das stimmt. Wir haben kein Floß oder Materialien, um eins zu bauen", stimmte Lenni zu.

Ich dachte nach. Ich war mir sicher, dass wir dem Fluss folgen mussten, um an unser Ziel zu kommen. Durch die Strömung wären wir auch sehr viel schneller unterwegs und könnten Zeit sparen. Wir brauchten nur etwas, was sich als Boot eignete. Ich ließ meinen Blick schweifen. Ein Stück vor uns befand sich eine Holzbrücke, die über den Fluss führte. Die Holzplanken schienen noch recht stabil zu sein. Das könnte klappen.

„Wir nehmen die Brücke", entschied ich zuversichtlich und ging voran.

„Die Brücke?!", fragten die beiden Jungs gleichzeitig und folgten mir nur zögerlich.

„Genau", bestätigte ich und war schon dabei, die Brücke zu betreten.

„Und wie genau hast du dir das vorgestellt?", fragte Benni.

„Ist doch ganz klar", antwortete ich, während ich ein wenig auf der Brücke herumhüpfte.

„Ach ja?", frage Lenni.

„Ja, die Brücke ist wie ein Floß. Wir müssen nur gleichzeitig beide Seiten von den Felsen lösen, danach landen wir im Wasser und kommen weiter", erklärte ich meine Idee und betrachtete die Seile, die die Brücke hielten.

„Ja, ist ganz klar ...", kommentierte Benni. Die Ironie in seiner Stimme war nicht zu überhören.

„Hast du einen besseren Plan? Wenn ja, sag es schnell. Uns läuft die Zeit davon. In mehrerlei Hinsicht", erwiderte ich und warf ihm einen erwartungsvollen Blick zu.

Er hatte keine andere Idee. Ich wusste ja selbst, dass das nicht gerade eine gute Idee war, aber es war die Einzige, die ich hatte. Außerdem war es besser, als einfach ins Wasser zu springen. Benni und ich kümmerten uns um die Seile, während Lenni darauf achtete, dass Luke nicht vom Brückenfloß fiel. Ich zählte von drei runter, dann kappten wir gleichzeitig die Seile. Schnell gingen wir in die Hocke und das Floß klatschte auf dem Wasser auf. Es wurde beinahe im selben Augenblick vom Strom mitgerissen und sauste nah vorne. Wir krallten uns am Holz fest, während Teile vom Floß immer wieder unter Wasser gedrückt wurden und wir selbst auch eine Menge Wasser in Gesicht bekamen.

Wie auf einem großen Surfbrett ritten wir auf den Stromschnellen. Immer schneller und immer tiefer in das Höhlensystem hinein. Der Fluss wurde mit der Zeit breiter und ab und zu schauten Felsen aus dem Wasser. Wir hatten große Mühe damit, das Floß zu lenken und die Felsen zu umgehen.

„Geht es da hinten noch weiter?", fragte ich so laut ich konnte gegen das Wasserrauschen an.

„Der Fluss kann ja nicht einfach enden!", rief Lenni zurück. Er endete auch nicht. Zumindest nicht direkt. Er mündete in einen kleinen Wasserfall, der wiederum in einen See floss. Wir schossen über den Rand des Wasserfalls und fielen wie ein Stein ins Wasser. Als das Floß wieder auftauchte, war niemand von uns mehr darauf. Hustend kämpfte ich mich zurück an die Wasseroberfläche. Zum Glück war das Wasser hier still und ruhig.

Neben mir tauchte auch Lenni auf, der Luke über Wasser hielt. Nur von Benni war erst nichts zu sehen. Wir hörten ein dumpfes ‚Pock', dann zog er sich am Floß hoch.

„Natürlich muss das Floß genau über mir sein", grummelte er und blickte sich suchend nach uns um.

„Alles okay bei dir?", rief ich ihm zu. Als er zu uns sah, wechselte sein Gesichtsausdruck auf einmal von grummelig zu verblüfft.

„Dreht euch mal um! Das ist unglaublich!", rief er und zeigte auf etwas hinter uns.

Als wir uns verwundert umdrehten, staunten wir nicht schlecht. Wüsste ich nicht, dass wir uns in einer Höhle befanden, würde ich es nicht glauben. Vor uns lag ein riesiger Wald. Vögel flogen über den Baumwipfeln und ich konnte sogar ein paar Rehe hinter den Stämmen entdecken. Es war taghell. Hinter den Bäumen musste sich irgendeine Lichtquelle befinden.

„Woher kommt denn das Licht?", fragte Lenni. „Die Höhle kann doch nicht nach oben hin offen sein, oder?" Nachdenklich blickten wir in Richtung des Waldes.

„Könnten das vielleicht die Kristalle sein? Die, die in der Nähe des Brunnens zu finden sind? Immerhin hat das Licht einen deutlichen hellrosa Farbton", überlegte ich.

„Stimmt, so muss es sein. Spürt ihr das? Eine so hohe Magiekonzentration spüre ich zum ersten Mal. Ich muss mich gar nicht anstrengen, um sie wahrzunehmen! Wir müssen ganz nah sein", bestätigte Lenni glücklich und begann, darauf bedacht Lukes Kopf über Wasser zu halten, an Land zu schwimmen.

Wir folgten ihm und auch ich hatte ein Lächeln auf den Lippen. Wir waren auf dem richtigen Weg. Am Ufer angekommen blieben wir kurz liegen und legten eine Verschnaufpause ein.

„Wenn wir hier raus sind, gehe ich erstmal eine Zeit lang weder in die Nähe irgendwelcher Höhlen noch von Wasser", seufzte Benni, grinste aber dabei.

„Ich stimme dir zu", bestätigte Lenni.

„Keine Einwände", ergänzte ich.

Luke war trotz der ganzen Aufregung immer noch nicht aufgewacht. Er fieberte weiterhin und zuckte im Schlaf immer wieder zusammen, aber wie durch ein Wunder waren seine Wunden nicht aufgegangen.

„Wir müssen uns beeilen", sagte Benni besorgt. „Sein Zustand verschlechtert sich."

„Aber die Trage ist beim Sturz vom Wasserfall kaputt gegangen", überlegte ich.

„Dann trage ich ihn eben einfach so", beschloss Lenni und zog Luke auf seinen Rücken, um ihn huckepack zu tragen. Benni und ich musterten ihn skeptisch.

Er bemerkte unseren Blick. „Was? Wir haben keine Zeit, um uns was anderes auszudenken. Ich schaffe das schon, also los", beharrte er und ging voran. Benni und ich warfen uns besorgte Blicke zu, folgten ihm aber ohne zu murren.

Vor uns lag ein dichter Wald. Fast schon ein Dschungel. Benni hatte sich an die Spitze gesetzt und säbelte mit seinem Schwert eine Schneise durch das dichte Unterholz. Ich bildete das Schlusslicht und beobachtete aufmerksam die Umgebung. Hier unten herrschten tropische Temperaturen und schon bald war ich nicht mehr nass von unserem Sturz ins Wasser, sondern von meinem eigenen Schweiß. Von der Abkühlung durch den Sturz in den See war nichts mehr zu spüren. Meine Kleidung klebte an meinem Körper und ich atmete schwer.

Durch die ganzen Temperaturwechsel kam mein Körper total durcheinander und so langsam setzten Kopfschmerzen ein. Die Luft war drückend und wir kamen nur langsam voran. Um uns herum war alles voller Leben. Es raschelte immer mal wieder in unserer Nähe, aber es waren nur kleine Hasen oder auch mal ein Fuchs oder Eichhörnchen. Spätestens jetzt fühlte es sich wirklich nicht mehr so an, als wären wir in einer Höhle. Was war das nur für ein Ort und warum machte man es uns so schwer, an unser Ziel zu gelangen? An einer kleinen Quelle machten wir Pause und ruhten uns einen Moment aus.

Am Rand der Quelle wuchsen orange-rote Blumen, deren Blütenblätter zu einem Kelch geformt waren. Sie hatten ziemlich große Staubbeutel, die hinter den Blättern hervorlugten und um sie herum tanzten gelbe Pollen in kleinen Wolken im Licht.

„Schade, dass Luke das nicht sehen kann. Er wüsste bestimmt, was das für eine Pflanze ist", überlegte ich und die anderen nickten.

„Übrigens, findet ihr auch, dass das Wasser aus der Quelle irgendwie süßlich schmeckt?", fragte Benni nachdenklich.

„Vielleicht liegt das ja an den Pollen, die hier überall rumfliegen", meinte ich und er nickte. „Ja vielleicht", murmelte er.

Wir trauten uns nicht, noch länger an der gleichen Stelle zu verweilen und brachen wieder auf. Immer in Richtung des hellen Lichts. In der Hoffnung, dass es die Kristalle waren, die uns zum Brunnen führen würden.

# TÜCKISCHER TROPENWALD

Seit unserer Pause hatte ich ein merkwürdiges Gefühl. Vielleicht bildete ich es mir auch nur ein, aber irgendwie wirkte die Umgebung verschwommen. Die anderen sagten nichts, also behielt ich mein Gefühl für mich. Vielleicht wurde ich langsam einfach nur paranoid. Wir stapften schon eine Weile durch den Wald, aber es kam mir so vor, als würden wir kaum vom Fleck kommen. Alles sah gleich aus. Einfach nur Bäume, überall. Dazu kam noch die schwüle und drückende Luft. Kein Wunder, dass mir so komisch war. Luke wachte nur selten auf und war nie wirklich ansprechbar. Ich machte mir große Sorgen um ihn. Da raschelte es über mir. Erschrocken hob ich den Kopf, um nachzusehen. Zu meiner Erleichterung war es nur eine Affenfamilie, die über uns von Ast zu Ast schwang.

„Die haben es gut. Von da oben hat man bestimmt einen guten Überblick", seufzte Benni.

„Naja, der Überblick ist vielleicht ein wenig besser als von hier, aber am besten wird es wohl über den Baumwipfeln sein", überlegte ich.

„Dann wäre ich gerne ein Vogel", erwiderte Benni.

„Gehen wir überhaupt noch in die richtige Richtung?", fragte ich nach einer Weile.

„Ich hoffe es. Das Blätterdach ist so dicht, dass ich mir schon seit einer Weile nicht mehr sicher bin", gab Lenni zu.

„Toll", grummelte Benni vor sich hin.

„Und was ist, wenn wir in die Richtung gehen, in die die Tiere hier gehen?", fragte ich nachdenklich.

„Wie meinst du das?", fragte Lenni.

„Ist euch nicht aufgefallen, dass die alle in die gleiche Richtung verschwinden? Die Vögel, die Rehe und eben auch die

Affen. Vielleicht werden sie von der Magie oder dem Licht der Kristalle angezogen", erklärte ich.

„Oder aber es ist das Gegenteil", meinte Benni.

„Auch möglich. Allerdings bezweifle ich das ... Ich denke, wir müssen die Richtung wechseln", beharrte ich zuversichtlich.

„Aber wenn wir die ganze Zeit geradeaus gehen, müssten wir doch automatisch das Ende dieses Dschungels erreichen ...", entgegnete Lenni zögerlich.

„Nicht unbedingt. Wir haben hier doch schon die Erfahrung gemacht, dass man sich nicht unbedingt auf seinen Orientierungssinn verlassen kann. Vielleicht werden wir wieder irregeführt. Ich denke, die Tiere hier wissen, wie man sich durch den Dschungel bewegt", antwortete ich.

„Klingt logisch. Versuchen wir es", bestätigte Benni. Auch Lenni nickte, weshalb wir nun die Richtung einschlugen, in die die Affen verschwunden waren.

Zum Glück gab es in dem Wald viele Tiere und wir scheuchten mit unserer Anwesenheit immer wieder grasende Rehe oder kleine Vogelscharen auf. So konnten wir unseren Kurs immer wieder anpassen. Ich konnte spüren, dass die Magiekonzentration stärker wurde. Sogar so stark, dass so langsam die Auswirkungen dieser ständigen hohen Strahlung bemerkbar wurden. Stechende Kopfschmerzen drückten auf meine Schläfen und quälten mich. Hoffentlich kamen wir bald hier raus.

Meine Idee stellte sich tatsächlich als richtig heraus. Das Blätterdach wurde lichter und wir kamen am anderen Ende des Dschungels an. Neben uns war ein großer Teich, an dem viele der Tiere zu finden waren, denen wir vorher gefolgt waren und sich abkühlten. Vor uns war eine Felswand, die sich in die Höhe erstreckte. Ganz oben, beinahe an der Decke, war ein Durchgang, in dem die meisten der Kristalle waren und geheimnisvoll funkelten. Das Licht ging tatsächlich von ihnen aus. Von dieser Entfernung aus betrachtet, könnten die Kristalle auch strahlende Sterne sein, da sie die Höhlenwand wie einen Nachthimmel zierten. Beeindruckend.

„Müssen wir da jetzt hoch?", fragte Benni und blickte mit großen Augen nach oben.

„Ich denke schon", murmelte Lenni.

„Aber wie sollen wir das mit Luke machen?", erwiderte Benni nachdenklich.

„Seht mal, da oben ist irgendeine Vorrichtung … Das sieht aus wie ein Hebel. Vielleicht wird dadurch ein einfacherer Weg zu dem Durchgang sichtbar", wies ich hin.

„Könnte sein, aber dann muss jemand von uns da hoch", überlegte Benni.

„Ich weiß ja nicht …" Lenni war noch skeptisch.

„Wir haben doch sowieso keine Wahl und Luke kriegen wir so niemals die Wand hoch. Ich klettere nach oben und betätige die Vorrichtung. Ihr kommt danach einfach hinterher", schlug ich vor. Benni warf mir einen wissenden Blick zu, sagte aber nichts.

„Warum du?", fragte Lenni.

„Weil ihr Luke beschützen müsst. Falls hier doch noch irgendwelche Gefahren lauern. Mich wird an der Wand schon nichts angreifen", versuchte ich ihn zu überzeugen.

„Aber du hast Höhenangst", erwiderte er.

Ich stockte. Das hatte ich in meinem Eifer ganz vergessen. Aber ich musste trotzdem als Erste oben sein. So konnte ich zum Brunnen rennen, bevor Lenni einschreiten konnte.

„Ich schaffe das", sagte ich schließlich und hielt Lennis prüfendem Blick statt.

„Wenn sie sagt, dass sie es schafft, wird sie das auch", half Benni mir.

„Na gut. Aber geh keine Risiken ein", gab Lenni widerwillig nach.

Ich gab ihm dankbar einen Kuss auf die Wange und ging voran. Bevor ich mich die Wand hochziehen konnte, kam Benni noch auf mich zu und umarmte mich.

„Sei vorsichtig. Lass mich das jetzt nicht bereuen", flüsterte er mir zu.

„Keine Sorge. Das ist der einzige Weg, da bin ich mir sicher. Ich kriege das hin", flüsterte ich zurück, trennte mich von ihm und begann damit, die Wand hochzuklettern.

Es war ein langer Weg nach oben. Zum Glück gab es viele Felsvorsprünge, an denen ich mich festhalten konnte. Den Blick nach unten mied ich komplett. Dadurch würde ich in meiner Bewegung einfrieren und nicht mehr weiterkommen. Ich wollte nicht wissen, wie weit oben ich schon war. Das musste ich auch nicht. Ich musste nur immer weiter.

Kaum war ich höher als die Bäume, spürte ich einen leichten Windzug und atmete auf. Hier war es kühler. Nicht so drückend wie am Boden. Erfüllt von neuer Energie kletterte ich weiter. Meine Hände waren blutig vom rauen Stein und meine Muskeln brannten von der Anstrengung. Ich konnte mir aber keine Pause leisten. Dann würde ich doch nur nach unten gucken. Ich kletterte die Strecke in einem Stück und zog mich am Ende mit letzter Kraft auf den Vorsprung, auf dem die Kristalle waren. Für ein paar Sekunden blieb ich auf dem Rücken liegen und atmete schwer.

Geschafft. Mein Körper zitterte. Weiter. Ich musste weiter. Es war reine Willensstärke, die mich aufstehen ließ. Neben einem der Kristalle war tatsächlich ein Hebel. Er war groß, und schwer zu betätigen. Ich hängte mich mit meinem ganzen Gewicht an die Vorrichtung und endlich schwang der Hebel nach unten. Ein Dröhnen ertönte und der Boden erbebte. Eine Treppe trat aus der Wand hervor und reichte bis nach unten. Gut, so konnten die anderen ja nachkommen. Sie würden mit Luke eine Weile brauchen. Genug Zeit, um den Brunnen zu finden.

Ich drehte mich von der Treppe weg und betrat den Gang vor mir. Dunkelheit war kein Problem mehr. Die Kristalle spendeten genug Licht. Der hellrosa Schimmer hatte beinahe etwas beruhigendes. Auch über den Weg musste ich mir keine Gedanken machen. Es gab keine abzweigenden Gänge. Es ging immer geradeaus. Ich musste eher aufpassen, den Kristallen auszuweichen, die überall aus dem Boden, den Wänden und der Decke schossen und teilweise sehr scharfe Kanten hatten. Dadurch wurde ich letztendlich doch ausgebremst und musste mein Tempo drosseln. Trotzdem schnitten mir die Kristalle nicht nur einmal in Arme oder Beine. Anfangs war es wirklich schwierig, ihnen auszuweichen. Dann wurden die Kristalle allerdings endlich weniger und waren schließlich komplett verschwunden. Vor mir wurde der Gang enger und mündete in einen Durchgang. Dahinter befand sich irgendetwas ... Das musste er sein: der Brunnen. Endlich. Mein Kopf war kurz vorm Explodieren und ich fühlte mich ganz seltsam. Ich musste mich beeilen. Nicht, dass ich durch die Strahlung dieser Kristalle noch ohnmächtig wurde. Das konnte ich jetzt gar nicht gebrauchen.

Schnell rannte ich in den Raum und kam schlitternd vor dem Brunnen zum Stehen. Ich ging in die Knie und betrachtete ihn. Sah gar nicht so besonders aus. Es war einfach ein kleiner Brunnen aus Stein, der so weit nach unten reichte, dass ich den Boden nicht im Ansatz sehen konnte. Tiefste Schwärze blickte mir entgegen. Dort unten war die Magiekonzentration eindeutig am höchsten und ich lehnte mich schnell wieder zurück, da mir kurzzeitig selbst schwarz vor Augen wurde. Aus der Öffnung strömte so starke Magie, dass ich einen Moment brauchte, um mich wieder zu fangen.

Am Rand des Brunnens befand sich eine kleine Vertiefung. Es sah danach aus, als ob man da seine Hände drauflegen sollte. Das war zumindest meine Vermutung. Wird schon richtig sein. Die Prophezeiung hat von einem roten Kreis gesprochen. Das soll wohl ein Kreis aus Blut sein, den ich um den Brunnen ziehen muss. Wahrscheinlich hier auf dem Boden. Dort war bereits ein Kreis im Stein eingelassen. Wenn ich das tue, gibt es kein Zurück mehr. Dann geht es in den Endspurt. Einen Endspurt, bei dem ich keine Ahnung hatte, was mich erwartete. Ich schluckte angespannt und atmete tief durch.

„Alison!" Das war Lennis Stimme. Die anderen mussten inzwischen ebenfalls oben angekommen sein. Seine Stimme klang noch entfernt, aber er war sicherlich schon auf dem Weg hierher. Ich darf jetzt nicht zögern. Sonst hätte ich auch gleich am Eingang warten können. Ich holte meinen Dolch hervor und schnitt in meine Hand. Langsam strich ich einmal den Kreis entlang und verteilte mein Blut möglichst gleichmäßig in der Einlassung im Stein. Vorsichtig legte ich danach beide Hände auf die seitlichen Vertiefungen am Brunnen, übte leichten Druck auf den Stein aus und schloss die Augen.

Eine ungeheure Welle Magie krachte auf mich nieder und es fühlte sich an, als würde ich in den Brunnen gezogen werden. Es kostete mich viel Kraft, weiterhin Kontakt zum Brunnen zu halten. Ich verlor komplett das Gefühl für meine Umgebung. In mir tobte ein Sturm der Magie. Ich hatte das Gefühl, von innen heraus zu verbrennen. Schmerzerfüllt presste ich meine Lippen aufeinander. Meine Gedanken waren überraschend klar. So klar, wie schon lange nicht mehr. Ich ahnte, was zu tun war. Doch es machte mir Angst.

Die Zeit schien stehengeblieben zu sein und ich konzentrierte alle meine Kräfte auf den Brunnen. In diesem Moment waren wir eine aus zwei Komponenten bestehende Einheit. Verschmolzen für einen kleinen Augenblick. Für einen bestimmen Zweck. Ich wehrte mich nicht mehr und ließ die Verbindung zu, auch wenn es mich innerlich beinahe zerriss. In der Ferne hörte ich, wie jemand erneut meinen Namen rief. Ganz leise und weit entfernt. Wer es wohl war? Schwarze Punkte tanzten vor meinen Augen und breiteten sich immer mehr aus. Mein Körper fühlte sich schwer an. So schwer, dass ich ihn kaum noch halten konnte. Ein unangenehmes Prickeln breitete sich auf meiner Haut aus und dann fühlte ich mich auf einmal ganz leicht und wurde in den Brunnen gerissen. Das Letzte, was ich bewusst mitbekam, war, dass mein Körper wie ein nasser Sack zu Boden fiel. Danach wurde mir endgültig schwarz vor Augen und alles, was ich noch fühlte, waren dieses unangenehme Prickeln und das Fallen in die Tiefe.

Wo war ich? Die Dunkelheit um mich herum beunruhigte mich. Es dauerte eine Weile, bis ich verstand, dass ich im Brunnen war. Schwerelos. Ganz unten, in den tiefsten Tiefen Avessias. Auf einmal hörte ich Stimmen, deren Klang in der Dunkelheit widerhallte und in meinen Ohren dröhnte.

„Wir wissen, wer du bist. Wir wissen alles. Wir wissen, was du willst und warum du den langen Weg hierher auf dich genommen hast. Wir sind eins. Wir können dir geben, was du willst. Du konntest die Verbindung mit uns eingehen. Du bist würdig. Doch der Preis ist hoch. Bist du bereit ihn zu bezahlen?" Die letzten Worte lagen lange in der Luft. Irrten durch die endlose Dunkelheit.

„Egal, wie hoch der Preis auch sein mag, ich werde ihn zahlen. Um Avessia zu retten und Nilona zu besiegen. Macht, was dafür nötig ist", antwortete ich und meine Stimme war dabei überraschend stark und selbstbewusst.

„In Ordnung. So soll es geschehen. Wir geben dir die Kraft, die notwendig ist, um Nilona zu schwächen und eure Chancen auf einen Sieg zu erhöhen. Die Chance selbst musst du jedoch allein für die anderen schaffen. Wir bereiten dir nur den Weg …", erwiderten die Stimmen.

Kurz darauf hatte ich das Gefühl, dass mir gleichzeitig etwas entrissen und hinzugefügt wurde. Ich krümmte mich zusammen, stemmte mich aber nicht gegen die Macht, die mich fest umschlungen hielt. Mein Blut kochte und jeder einzelne Atemzug jagte einen stechenden Schmerz durch meinen Brustkorb. Plötzlich war alles vorbei und ich spürte wieder Boden unter den Füßen.

# IM FEINDLICHEN LAGER

## JASON

Heute war der letzte Tag im Schloss. Ich hatte bereits seit einiger Zeit den Überblick darüber verloren, wie viele Gruppen ich für die Schlacht ausgebildet hatte. Es waren so viele gewesen. Genauso hatte ich den Überblick darüber verloren, wie lange ich mich schon im Schloss aufhielt. Die Tage waren wie im Flug vergangen. Es mussten Monate sein. Dabei kam es mir so kurz vor. Wie viel in dieser Zeit passiert war. Jetzt zu gehen und zu wissen, dass bald das Ereignis eintreten würde, für das ich die ganze Zeit gearbeitet hatte, war irgendwie komisch. Erschöpfung, aber auch ein gewisser Stolz machten sich in mir breit.

Ich hätte mir nie zugetraut, so viele und so unterschiedliche magische Wesen gleichzeitig gut ausbilden zu können. Sie alle hatten Besonderheiten, auf die man achten musste. Einige kamen schneller voran, andere langsamer. Man musste immer einen passenden Weg finden, um jeden mitzunehmen. Das hatte Spaß gemacht, war aber auch sehr herausfordernd gewesen. Jeden Tag aufs Neue zu bestreiten und nicht zu wissen, was auf einen zukommt, ist beunruhigend. Da gewöhnt man sich nie dran und Nilona war immer für Überraschungen gut. Nicht nur einmal verliefen die Tage durch sie ganz anders als geplant. Größere Gruppen, andere Wesen oder gar ganz andere Trainingsarten. Es konnte alles sein. Es konnte sich alles ändern. Zu jeder Zeit. Das würde ich nicht vermissen. Ich sehnte mich nach ein wenig Beständigkeit und Ruhe, doch darauf würde ich wohl noch eine Weile warten müssen. Immerhin stand zuerst die größte Schlacht in der Geschichte Avessias an. Naja, vielleicht war das ein wenig übertrieben. Es gab sicherlich schon größere Schlachten, aber es würde auf jeden Fall ein herausragender und wichtiger Tag werden. So viel stand fest. Die Schule wird brennen und Nilona wird siegen und ihre Macht weiter vergrößern, damit sich ihr ganz Avessia unterwirft.

Gemeinsam mit der letzten von mir ausgebildeten Gruppe und Nilona würde ich morgen zum Lager vor der Magieschule aufbrechen. Alle anderen waren dort bereits eingetroffen und bereiteten den Angriff vor. Ich war dabei, alles zusammenzupacken, aber meine Gedanken schweiften immer wieder ab. Ich war ungewöhnlich unkonzentriert. Das war schon seit einer Weile so. Seit diese drei Jungen und das Mädchen den einen Tag beim Training mitgemacht hatten und danach wie vom Erdboden verschwunden waren. Sie waren nicht mehr im Schloss und niemand hatte sie seitdem gesehen. Fast, als wären sie Geister gewesen. Eine Halluzination oder Einbildung. Doch es war real. Sie waren hier. Das wusste ich.

Wir hätten sie in der Schlacht gut gebrauchen können. Ich hätte nach diesem Tag nicht gedacht, dass sie sich vor dem Kampf drücken würden. Ich hatte fest damit gerechnet, dass wir Seite an Seite kämpfen würden. Damit lag ich wohl mehr als falsch. Dabei hatten sie wirklich Potential. Noch ein wenig Training und sie hätten uns als starke Soldaten dem Sieg sehr viel nähergebracht. Es war eine Verschwendung. Doch sie hatten sich wohl anders entschieden. Die vier waren sowieso merkwürdig. Immer, wenn ich an sie dachte, löste das ein komisches Gefühl in mir aus und ich bekam Kopfschmerzen. Vielleicht war es da doch besser, dass sie nicht beim Kampf dabei waren. Nein ... das stimmte nicht. Ich belog mich selbst. Tief in mir drin wusste ich, dass ich es bedauerte. Nur war ich mir nicht klar darüber, warum ich so empfand. Ich hatte sie ja nur einmal gesehen. Oder doch nicht?

Die Kopfschmerzen nahmen überhand und ich beschäftigte mich wieder mit dem Packen. Was sagte Nilona doch immer? Es ist nicht gut, an Vergangenem zu hängen. Wichtig ist der mutige Blick in die Zukunft. Ich sollte ihrem Rat folgen und nicht mehr an vergangene Dinge denken. Wer auf ein Schlachtfeld tritt, sollte dies mit ganzem Herzen tun. Hat man Zweifel, dann sollte man es lieber bleiben lassen. Ich hatte keine Zweifel. Ich war bereit. Ich würde für Nilona alles geben und ihre Armee zum Sieg führen. Mit all meiner Kraft und aus voller Überzeugung.

Wir trafen uns am nächsten Tag in der Bibliothek und nutzen ein Portal, das in die Nähe der Schule führte, um schneller vor Ort zu sein. Nacheinander schritten wir hindurch und kamen in einem Wald zum Stehen. Stimmt, Nilona hatte berichtet, dass die Schule größtenteils von einem großen Wald umgeben war. Ich sah mich um und versuchte mich zu orientieren. Es war ein stinknormaler Wald. Nichts Besonderes. Zumindest bis auf einen kleinen Brandfleck im Gras. Jemand musste dort vor einiger Zeit ein Feuer entzündet haben. Wie unvorsichtig. Das hätte den ganzen Wald gefährden können. Ob das Feuer von unseren Soldaten entfacht wurde? Oder war jemandem vielleicht eine Fackel aus der Hand gefallen. Den Skeletten fielen gerne mal Körperteile ab. Sicherlich ist der Brandfleck dadurch entstanden. Mein Blick fiel auf ein paar Beeren und Pilze. Sie waren ein wenig ausgedünnt. Die Tiere mussten sie wohl gefressen haben. Was für eine dumme Idee. Sie mussten sehr verzweifelt und hungrig gewesen sein. Diese Sorte Beeren war ungenießbar und die Pilze hatten mehr als unangenehme Nebenwirkungen. Kein Lebewesen sollte auch nur darüber nachdenken, sie zu essen. Das haben die Tiere dann wohl auch gemerkt. Sonst wäre hier wahrscheinlich alles leergefressen worden.

Wir wanderten weiter. Der Spinnenclan hatte sich Nilona schon vor langer Zeit angeschlossen. Für ihre Treue hatte Nilona ihnen diesen Wald hier überlassen. Natürlich auch mit dem Hintergedanken, dass den Leuten aus der Schule so der Fluchtweg versperrt war. Die Spinnen hatten bereits über die Hälfte des Waldes eingenommen und drangen immer weiter vor. Überall waren ihre Netze, die sich von Baum zu Baum spannten. Schon als der Spinnenklan im Schloss zu Besuch war, waren sie mir unheimlich. Spinnen sollten nicht so groß sein.

Hier, in ihrem ‚normalen' Lebensraum, war es noch viel schlimmer. Sie wirkten noch viel größer und bedrohlicher. Ich war froh, dass sie auf unserer Seite kämpften. So mussten wir beim Durchschreiten ihres Territoriums nicht so sehr aufpassen. Diesen Wald als Feind der Spinnen zu durchqueren war sicherlich schwierig. Nicht nur einmal verhedderten sich ein paar unserer Soldaten in den klebrigen Fäden und wir mussten sie wieder befreien. Das bremste uns aus. Viel schlimmer war jedoch, dass es Nilonas Laune verschlechterte. Das war nicht gut. Mit ihr war nicht zu spaßen, wenn sie genervt oder wütend war. Ich gab mir Mühe, alle sicher durch die Fäden zu lotsen, aber ein paar weitere Zwischenfälle konnte ich nicht vermeiden. Als wir endlich im Lager ankamen, war es schon spät und die Sonne stand in ihrer ganzen Pracht hoch über dem Horizont. Ein Steinadler zog kreischend seine Bahnen über den Himmel und umkreiste sie majestätisch. Ich war gemeinsam mit Nilona im Zentrum der Zeltstadt untergebracht. Dort war das größte Zelt aufgebaut und alle anderen orientierten sich darum herum. Die Anspannung im Lager war spürbar. Der große Kampf stand kurz bevor. Wir würden höchstens noch einen Tag warten, bis wir zuschlagen würden. Wir mussten nur noch die Lage sondieren, den Plan mit allen durchgehen und ihn in die Tat umsetzen.

Nachdenklich sah ich in die Ferne. Die Umrisse der Schule und die im Sonnenuntergang glänzende Barriere blitzen zwischen den Bäumen und Zelten hervor. Bald war es so weit. Dann würde sich alles ändern.

# ALLES FÜR EINE KLEINE CHANCE

## ALISON

Verunsichert öffnete ich die Augen. Ich war nicht mehr im Brunnen. Langsam richtete ich mich auf und sah mich um. Ich stand auf einem Hügel und hatte einen guten Blick auf die Weiten Avessias. Einst so schön und friedlich, waren sie nun kalt und bedeckt von der Asche niedergebrannter Dörfer. Nilonas Armee zog durch Avessia wie eine unaufhaltsame Krankheit. Sie hinterließ nichts außer Trauer und Leid. In der Luft lag ein schimmernder Schleier. Von Fäden durchzogen, so als wäre ganz Avessia eingesponnen. Ich ging in die Knie und griff nach einem der Fäden. Er war klebrig und stank nach Vermoderung. Aus irgendeinem Grund, verspürte ich den Drang den Faden zu zerreißen. Anders als der Geruch vermuten ließ, war er jedoch stark und auch kräftiges Ziehen zeigte keinerlei Wirkung. Ich klebte sogar kurz an dem Faden fest, weil ich ihn so fest mit den Händen umschlossen hatte.

Das hat ja schon mal super geklappt. Meine Waffen habe ich hier auch nicht. Durchschneiden konnte ich ihn also ebenfalls nicht. Was sollte ich jetzt machen? Ich hatte keine Anweisungen bekommen. Ich war einfach nur hierhergeschickt worden. Wie sollte ich dieses Zeug loswerden? Sollte ich es überhaupt loswerden? Nachdenklich betrachtete ich die Fäden. Einer von ihnen stach hervor. Er war sehr viel dicker als die anderen und hatte einen goldenen Schimmer. Jetzt, wo ich genauer hinsah, bemerkte ich, dass alle Fäden einen goldenen Schimmer hatten.

Es sah so aus, als wäre die goldene Farbe in Bewegung. Als würde sie sich durch die Fäden langsam voran schlängeln. Fast so, als gäbe es ein bestimmtes Ziel. Wie seltsam. Kurzentschlossen stand ich wieder auf und folgte dem dicksten der Fäden. Er führte mich runter von dem Hügel und eine weite, offene Ebene entlang. Erst fühlte ich mich unsicher und hatte Sorge entdeckt zu werden, aber spätestens als ich von einer vorbeiziehenden Karawane aus flüchtenden Dorfbewohnern komplett ignoriert wurde und einer sogar durch meinen ausgestreckten Arm hindurchging, wusste ich, dass ich mir darum keine Sorgen zu machen brauchte. Ich war nicht wirklich hier. Man konnte mich nicht sehen. Beruhigt ging ich weiter.

Das Seil führte mich zu einem großen Zeltlager. Das Symbol auf den Flaggen, die dort überall hingen, war mir nur allzu bekannt. Ich befand mich im Territorium von Nilonas Armee. Alle Fäden liefen in einem großen Zelt, das im Zentrum des Lagers stand, zusammen. Hoffentlich konnte Nilona mich auch nicht sehen. Bei ihr war ich mir nicht sicher. Ich konnte die Ausmaße ihrer Macht nur schwer einschätzen. Und sie war höchstwahrscheinlich genau dort. In diesem Zelt. Vorsichtig ging ich durch die Zeltwand und sah mich um. Nilona war nicht die Einzige in dem Zelt. Jason war auch da. Mein Herz setzte kurz aus und ich spielte mit dem Gedanken, seinen Arm zu berühren, aber etwas in mir riet mir, das lieber sein zu lassen. Er sah müde aus. Irgendwie ausgezehrt.

Jetzt, wo ich hier stand, waren die Bewegungen der goldenen Farbe ganz klar. Die Fäden fanden ihren Ursprung in Nilona und Jason. Aber die Farbe, die ich inzwischen für Magie hielt, schien nur von Jason auszugehen und von ihm über auf Nilona. Sie stahl seine Kraft. Wahrscheinlich, um dieses merkwürdige Netz aufrechterhalten zu können. Ihre eigene Magie reichte dafür anscheinend nicht aus. Ob er das wohl wusste? Ich ging näher an Nilona heran. Die Fäden versammelten sich alle in ihrem Brustbereich und erfüllten sie mit Jasons Magie. Das bedeutete wohl, dass sie ohne diese Verbindung nicht genug Macht hatte, um dieses Netz und damit die Traummagie, die sie so stark machte, in ganz Avessia aufrechtzuerhalten. Das war also noch ein weiterer Grund, warum sie sich Jason geholt hatte. Sie brauchte ihn nicht nur für den Brunnen, sondern um selbst an Stärke zu gewinnen. Ich musste die Verbindung trennen. Noch etwas zögerlich griff ich nach dem Fadenbündel und fing an zu ziehen. Ich zog immer stärker, traute mich immer mehr Kraft einzusetzen und lehnte mich immer weiter nach hinten. Niemand wachte auf. Ich blieb unentdeckt.

Dann hörte ich endlich ein Geräusch, das klang, als würden Haare reißen. Erfüllt von neuer Energie, zog ich noch stärker. Während ich zog, ließ ich aus einem Bauchgefühl heraus die Magie frei, die ich im Brunnen aufgenommen hatte und setzte sie ein, um die Verbindung zu trennen. Meine Arme schmerzten und ich hatte das Gefühl, dass sie durch das ganze Ziehen und Reißen immer länger wurden. Die Fäden waren von dem klebrigen Sekret ganz glitschig und ich musste sie mehrmals um meine Handgelenke wickeln, um wirklich Kraft aufbauen zu können. Immer mehr Fäden rissen und der goldene Schimmer, der die Fäden durchzog, begann zu flackern. Gleich geschafft.

Als ich das Gefühl hatte, meine Arme würden jede Sekunde einfach abfallen, riss die Verbindung vollständig. Ich stolperte durch den fehlenden Widerstand nach hinten und fiel auf den Boden. Kurzzeitig passierte nichts und ich dachte schon, dass es nicht funktioniert hatte, denn das Netz war immer noch da. Dann gab es plötzlich eine gewaltige Druckwelle, die mich zu Boden drückte. Vor meinem inneren Auge sah ich, wie sie über ganz Avessia rollte. Nilonas Traummagie war nicht mehr. Aufgelöst in kleine Nebelschwaden, die in den Boden sickerten und in den natürlichen Magiefluss zurückkehrten, aus dem sie ursprünglich gekommen waren. Ich war gerade dabei, gemeinsam mit der Druckwelle das Zelt zu verlassen, als ich auf einmal zurückgerissen wurde. Kräftige Hände hatten sich um meinen Hals geschlossen und drückten erbarmungslos zu. Erschrocken blickte auf und sah in die leeren Augen von Jason, der mir plötzlich gegenüberstand.

„Eindringlinge sind hier nicht willkommen", flüsterte er und drückte noch fester zu. Ich röchelte und sah ihn mit Tränen in den Augen an. Ein wenig Magie steckte noch in mir. Ein letzter Rest. Ich hatte keine Wahl. Zitternd legte ich meine Hand auf seine Brust und ließ die Magie frei. Jason wurde zurückgeschleudert und ich wurde endgültig aus dem Zelt gerissen, verlor ihn aus den Augen und befand mich plötzlich wieder in der altbekannten Dunkelheit des Brunnens. Es war geschafft.

Jetzt hatten wir eine Chance. Jetzt konnte Nilona sich nicht mehr in ihren Träumen verstecken. Wir konnten nun in der Realität gegen sie antreten. Ohne faulen Zauber. Ob Nilona es wohl bemerkt hatte? So stark wie ich an den Fäden gezerrt hatte, war es eigentlich unmöglich, dass sie es nicht bemerkt hatte, aber ihre Augen waren immer noch geschlossen gewesen und es hatte so ausgesehen, als würde sie weiterhin schlafen. Für uns wäre es wahrscheinlich besser, wenn sie es nicht mitbekommen hat und wir das Überraschungsmoment nutzen konnten. In ihrer Überheblichkeit würde sie sich uns sicherlich persönlich in den Weg stellen.

Ihren Blick würde ich gerne sehen, wenn sie realisiert, dass ihre Traummagie drastisch an Kraft verloren hat. Bei dem Gedanken musste ich schmunzeln. Die Frage ist nur, ob Jason ihr etwas erzählen wird. Die Frage war allgemein, ob die Aktion durch ihn gefährdet war. Eigentlich hätte ich beunruhigter darüber sein müssen. Ich war aber überraschend entspannt. Etwas sagte mir, dass ich mir um Jason keine Sorgen zu machen brauchte.

Ich wusste, dass ich den Ausgang des Kampfes selbst nicht sehen würde. Ich war bereits jetzt dabei, in die nächste Ohnmacht zu fallen. Eigentlich war es mir von Anfang an klar gewesen, schon als wir zu dem Brunnen aufgebrochen waren. Ich habe diesen Teil der Vorbereitung übernommen und überlasse die letzte Schlacht nun den anderen. Wer wäre besser geeignet?

Sie werden Nilona und ihre Armee besiegen und Jason zurückzuholen. Sie werden es sicherlich schaffen. Wer, wenn nicht sie? Auch, wenn ich Nilona gerne selbst gerne bekämpft hätte. Ich hätte mich liebend gern persönlich an ihr gerächt. Aber man kann eben nicht alles haben. Hauptsache, wir gingen am Ende siegreich aus dieser Schlacht hervor. Dann hat sich die ganze Mühe schon gelohnt. Immerhin konnte ich den Weg für die Schlacht ebnen. Das musste reichen. Mehr konnte ich ... nicht mehr tun ...

## LENNI

Alison war nicht mehr da, als wir oben auf dem Felsvorsprung ankamen.
„Alison!", rief ich ihren Namen so laut ich konnte, aber es kam keine Antwort. Ein ungutes Gefühl breitete sich in mir aus.
„Du bleibst bei Luke!", rief ich Benni zu und sprintete los. Man konnte sie nicht eine Sekunde allein lassen. Immer brachte sie sich in Gefahr. Wie konnte ich sie nur allein gehen lassen. Ich hätte das vorhersehen müssen. Immer opfert sie sich für die anderen auf und denkt dabei nie an sich oder die möglichen Folgen ihrer Handlungen. Hastig wich ich den Kristallen aus und arbeitete mich voran. Am Ende des Gangs befand sich eine kleine Höhle. In ihr waren der Brunnen und Alison. Sie lag regungslos auf dem Boden und hatte die Hände auf die Brunnenwand gelegt. Ihr Gesichtsausdruck war angestrengt und sie atmete unnatürlich schnell. Aus dem Brunnen waberten helle Rauchschwaden, die den ganzen Raum ausfüllten. Ich wollte den Raum betreten und ihr zu Hilfe eilen, aber ich schaffte es nicht. Dieser merkwürdige Rauch hielt mich auf.

Er war dick und undurchdringlich wie eine Mauer. Ich warf mich mit all meiner Kraft dagegen, aber es brachte rein gar nichts. Ich konnte nur zusehen, wie er um Alison herum immer dichter wurde. Ich rief ihren Namen, aber sie reagierte nicht. Wahrscheinlich konnte sie mich gar nicht hören. Dann pulsierten die Rauchschwaden im Raum plötzlich und sprangen mit einer enormen Druckwelle, die mich rückwärts an die Wand schleuderte, auseinander und waren im nächsten Moment verschwunden. War es vorbei? Hatte Alison es geschafft?

Schnell rappelte ich mich auf und rannte zu ihr. Diesmal hielt mich nichts auf. Sie bewegte sich immer noch nicht und atmete nur noch ganz flach. Ihr Gesicht war blass, von Schweißperlen bedeckt und zeigte keine Regung. Ihr Hals war rot, so als hätte sie jemand gewürgt und verfärbte sich langsam zu einem dunklen Blauton. Wieder rief ich ihren Namen und ruckelte an ihrer Schulter. Es half nichts. Sie wachte nicht auf und bewegte sich nicht. Ich wurde immer unruhiger.

Kurzentschlossen hob ich sie hoch und trug sie aus der Höhle. In der Schule würde man ihr sicherlich helfen können. Als Benni mich sah, kam er besorgt auf mich zu.

„Was ist passiert?", fragte er.

„Ich glaube, sie hat es geschafft, aber sie hat dabei ihr Bewusstsein verloren. Ich weiß nicht, was passiert ist und was sie genau gemacht hat. Am besten kehren wir schnell zur Schule zurück", erklärte ich, hockte mich neben Luke und setzte Alison vorsichtig neben ihm ab.

„In Ordnung", antwortete Benni mit einem letzten besorgten Blick auf Alison und kramte den Teleportationsstern aus Lukes Rucksack, der uns zurück in die Schule bringen sollte.

„Bereit?", fragte er.

„Ja. Kann losgehen. Jeder berührt einen Teil von dem Stern", sagte ich und drückte Alison fest an mich, während Benni Luke festhielt.

„Dann mal los. Hoffentlich funktioniert das", murmelte Benni und drückte auf den Schalter in der Mitte des Sterns.

## LETZTE VORBEREITUNGEN

Unsere Umgebung begann zu flirren und alles drehte sich. Wir krallten uns angestrengt aneinander, damit wir auch wirklich alle vier transportiert wurden und fielen durch einen schwindelerregend schnellen Strudel. Ich hielt meine Augen fest verschlossen, was allerdings nicht wirklich viel gegen das aufkommende Gefühl der Übelkeit half. Als sich endlich alles beruhigt hatte, öffnete ich vorsichtig die Augen. Wir waren tatsächlich wieder in der Schule. Es hatte funktioniert.

„Wir brauchen einen Arzt!", rief ich den umstehenden und überrascht guckenden Leuten zu. „Und holt die Direktorin, schnell!"

Wenige Augenblicke später lagen Alison und Luke in zwei Krankenbetten. Luke war bereits wieder aufgewacht und sah dank Luves Heilungsmagie schon viel besser aus. Nur Alison bewegte sich weiterhin nicht. Auch die Direktorin und Mr. White waren zu uns geeilt und wir erzählten ihnen, was passiert war. Danach brachten sie uns ebenfalls auf den neusten Stand. Wir waren gerade rechtzeitig gekommen. Die Schlacht stand kurz bevor. Nilona und Jason wurden im Lager des Feindes gesichtet und es kamen inzwischen keine weiteren feindlichen Truppen mehr hinzu.

Sie würden bald angreifen. Es war nur noch eine Frage der Zeit.

„Wir rechnen damit, dass sie den Einbruch der Nacht abwarten und dann zuschlagen. Immerhin sind die meisten magischen Wesen, die Nilona unterstützen, eher Wesen der Dunkelheit. Aber auch wir haben einen Plan und sind vorbereitet", beendete die Direktorin ihre Erklärung. „Nilona und Jason übernehmen wir", sagte ich entschlossen und ballte meine Hände zu Fäusten. Die Direktorin warf mir einen nachdenklichen Blick zu.

„Es gibt keine andere Möglichkeit. Wir müssen das machen. Haltet ihr uns einfach so gut es geht die Armee vom Hals. Wir schneiden der Schlange den Kopf ab. Danach ist die Schlacht sowieso beendet", schlug ich vor und hielt dem prüfenden Blick der Direktorin stand.

„Mir gefällt es nicht, euch allein gegen Nilona und Jason in den Kampf zu schicken", entgegnete sie schließlich.

„Sie werden nicht allein sein. Ich werde sie begleiten", Mr. White trat einen Schritt vor. Die Direktorin seufzte.

„Ich werde darauf achten, dass ihre Schüler nichts Unüberlegtes anstellen", betonte Mr. White.

„Gut. Das sollte wohl gehen", gab sie widerwillig nach.

„Überlegt euch einen Plan und nutzt die letzten ruhigen Stunden, um euch ein wenig zu erholen. Luve braucht noch ein wenig Zeit, um herauszufinden, was mit Alison los ist. Bislang spricht sie auf nichts an und es sieht nicht danach aus, als würde sie ohne Hilfe aufwachen können. Luve wird sicherlich herausfinden, was zu tun ist", sagte sie noch und verließ den Raum.

„Da habe ich ja richtig viel verpasst", murmelte Luke.

„Woran kannst du dich denn noch erinnern?", fragte Benni.

„Nach dem Angriff ist alles verschwommen und durch das Fieber so verzerrt, dass ich mir nicht sicher bin, was real und was Traum war", überlegte Luke.

„Verstehe", bestätigte Benni.

Ein Schüler, den ich nicht kannte, betrat den Raum und brachte uns etwas zu essen. Während wir uns stärkten, kümmerte sich Luve um Alison. Angespannt beobachtete ich, wie sie sie untersuchte. Das dauerte ganz schön lange. Luves Gesichtsausdruck verriet nicht, was sie dachte und ich konnte nicht einschätzen, ob es etwas Ernstes war oder nicht. Die Zeit verging quälend langsam, bis Luve endlich aufschaute und sich von Alison entfernte.

„Und?", fragte ich nervös.

Luve räusperte sich. „Ich weiß, was mit ihr los ist", sagte sie vorsichtig. „Wir hatten ja schon die Vermutung, dass ein bestimmtes Opfer gebracht werden muss, um den Brunnen der Magie benutzen zu können. Alison hat dieses Opfer offensichtlich gebracht, wodurch wir auch recht sicher sein können, dass eure Mission erfolgreich war", erklärte sie.

„Und was musste geopfert werden?", fragte Luke.

„Magie", antwortete Luve knapp.

„Was soll das bedeuten?", hakte ich weiter nach.

„Alison wurde ihre Magie entzogen. Hätte sie nicht von Geburt an überdurchschnittlich viel Magie in sich gehabt, hätte sie dieser Vorgang umbringen können. Ein Magier ohne Magie, die durch seinen Körper fließt, stirbt in den meisten Fällen. Es ist immer eine Einheit. Fällt ein Teil komplett weg, funktioniert das ganze System nicht mehr. Alison trägt noch Magie in sich, aber nur noch einen geringen Teil. Deshalb hat sie überlebt, ist aber am Ende ihrer Kräfte. Es wird noch dauern, bis sie aufwacht. Ich kann nicht genau sagen, wie lange es dauern wird, aber sie versucht bereits, wieder zu uns zu finden", Luve betrachtete Alisons regloses Gesicht.

„Deshalb wollte sie also unbedingt allein zum Brunnen", erkannte ich.

„Sie hat sicherlich geahnt, dass es einen Grund haben muss, warum Nilona es auf Jason abgesehen hat. Er trägt ebenfalls eine enorme Menge an Magie in sich, auch wenn er sie anfangs noch nicht richtig anwenden konnte. Sie wollte verhindern, dass wir uns dem Brunnen nähern, weil sie mehr Magie in sich trägt als wir. Sie hat es drauf ankommen lassen", bestätigte Luke.

„Dann dürfen wir sie jetzt nicht enttäuschen. Sie hat ihr Leben für uns, für Jason und für alle anderen hier in Avessia aufs Spiel gesetzt. Sie hat uns den Weg geebnet und dafür gesorgt, dass wir eine Chance auf den Sieg haben. Lassen wir ihr Opfer nicht umsonst gewesen sein. Zeigen wir Nilona, was wir können und weisen wir sie in ihre Schranken. Dieser Kampf wird hier und heute ein Ende finden!", rief ich und verließ den Raum.

Luke, Benni und Mr. White folgten mir schweigend. Ich ging geradewegs aus der Schule und stellte mich auf einen Erdhaufen, der vor den Schultoren als Aussichtsposten aufgeschüttet worden war. Das magische Schild, das uns umgab, flirrte und bebte in unregelmäßigen Wellen.

Nilonas Halbriesen schlugen darauf ein, angefeuert von den lauten Rufen der restlichen Armee, die sich hinter ihnen versammelt hatte. Diesmal gab es keine Ruhe vor dem Sturm. Der Kampf stand kurz bevor.

„Hey Leute!", rief jemand und kam auf uns zu. Es war Maja. Sie winkte uns freudig zu.

„Da seid ihr ja wieder, ich habe mir schon Sorgen gemacht. Wo ist Alison?", sie sah sich suchend um.

„Alison hat ihren Kampf bereits hinter sich und nimmt an diesem hier nicht teil. Diesen Kampf kämpfen wir. Wer hat hier die Befehlsgewalt?", fragte ich.

„Verstehe. Nun, ihr seid an der richtigen Stelle." Sie zeigte stolz auf sich. „Ich habe hier das Kommando und trage die Verantwortung dafür, die Armee von der Schule fernzuhalten."

„Dann hast du doch sicherlich einen Plan, oder?", fragte Luke.

„Aber ja. Kommt mal mit", sie zwinkerte uns zu.

Maja hatte dafür gesorgt, dass eine Schneise vom Schild zu den Schultoren führte. Sie war so angelegt, dass unsere Gegner nur diesen einen Weg hatten, um zur Schule zu gelangen. Innerhalb dieser Schneise hatte Maja verschiedene Fallen platziert. Alle waren so gut es ging durch Magie oder durch Bretter oder andere Gegenstände versteckt worden. Ich erkannte spitze Holzpfeile, die aus dem Boden ragten, aber so angemalt waren, dass man sie kaum erkennen konnte. Am Rand der Schneise hatte Maja an den alten, großen Eichen riesige Baumstämme hochgezogen, die bei Betätigung einer Vorrichtung mit Schwung in die Gegnermassen schlagen würden. Außerdem hatte sie auf dem Boden teilweise eine zähflüssige Masse verteilen lassen.

Und das waren nur die Fallen, die ich auf den ersten Blick sehen konnte. Maja hatte sicherlich noch das ein oder andere Ass im Ärmel. Wir selbst konnten uns ebenfalls nur noch in den Gräben bewegen, die durch die Schneise führten, um nicht selber die Fallen auszulösen. Es war ein gutes Konzept und würde uns etwas Zeit einbringen.

„Nilona und Jason werden das Schlachtfeld wahrscheinlich als Letztes betreten und hinter dem Schild warten. Wir müssen also hinter die Armee kommen und sie dort bekämpfen", sagte Benni nachdenklich.

„Das ist kein Problem. Es gibt einen Graben, der bis zum Schutzschild führt. Der ist jedoch recht klein, damit er nicht auffällt. Ihr müsst bis zum anderen Ende kriechen", erwiderte Maja.

„Dann brauchen wir etwas Vorlaufzeit, bevor ihr sie in die Schneise lasst", überlegte ich.

„Das sollte ebenfalls machbar sein. Am besten ihr macht euch gleich auf den Weg. Noch hält der Schutzschild. Lasst euch nicht zu viel Zeit, wir wollen unser Glück nicht herausfordern", empfahl sie.

„Ich kann uns am anderen Ende des Grabens tarnen, damit wir ihn ohne Probleme verlassen und uns an der Armee vorbeischleichen können", ergänzte Mr. White.

„Sehr gut, machen wir es so. Wenn wir am anderen Ende sind, geben wir dir mit Magie ein Zeichen. Am besten mithilfe von Licht, das fällt nicht so sehr auf und verrät unser Vorhaben nicht gleich", sagte Luke und Maja nickte: „In Ordnung. Machen wir uns bereit und zeigen denen, dass mit uns nicht zu spaßen ist. Viel Glück!"

„Euch auch", erwiderte ich und wir begannen, den engen Graben am Rand der Schneise, der mit Planken überdeckt war, entlangzurobben. Das benötigte wie erwartet seine Zeit, da die Schneise wirklich sehr lang war. Am anderen Ende angekommen gaben wir unser magisches Lichtzeichen, damit Maja unseren Plan starten konnte. Kurz darauf erbebte die Erde.

# DER KAMPF BEGINNT

## MAJA

Angestrengt sah ich in die Ferne zum Schutzschild. So langsam müssten sie da sein. Nervös trommelte ich mit meinen Fingern auf meinem Oberschenkel herum. Wie lange brauchten sie denn noch? Um mich herum standen alle in den Startlöchern. Dann entdeckte ich endlich das Lichtzeichen am Rand des Schildes. Es ging los.

„Also los, Leute! Geben wir unser Bestes!", ich nickte Thomas zu, der ein Schlachthorn bei sich trug und dieses nun mit aller Kraft erklingen ließ. Damit startete unser Plan und wir öffneten den Schutzschild an der Schneise. Alle mit magischem Blut hatten sich vor der Schule aufgestellt und nutzen ihre Magie, um den Schild nur an dieser einen Stelle zu öffnen. Es funktionierte. Der restliche Schild blieb bestehen und nur der geplante Teil öffnete sich. Erleichtert pustete ich meine unbewusst angehaltene Luft aus. Eines der schwersten Dinge hatten wir hinter uns.

Einen Moment lang war es still. Schweigend blickten wir zum Rand der Schneise. Hatten sie unseren Plan doch durchschaut? Nein. Nein, das hatten sie nicht. Plötzlich ertönten laute Kampfschreie und Nilonas Armee drängte wie ein riesiger Bienenschwarm durch die Öffnung. Ganz brav, so wie sie es sollten. Die Erde erbebte under den Schritte der voranstürmenden Soldaten. Es war ein mehr als bedrohlicher und beunruhigender Anblick. Doch wir waren vorbereitet. Unsere Leute hatten sich bereits in den Gräben verteilt, um die Fallen im richtigen Moment auszulösen und für Verwirrung unter den Feinden zu sorgen. Damit rechneten sie sicherlich nicht. Dafür rannten sie viel zu stürmisch auf uns zu. Perfekt. Besser konnte es für uns nicht laufen. Gleich würden sie an der ersten Falle ankommen. Ich wurde immer nervöser. Hoffentlich funktioniert unser Plan. Wir durften einfach nicht verlieren. Wenn das mit den Fallen nicht klappte, waren wir verloren.

Ein lautes Krachen ertönte. Zwei gewaltige Baumstämme schwangen vom Rand der Schneise aufeinander zu und zerquetschten gut zehn von Nilonas Schergen. Mein Herz machte einen kleinen Freudensprung. Es funktionierte. Dieser Weg würde der längste werden, den diese Wesen jemals genommen haben. Schnell gab ich weitere Anweisungen und blieb über meine Magie mit allen, die über die Schneise verteilt waren, in Kontakt. Die beiden Baumstämme wurden von den Seilen gelöst, fielen auf den Boden und wurden mit Magie in die Richtung unserer Gegner gestoßen. Ein paar von ihnen konnten sie noch mitnehmen, bis einer der Halbriesen die Baumstämme hochhob, als wären sie federleicht, und auf die Schule warf. Zum Glück standen wir für einen solchen Fall schon bereit und hielten die Stämme mithilfe von Magie auf.

Die Baumstämme waren kaum aus dem Weg geräumt, da drängten unsere Feinde schon weiter nach vorne. Sie kamen schnell voran. Zeit, sie ein wenig auszubremsen. Ich gab erneut ein Zeichen und ein paar der Schüler, die sich in den Gräben versteckt hatten, ließen ihre Magie eine Frostwand formen, die sich über dem Boden aufbaute und alles einfror, was sich in ihr befand. Diese Art von Magie konnte zwar nicht so lange aufrechterhalten werden, war dafür aber äußerst effektiv. Kaum waren die ersten eingefroren, mussten die übriggebliebenen Wesen einen Weg durch ihre eingefrorenen Körper finden. Es dauerte eine Weile bis unsere Kältewand durchbrochen wurde. Doch wir hatten noch mehr auf Lager. Direkt hinter unserer Kältewand befand sich nämlich eine tiefe Teergrube. Wir hatten sie mit Absicht so tief ausgegraben, dass sogar die Halbriesen bis zu den Knien darin versanken. Überrascht platschten die Skelettkrieger und Menschen, die ganz vorne waren, in den Teer und tauchten teilweise ganz unter. Entweder sie schafften es danach, weiter zu schwimmen, oder sie tauchten gar nicht mehr auf.

Diejenigen, die es zum Ende der Teergrube schafften und versuchten, sich aus dem Becken zu hieven, wurden von uns bereits erwartet und mit Feuerbällen attackiert. Der Teer, den wir verwendet hatten, war hochentflammbar und so brannten sie alle lichterloh und rannten panisch hin und her. Es lief alles wie geplant, bis ich eine Aura wahrnahm, die deutlich stärker war als die der anderen. Ein Schattenkind. Es bewegte sich schnell vorwärts. Verdammt. Das war nicht gut. Es durchschaute unsere Fallen und wich ihnen aus oder setzte sie außer Kraft. Bislang konnte es alles unbeschadet überwinden und ließ die anderen Wesen vorweg gehen, um vorbereitet zu sein. Wir mussten es unbedingt schnell loswerden.

Gegen ein Schattenkind konnten wir Schüler nicht allzu viel ausrichten. Bevor ich mir jedoch weiter Sorgen machen konnte, betrat die Direktorin das Schlachtfeld und stellte sich dem Schattenkind persönlich. Um sie bei ihrem Kampf zu unterstützen, starteten wir Phase zwei unseres Plans. Das Motto dieser Phase war: Verwirrung. Wir wollten die anderen Wesen von der Direktorin fernhalten, damit diese in Ruhe gegen das Schattenkind kämpfen konnte. Schüler, die sich verkleidet und mit Magie verschleiert hatten, schlichen sich unter die feindlichen Reihen und sorgten für Unruhe. Sie brachten Formationen durcheinander, schürten die Angst vor einer Niederlage und zettelten kleine Prügeleien an. Vor allem die Skelette waren leicht zu beeinflussen und nahmen sich bald selbst auseinander, während ihnen zugejubelt wurde. Ich lächelte zufrieden. Wir hatten das Schlachtfeld gut im Griff.

Die Umgebung wurde jetzt immer wieder hell und dunkel, wenn die Magien der Direktorin und des Schattenkindes aufeinandertreffen. Gewaltige Druckwellen wurden ausgelöst, auf die kräftiger Wind folgte, der die Blätter an den Bäumen am Rand der Schneise zum Rascheln brachte. Das Schattenkind grinste die ganze Zeit überlegen und selbstsicher, doch mit einer Sache hatte er nicht gerechnet: Die Direktorin war nicht allein. Luve stand in einiger Entfernung, hatte ein Auge auf sie und wartete auf einen günstigen Augenblick. Als sie schließlich eingriff und das Schattenkind unter der enormen Macht beider Magierinnen zu schwanken begann, wechselte sein Blick überrascht zwischen beiden hin und her.

Dabei war es doch eigentlich ganz einfach. Zusammenhalt. Teamarbeit. Respekt und Freundschaft. All das zeichnete uns aus. Wir kämpften niemals allein. Bei Nilona zählte all das wohl eher weniger. Genau darin bestand einer unserer Vorteile. Mit einem letzten Aufbäumen löste sich das Schattenkind in dunklen Rauch auf und verschwand. Die Direktorin und Luve zogen sich wieder aus der Schneise zurück und nahmen ihre vorherigen Positionen ein. Nilonas Armee war inzwischen bereits bis zur Mitte vorgedrungen. Jetzt, wo das Schattenkind verschwunden war, halfen auch die Ablenkungsmanöver der verkleideten Schüler nichts mehr. Unsere Gegner sammelten sich, fokussierten sich erneut auf den Kampf, schritten weiter voran und ließen sich nicht mehr provozieren. Vielleicht hätten sie lieber umkehren sollen. Für die nächste Passage hatte ich Bogenschützen am Rand der Schneise platziert, deren Pfeile mit Gift präpariert waren. So hatten wir schlussendlich alle wichtigen Schwachstellen unserer Gegner in die Schneise eingebaut. Eis, Feuer und Gift. Die Teergrube und auch die Baumstämme waren lediglich ergänzend. Das funktionierte immer, war aber nicht ganz so effektiv, wie beispielsweise Gift. Gerade die Halbriesen konnten wir dadurch zu Fall bringen. Die meisten Skelette hatten es schon nicht durch den Teer geschafft und das Feuer gab auch den letzten von ihnen den Rest.

Immer mehr von Nilonas Soldaten lagen regungslos auf dem Boden. Das war zwar ein Erfolg, doch dadurch wurden die Übriggebliebenen auch vorsichtiger. Rannten nicht mehr blindlinks drauflos, sondern dachten erst nach. Ein paar von ihnen starteten auch tatsächlich den Versuch, seitlich aus der Schneise zu fliehen. Ich musste zugeben, dass ich schon sehr viel früher mit diesem Versuch gerechnet hatte. Für diesen Fall hatten wir ein paar Schlingpflanzen in der Nähe der Bäume ausgesetzt. Kaum, dass es jemand aus der Schneise schaffte, schnappten sich die Pflanzen ein Bein oder einen Arm und zogen ihr Opfer in die Höhe, wo es dann hilflos zappelte und in der Luft hängen blieb.

Es war ein recht lustiger Anblick und es wirkte tatsächlich auch abschreckend auf die anderen Wesen. Schon bald versuchte niemand mehr die Schneise an den Seiten zu verlassen. An den Schlingpflanzen kam keiner vorbei. Dennoch waren unsere Gegner inzwischen schon sehr nah an die Schule gekommen. Durch die schier niemals endende Masse an Soldaten, die konstant nachrückten und die Tatsache, dass wir nur wenige Fallen hatten, die wir wirklich mehrmals auslösen konnten, mussten wir bald in den direkten Kampf gehen. Ich hatte mit vielen Gegnern gerechnet, aber das übertraf meine kühnsten Vorstellungen. Der Ansturm nahm kein Ende. Jetzt hieß es durchhalten. Ich hielt mein Schwert fest umklammert und nahm mir einen Gegner nach dem anderen vor. Immerhin stürmten sie dank der Limitierung durch die Schneise nicht alle gleichzeitig auf uns zu, sondern schön der Reihe nach. Das vereinfachte alles etwas.

Trotzdem konnten wir inzwischen keine einzige unserer Fallen mehr verwenden und befanden uns alle in der Schneise und im Kampf. Ich hoffte nur, dass die anderen Nilona bald besiegten, sonst würde es ganz schön knapp werden. Sehr lange würden wir nicht mehr durchhalten. Man mochte über diese Wesen sagen, was man wollte, aber sie waren gut trainiert. Wir hatten auch viele jüngere Schülerinnen und Schüler unter uns, die noch nicht so erfahren waren. Unsere Kampfkraft konnte mit der von Nilonas Armee nur bedingt mithalten. Solange wir unsere Magie hatten, ging es noch, doch man merkte, dass sie langsam nachließ.

Wir wurden immer stärker zurückgedrängt. Immer mehr Schüler mussten sich aus dem Kampf zurückziehen. Es sah nicht gut aus. Ich selbst kämpfte mit Thomas und ein paar anderen älteren Schülern an vorderster Front, aber auch bei uns war die Erschöpfung spürbar. Plötzlich hörte ich die Stimme der Direktorin in meinem Kopf.

„Duckt euch!" Ohne zu zögern, ließ ich mich auf den Boden fallen. Eine enorme Druckwelle fegte über das Schlachtfeld und stieß unsere Gegner ein paar Meter zurück.

„Kommt her, schnell!", rief uns die Direktorin zu. Zügig versammelten wir uns vor der Schule. Luve stellte sich vor uns und erschuf einen magischen Schild, der uns von der Schneise trennte. Die ersten unserer Gegner standen bereits wieder auf und attackierten ihn. Ich stellte mich neben Luve und verstärkte die neu aufgebaute letzte Verteidigungslinie auch mit meiner Magie.

Die Direktorin und ein paar der anderen taten es uns gleich und ließen ihre Magie in die dünne Wand, die nun als letzte Barriere zwischen uns und dieser Armee stand, hineinfließen. Sie durfte unter keinen Umständen fallen.

# EINGESPONNEN

## LENNI

Aus unserem Versteck heraus konnten wir sehen, dass unsere Gegner kurzzeitig verblüfft den offenen Teil des Schutzschildes anstarrten. Dann brachen sie in Kampfgeschrei aus und stürmten in die Schneise. Es waren unglaublich viele Soldaten. Durch Majas Plan werden sie sicherlich aufgehalten, aber bei der Masse werden sie irgendwann durchbrechen. Es war ein Spiel mit der Zeit. Schon wieder.

„Wie sollen wir denn jetzt auf den Lagerplatz kommen? Das hört ja gar nicht mehr auf", flüsterte Benni und betrachtete unruhig die Soldaten, die weiterhin den Schutzschild passierten.

„Dafür bin ich doch hier, oder etwa nicht?", Mr. White zwinkerte uns zu. Ich hatte mich schon die ganze Zeit gefragt, was er in dieser riesigen Umhängetasche mitschleppte, die ihn beinahe daran gehindert hätte, durch den engen Graben zu kriechen. Jetzt öffnete er sie einen Spalt und holte etwas heraus. Ich glaubte meinen Augen kaum. Auch die anderen starrten sprachlos auf seine Hand. Luke fand als Erster seine Sprache wieder.

„Ist das ... Wie ist das möglich?", fragte er.

„Das ist das Sechsbeinkaninchen, das ihr für mich gefangen habt", erklärte Mr. White ruhig und streichelte es.

„Wie ist das möglich?", wiederholte Luke.

„Ihr habt doch den goldenen Kristall aus dem Stollen geholt. Erinnert ihr euch? Ich hatte damals gesagt, dass er die Kraft hat, Dinge aus der einen Welt in eine andere mitzunehmen. Ich konnte also Gegenstände aus Nilonas Traumwelt mit in die reale Welt nehmen", sagte er.

„Ach so … Dann ist der Kristall der Auslöser dafür? Konnte ich deshalb auch den Peracerzahn mitnehmen?", überlegte ich und holte die Kette hervor.

„Das war von mir nicht speziell beabsichtigt, aber ihr hattet ja Kontakt mit dem Kristall, also kann es gut sein, dass ihr dadurch ebenfalls Gegenstände mitnehmen konntet. Traum und Realität haben normalerweise eine dünne, verschleierte Verbindung, die der Kristall verstärken und nutzbar machen kann. Man kann ihn gezielt verwenden, wenn man weiß wie es funktioniert, so wie ich es getan habe. Aber vielleicht hat er auch indirekte Auswirkungen auf diejenigen, die mit ihm Kontakt hatten oder in seiner Nähe waren. Ihr wart auch im Stollen und damit vielen dieser Kristalle ausgesetzt. Vielleicht sind das noch die Auswirkungen davon", meinte Mr. White nachdenklich.

„Gegenstände wechseln nicht ohne Grund die Seiten, wenn man nicht explizit auf sie einwirkt. Es müssen besondere oder magische Gegenstände sein, die eine starke Verbindung zum Träger haben. Es muss einen guten Grund geben …", ergänzte er noch.

Ich betrachtete den Zahn, konnte mir jedoch nicht vorstellen, wie er uns helfen konnte oder was an ihm besonders war.

„Fokussieren wir uns wieder auf unsere Aufgabe. Sechsbeinkaninchen bringen Glück. Mit ihm werden wir durch die feindlichen Reihen kommen, ohne dass uns jemand entdeckt", Mr. White richtete sich auf.

„Moment! Heißt das, wir sollen jetzt einfach losmarschieren? An den ganzen magischen Wesen vorbei? Wie soll das denn funktionieren?", fragte Benni skeptisch, doch Mr. White verließ bereits unser Versteck. Schnell taten wir es ihm gleich und blickten uns unsicher um. Wir gingen mitten durch die voranstürmenden Soldaten. Sie schienen uns tatsächlich nicht zu bemerken. Rannten einfach an uns vorbei. Sie rempelten uns noch nicht einmal an. Wie von Zauberhand bildete sich vor uns eine schmale Schneise, die wir entlanggingen. Das Kaninchen zuckte nur mit seinem kleinen Näschen und blieb ruhig in Mr. Whites Arm liegen. Es machte sonst nichts und ich erkannte auch keine Spuren von Magie. Dieses Kaninchen war einfach nur da. Allein seine Anwesenheit bewirkte, dass wir nicht entdeckt wurden. Das war tatsächlich eine Menge Glück. Da hatten sich die ganzen Strapazen damals wenigstens gelohnt. Mr. White dachte weit voraus. Er war tatsächlich noch besser vorbereitet, als ich gedacht hätte. In diesem Moment war ich mehr als froh, dass er uns begleitete.

Schließlich erreichten wir ohne einen einzigen Zwischenfall das nun leer erscheinende feindliche Lager, während hinter uns noch sehr gut der Kampflärm zu hören war. Beinahe alle Zelte waren zusammengebrochen und der Boden war plattgetreten von den vielen Füßen, die darüber marschiert waren. Mr. White gab dem Kaninchen eine kleine Möhre und wir sahen uns vorsichtig um.

„Ist ja ziemlich ausgestorben hier", stellte Benni fest und hob die Plane von einem der eingestürzten Zelte hoch.

„Nicht ganz. Sieh mal", meinte Luke und zeigte auf ein sehr großes Zelt, das in der Mitte der anderen stand. Im Inneren brannte Licht und ich erkannte die Schatten von zwei Gestalten hinter der dünnen Zeltwand.

„Wie gehen wir vor?", fragte ich.

„Nilona!", rief da Mr. White auf einmal und ging ein Stück auf das Zelt zu.

„Subtil", flüsterte Benni und wir zogen vorsichtshalber unsere Waffen. Nilona ließ nicht lange auf sich warten und verließ gemeinsam mit Jason das Zelt. Es war wie damals im Schloss. Sein Blick war kühl und abwesend. Er stand ungewöhnlich aufrecht da und hatte seine Hand auf den Knauf seines Schwertes gelegt.

„Ich hätte wissen müssen, dass du kommst", sagte Nilona. In ihrer Stimme schwang Verachtung mit.

„Es ist noch nicht zu spät. Hör auf mit diesem Unsinn und …" Sie ließ Mr. White seinen Satz nicht zu Ende bringen.

„Unsinn? Das ist kein Unsinn und es war auch damals kein Unsinn. Es ist genial. Avessia gehört schon so gut wie mir." Ein Lächeln umspielte ihre Lippen.

„Du warst meine beste Schülerin. Du hattest so viel Potential. Wie konnte es so weit kommen?", versuchte Mr. White es weiter. Die Spannung zwischen den beiden war beinahe sichtbar.

„Das fragst du noch? Hast du es denn immer noch nicht verstanden? Du warst damals alles, was ich hatte. Ich wollte einen Neuanfang und du hast mir eine Chance gegeben. Ich habe zu dir aufgesehen. Du warst für mich der Vater, den ich nie hatte. Mein Vorbild. Alles, was ich brauchte. Alles, was ich wollte, war deine Anerkennung. Deine Aufmerksamkeit. Aber du? Als ich bei dir in der Lehre war, hast du mich kaum noch beachtet. Hattest nur selten Zeit für mich. Es hatte sich nichts geändert. Ich war immer noch allein." Sie machte eine kurze Pause. Ihr Lächeln verzerrte sich zu einer Grimasse.

„Ich beschloss, deine Aufmerksamkeit auf andere Weise zu erlangen. Dir zu beweisen, dass ich es wert bin. Also studierte ich härter als jeder andere. Ich machte genau das, was du mir gesagt hast. Doch es hat nicht geholfen. Ich wurde wieder enttäuscht. Wenn es so nicht funktionierte, musste ich also noch weiter gehen. Ich stahl die Bücher aus der Bibliothek, vor denen du uns alle immer gewarnt hattest. Es wäre zu gefährlich. Genau diese Magie eignete ich mir an. Drang tiefer in die Traummagie vor als jemals jemand zuvor. Ich wurde immer mächtiger und schließlich zeigte ich dir meinen Fortschritt. In dem Glauben, ich würde endlich ein Lob von dir zu hören bekommen. Endlich deine volle Aufmerksamkeit erlangen. Doch du hast mich erneut enttäuscht. Warst wütend und hast mich getadelt. Ich verstand es nicht. Ich hatte doch alles getan. Mich so sehr bemüht. Es reichte immer noch nicht. Ich erkannte, dass ich bei dir wohl niemals das finden würde, nach dem ich mich so sehr sehnte. Also ging ich. Ließ all das hinter mir. Erschuf mein Schloss und die riesige Bibliothek. Sprach mit vielen magischen Wesen, las viele Bücher und versuchte Klarheit über mich selbst zu erlangen. Es dauerte eine Weile. Dann endlich, erkannte ich die Wahrheit. Ich wollte alles. Ganz Avessia. Erst dachte ich, ich müsste dich töten. Ich dachte, ich wollte dich töten. Das war ein Fehler. Ich habe es mir anders überlegt. Wenn ich nicht nur die Herrin der Träume, sondern auch die Herrin über Avessia bin, musst du mich beachten. Musst du erkennen, wozu ich fähig bin. Und ich habe mich bewiesen. Da du jetzt hier bist, hat es funktioniert. Was sagst du also? Werden wir Seite an Seite regieren?" Sie streckte ihre Hand aus.

„Nein ...", begann er, „nein, das werden wir nicht. Es ist meine Schuld. Es hätte nicht so weit kommen dürfen. Ich war blind. Doch jetzt werde ich meinen Fehler wieder gut machen. Ich werde nicht zulassen, dass du dich über Avessia erhebst. Du bist zu weit gegangen. Verbotene Magie ist nicht ohne Grund verboten. Ich erkenne dich nicht mehr wieder. Es schmerzt mich sehr, doch es gibt wohl nur einen Weg, diese Situation zu lösen."

Nilona zog ihre Hand zurück. „Dann sei es so." Mit diesen Worten trat sie einen Schritt zurück, während Jason sein Schwert zog und auf uns zustürmte. Gleichzeitig zwängten sich Traumwesen aus den Schatten der Zelte und kamen langsam auf uns zu. Ich stellte mich Jason entgegen und parierte seinen ersten Schlag.

„Das sind Manifestationen von Alpträumen. Seid vorsichtig!", rief Mr. White. „Ich kümmere mich um Nilona", langsam ging er auf sie zu.

„In Ordnung. Wir übernehmen diese Alpträume und, Lenni, du kümmerst dich um Jason!", rief Luke. Ich nickte, war jedoch weiter auf Jason fokussiert, um seinen Schwerthieben ausweichen zu können. Eigentlich hätte er es gar nicht mehr aussprechen müssen. Jeder wusste, was er zu tun hatte. Meine Klinge prallte mit einem lauten Klirren gegen die von Jason. Er lehnte sich mit aller Kraft gegen mich und sah mir fest in die Augen.

„Ich hätte nicht gedacht, dass wir auf diese Weise nochmal aufeinandertreffen", flüsterte er. „Ich dachte wirklich, ihr hättet euch vor dem Krieg gedrückt und jetzt stelle ich fest, dass ihr auf die andere Seite übergelaufen seid. Wie enttäuschend." Er drückte mein Schwert zur Seite und holte zu einem neuen Schlag aus.

„Wir waren nie auf Nilonas Seite, aber wir waren auf deiner. Mach die Augen auf Jason!", ich wehrte seinen Schlag ab und ging meinerseits in den Angriff über.

Ich war mir nicht sicher, ob der alte Jason noch irgendwo im Inneren dieser Marionette versteckt war. Ich hatte keine Ahnung, wie ich ihn zurückholen sollte. Er war weiter von mir entfernt als je zuvor. Es gab kein Erkennen, keinen Zweifel in seinem Blick. Er gehörte ganz und gar Nilona. War von ihren Worten und ihrer Magie komplett eingesponnen. Da ich noch nicht wusste, wie ich ihn aufwecken konnte, musste ich ihn also außer Gefecht setzen. Doch da er mit voller Kraft kämpfte, durfte auch ich mich nicht zurückhalten. Sonst würde ich keine Chance haben. Auch, wenn ich ihn dabei verletzte. Wenn ich nicht mit vollem Herzen kämpfe, würde ich es nicht schaffen.

Früher waren wir uns im Schwertkampf ungefähr ebenbürtig gewesen. Jetzt fühlte es sich anders an. Wir hatten uns beide verändert. Hatten beide dazugelernt. Neue Erfahrungen gemacht. Unsere Kampfweisen unterscheiden sich inzwischen komplett. Wir verfolgten vollständig unterschiedliche Ansätze. Es gab kein Zurück mehr. Ich durfte jetzt nicht zögern. Meine Schläge wurden immer präziser und mein Stand war immer stärker gefestigt. Ich kämpfte mit all meinen aufgestauten Gefühlen und stellte ihm alles entgegen, was ich zu bieten hatte. Klirrend und leidenschaftlich trafen unsere Schwerter aufeinander. Keiner von uns beiden würde heute nachgeben. Es ging um alles. Er oder ich.

# INNERE ÄNGSTE

## BENNI

Die Alpträume waberten zuerst formlos in dunklem Rauch, der sich von den Schatten der Zelte aus ausbreitete. Nach und nach kamen Gestalten aus dem Rauch hervor. Unförmige Wesen mit viel zu vielen Augen, viel zu vielen spitzen Zähnen und langen Armen, die jeweils in einer einzigen spitzen Kralle endeten. Kaum waren sie vollständig materialisiert, gaben sie einen schrillen Schrei von sich, der einem durch Mark und Bein ging, und rasten blitzschnell auf uns zu. Luke und ich hatten Mühe, sie abzuwehren. Kaum hatten wir einen von ihnen besiegt, schälten sich wieder zwei neue aus den dunklen Rauchschwaden vor uns. Es nahm kein Ende.

Hinter uns lieferten sich Lenni und Jason einen harten Kampf. Man möchte meinen, dass man davon nichts mitbekommt, wenn der Kampf hinter einem stattfindet, doch die beiden schlugen so hart aufeinander ein, dass sie die Luft aufwirbelten und die Angriffe noch bei uns spürbar waren. Dadurch waren wir allerdings auch in unserer Bewegungsfähigkeit limitiert. Zurückweichen war nicht drin, dann würden wir sofort im Kampfbereich hinter uns sein. Nilona und Mr. White nutzten Magie und hatten sich während des Kämpfens etwas weiter von uns entfernt. Von ihnen bekam ich tatsächlich kaum etwas mit. Ich konnte mir auch nicht viel Unaufmerksamkeit gönnen. Die Alpträume hielten uns gut auf Trab. Doch es waren nicht nur ihre Angriffe. Nein, in ihrer Nähe war es irgendwie dunkler und sie lösten das beunruhigende Gefühl nackter Angst aus. Erinnerten einen unweigerlich an alles, was man fürchtete. Lenkten einen mit Hirngespinsten vergangener Ängste ab. Nicht nur einmal hatte ich das Gefühl, dass um mich herum Tausende von Spinnen krabbelten oder ich kurz davor war, in ein tiefes Loch zu stürzen. Sie riefen tatsächlich Alptraumhalluzinationen in einem hervor. In ihrer Gegenwart liefen mir kalte Schauer den Rücken herunter. Es war schwer, die Realität im Blick zu behalten und sich nicht zu verlieren. Sie trugen ihren Namen wirklich zu Recht.

„So kommen wir nicht weiter!", rief ich Luke zu.
„Da hast du Recht. Wir müssen die Sache anders angehen. Vielleicht müssen wir das Problem an der Wurzel packen! Die kommen aus den Schatten der Zelte", erwiderte dieser.
„Du meinst, wenn die Schatten weg sind, kommen auch keine neuen Alpträume?", fragte ich nach.
„Davon gehe ich aus!"
„Wie gut bist du in Lichtmagie?"
„Wahrscheinlich ähnlich mies wie du!"
„Was, wenn wir die Magie über unser Schwert kanalisieren und es im Schatten in den Boden rammen?", schlug ich vor.
„Wow, das ist eine gute Idee!"
„Ist das jetzt so überraschend?", erwiderte ich beleidigt und er warf mir einen kurzen amüsierten Blick zu.
„Witzig …", ich teilte einen der Alpträume vor mir genervt in zwei Teile.

„Geh du, ich versuche dir die Alpträume so gut es geht vom Hals zu halten", rief er.
„Alles klar!", bestätigte ich und kämpfte mich nach vorn. Luke nutzte nun seine Magie, um die Aufmerksamkeit der Alpträume auf sich zu ziehen. Doch je näher ich dem Schatten kam, desto mehr Gegner kamen aus ihm hervor und desto weniger ließen sie sich ablenken. Ich begann schon zu zweifeln, dass ich es jemals schaffen würde, weiter nach vorn zu gehen, als mich die Alpträume plötzlich komplett ignorierten und ihre Aufmerksamkeit auf Luke richteten. Verwirrt sah ich mich um. Neben mir saß das Sechsbeinkaninchen. Es sah unbeteiligt in die Ferne

und mümmelte vor sich hin. Wo kam das denn her? Ich schüttelte meinen Kopf. Das war jetzt nicht wichtig, es hatte mir Glück gebracht, also sollte ich dieses Glück auch nutzen. Luke konnte es nicht ewig mit den ganzen Gegnermassen aufnehmen. Zügig schritt ich nach vorn und stellte mich in die Mitte der Schatten. Mit geschlossenen Augen lenkte ich meine Magie in mein Schwert und ließ es von Licht und Wärme durchströmen und aufleuchten. Gerade streckte wieder ein neuer Alptraum seine Kralle aus der Finsternis, als ich ausholte und mein Schwert mit voller Wucht in den Boden rammte, sodass es bis zur Hälfte darin verschwand.

Eine Lichtexplosion ging von dem Schwert aus und raste über uns hinweg. Kurzzeitig durch das grelle Licht geblendet, blinzelte ich vor mich hin und versuchte zu erkennen, ob unser Plan funktioniert hatte. Die Zelte waren durch das gleißende Licht bis auf den letzten Rest zu Asche verbrannt und es war weit und breit kein Schatten mehr zu sehen. Alles war hell erleuchtet und blinkende Lichtpartikel, die noch von der Magie übriggeblieben waren, schwebten wie Glühwürmchen durch die Luft. Es war plötzlich beinahe taghell. Wow. Das war ja richtig effektiv.

Mühsam zog ich mein Schwert wieder aus dem Boden und ging zu Luke.

„Das hat besser funktioniert, als ich gedacht hätte", überlegte er.

„Ein Problem erledigt, bleiben nur noch zwei", meinte ich und deutete auf Jason und Lenni. Sie kämpften immer noch unerbittlich gegeneinander und keiner schien bislang die Oberhand gewonnen zu haben.

„Sag mir, wie können wir ihm helfen? Uns jetzt auch noch in diesen Zweikampf einzumischen, wäre denke ich der falsche Weg", fragte ich unsicher.

„Entweder wir finden einen Weg, den wahren Jason zurückzuholen, oder wir helfen Lenni irgendwie dabei, ihn kampfunfähig zu machen", murmelte Luke. „Jason kämpft allein … wir sind zu dritt … Daraus können wir sicherlich einen Vorteil ziehen", grübelte er weiter.

„Nun ja, er ist sehr konzentriert. Wenn wir uns unauffällig hinter die beiden stellen, Lenni ein Zeichen geben und ihn aus dem Hinterhalt mithilfe von Magie bewegungsunfähig machen, kann er Jason ausknocken", meinte ich.

„Nicht schlecht. Das ist einen Versuch wert", sagte Luke nickend. „Gehen wir!", rief er und wir setzten uns wieder in Bewegung.

Wir mussten einen großen Bogen um Jason und Lenni machen, da sie für ihren Kampf viel Raum einnahmen. Die beiden waren so auf sich konzentriert, dass ihnen nicht aufzufallen schien, dass wir etwas planten. Als wir uns endlich hinter die beiden gesetzt hatten, mussten wir nur noch Lennis Aufmerksamkeit auf uns ziehen. Das gestaltete sich als relativ schwierig. Es brauchte eine Weile wilden Umherhüpfens und mit den Armen Wackelns, um seinen Blick auf uns zu ziehen. Als ich endlich Blickkontakt mit ihm hatte, versuchte ich ihm über Handzeichen klarzumachen, was wir vorhatten. Er nickte und parierte im letzten Moment einen von Jasons Schlägen.

Dann trieb er ihn in unsere Richtung. Ich wechselte einen kurzen Blick mit Luke und machte mich bereit. Jason wich immer mehr in unsere Richtung zurück und schließlich rief Luke laut: „Jetzt!" und wir ließen gleichzeitig unsere Magie frei. Zielgerichtet rauschte sie auf Jason zu, griff nach seinen Armen und Beinen und hielt ihn fest. Für einen kurzen Moment sah er verblüfft an sich herunter. Danach begann er wie wild an seinen unsichtbaren Fesseln zu ziehen. Ich stemmte mich mit all meinem Gewicht gegen seine Kraft, wurde jedoch trotzdem langsam nach vorne gezogen. Luke ging es nicht anders. Wir hatten schon beinahe eine horizontale Position eingenommen. Seine Kraft war enorm. Wie konnte Lenni nur so lange ebenbürtig mit ihm kämpfen?

„Lenni, jetzt oder nie!", rief Luke mit zusammengebissenen Zähnen.

„Alles klar!", antwortete Lenni, drehte sein Schwert in der Hand, sodass der Knauf oben war und sprintete auf uns zu. Kurz vor uns bremste er ab, hob seinen Arm und schlug den Knauf des Schwertes verstärkt mit Magie auf Jasons Kopf. Noch im selben Augenblick sackte dieser in sich zusammen und fiel auf den Boden. Blut floss seine Stirn hinunter. Lenni hatte ihm eine Platzwunde verpasst, aber er lebte noch.

„Haben wir es geschafft?", fragte Luke.

„Sieht ganz so aus", bestätigte ich, löste meine Magie auf, ging auf Jason zu und hockte mich neben ihn. „Da hast du ihm eine ganz schöne Kopfwunde verpasst."

„Hätte ich nicht mit all meiner Kraft zugeschlagen, hätte es nicht funktioniert. Schon im Kampf vorhin habe ich gemerkt, dass ich nicht zögern darf", sagte Lenni und kniete sich ebenfalls hin. Er atmete schwer. Der Kampf hatte ihm alles abverlangt.

„Was machen wir jetzt mit ihm? Wir können ihn ja schlecht hier liegen lassen, oder?", fragte ich nachdenklich.

„Ich habe da hinten irgendwo ein paar Ketten gesehen. Fixieren wir ihn hier am Boden. Wir können uns dann später überlegen, wie wir Nilonas Bann von ihm lösen können. Zuerst ist sie selbst noch dran", erwiderte Luke und machte sich bereits auf die Suche nach den Ketten. Als er zurückkam, fixierten wir Jason an einem der Holzpfähle, die tief in der Erde steckten und an denen Nilonas Banner im Wind wehten.

„Das sollte halten", Luke betrachtete das Ergebnis zufrieden. Ich nickte. So leicht konnte sich niemand aus diesen Ketten befreien. Mit einem letzten Blick auf Jason wandten wir uns schließlich dem Kampf zwischen Mr. White und Nilona zu. Es war schwer, dem Kampfgeschehen zu folgen. In einem ungefähren fünf Meter Radius um die beiden herum war die Erde aufgewirbelt, Steinbrocken flogen schwerlos durch die Luft und die Naturgesetze schienen außer Kraft gesetzt worden zu sein. Die Luft in ihrer Nähe schimmerte wie die Haut einer Seifenblase und verstärkte nur noch mehr das Gefühl, dass die beiden gerade weit entfernt in ihrer eigenen Welt kämpften. Sie bemerkten uns nicht. Bemerkten nicht, dass wir bereits siegreich gewesen waren.

„Können wir da überhaupt helfen?", fragte ich unsicher.

„Das müssen Zeichen der Traummagie sein. Die beiden befinden sich gerade nicht mehr wirklich in unserer Realität. So sieht es zumindest aus. Sonst hätte Nilona sicherlich auch schon gehandelt, wenn sie gemerkt hätte, dass wir die Alpträume und Jason besiegt haben", sagte Luke nachdenklich.

„Diese Traumblase da zu betreten, erscheint mir nicht wirklich sinnvoll ... das ist ihre Welt und nicht unsere. Das hatten wir schon mal und ich will nicht wieder in diese Welt gezogen werden", meinte ich und Lenni nickte. „Da stimme ich vollkommen zu. Ich fürchte auch, dass wir eher stören würden und nicht wirklich viel ausrichten können. Wir müssen wohl einfach abwarten. Mr. White ist ja nicht ohne Grund mitgekommen und er ist der Einzige hier, der sich noch gut mit der Traummagie auskennt. Wir sollten ihm vertrauen."

Besorgt betrachteten wir das Schauspiel hinter der Traumblase. Es war nicht klar, wer die Oberhand im Kampf hatte.

„Sagt mal, was meint ihr? Hat er eine Chance? Läuft es gut?", fragte ich nach einer Weile nervös.

„Ist irgendwie schwer einzuschätzen ...", gab Luke zu.

„Ich kann kaum verstehen, was da drinnen abgeht ... Keine Ahnung", ergänzte Lenni und seufzte.

„Und ich dachte schon, es ginge nur mir so", flüsterte ich. „Können wir nicht doch etwas machen? Es ist furchtbar, hier nur so herumzustehen ..." Wir wechselten ratlose Blicke. Keiner hatte eine Idee.

# FLUCHT NACH VORN

## LUKE

Ich konnte den anderen ihre Unruhe ansehen. Mir selbst ging es nicht groß anders. Ich fühlte mich hilflos. Machtlos. Ein furchtbares Gefühl. Mir fiel einfach nichts ein, was uns in diesem Moment helfen könnte. Ich wollte etwas tun. Alles in mir wollte sich in Bewegung setzen. Uns lief die Zeit davon. Es war unklar, wie lange die anderen die Schule noch beschützen konnten. Schweigend starrten wir zu Mr. White, als endlich etwas passierte. Eine Druckwelle fegte über den Lagerplatz und die Traumblase platzte. In ihren zerrissenen Fetzen, die langsam zu Boden glitten, spiegelten sich Regenbogenfarben. Mr. White und Nilona waren wieder in der Realität angekommen.

Ihr Blick fiel auf uns. „Ihr seid lästiger, als ich gedacht hatte", flüsterte sie bedrohlich.

„Nicht die drei sind deine Gegner, sondern ich", rief Mr. White.

Mit einem falschen Grinsen im Gesicht wandte sie sich ihm zu. „Der kleine Kampf mit dir war ja ganz amüsant, aber es reicht nun, meinst du nicht auch?"

„Wie ist das gemeint?", fragte ich und hatte auf einmal ein ganz ungutes Gefühl. Sie war so siegessicher. Hatten wir etwas übersehen?

„Das hier ist nicht die einzige Front, an der ich kämpfe. Es ist nicht der einzige Ort, den ich erobern will. Ich habe meine Armee aufgeteilt. Die eine Hälfte ist hier und greift die Schule an und die andere Hälfte widmet sich einem Ort, den ich dem Erdboden gleichmachen werde", zischte sie und ihre Augen funkelten böse.

„Es ist Caput, nicht wahr?", fragte Mr. White.

„Natürlich. Diese Stadt voller arroganter Idioten, die sich hinter ihren hohen Mauern ja so sicher fühlen. Ich werde ihnen zeigen, dass sie alles andere als sicher sind, und werde diese Mauern einreißen. Ich werde diesen eingebildeten König, der denkt, er würde über allem stehen, von seinem Thron stoßen und aus dem Schloss schmeißen. Was sind die Schatten- und Lichtkinder schon ohne ihre tolle Hauptstadt?" Ihre Stimme war voller Hass.

„Du gehst zu weit", warnte Mr. White. Ich konnte an seinem Gesichtsausdruck sehen, dass er nicht damit gerechnet hatte, dass Nilona auch Caput angreifen würde.

„Ja, klar. Du denkst nur einfach nicht weit genug. Wir hätten alles haben können. Alle beherrschen können und das mit Leichtigkeit. Du hast deine Seite gewählt und ich habe meine Seite gewählt. Eigentlich wollte ich erst nach meinem Besuch beim Magiebrunnen zu meinen Truppen in Caput stoßen, aber jetzt muss es auch so gehen. Der Plan hat sich geändert. Auf Wiedersehen." Sie holte etwas Lilafarbenes aus einer kleinen Tasche hervor. Ich konnte nicht genau erkennen, was es war, aber es war bestimmt nichts Gutes.

„Vorsicht!", rief ich schnell, doch es war längst zu spät.

Nilona warf den Gegenstand auf den Boden und plötzlich war alles in lila Rauch gehüllt. Mir wurde schlagartig schlecht und der Boden schwankte unter meinen Füßen. Ich verlor die Kontrolle über meinen Körper und spürte kurz darauf den harten Aufprall auf dem Boden. Alles drehte sich und meine Sinne spielten verrückt. Hustend zwang ich mich bei Bewusstsein zu bleiben und hielt mir mein T-Shirt vor die Nase. Das half jetzt jedoch auch nicht mehr viel. Meine Augen tränten und ich versuchte blinzelnd zu erkennen, was um mich herum geschah. In den lila Schlieren um mich herum konnte ich Schatten sehen. Das waren vermutlich die anderen.

„Kann jemand etwas sehen? Wo ist Nilona?", krächzte Mr. White irgendwo vor mir.

„Ich kann nichts sehen", erwiderte ich und ein Hustenanfall kündigte sich an. Bei den anderen beiden war es nicht anders. Da vertrieb ein starker Luftzug plötzlich den lila Rauch. Irgendjemand, ich tippte auf Mr. White, musste seine Magie angewendet haben. Meine Sinne kehrten nur langsam wieder zurück. Was war das nur für ein teuflisches Zeug?

„Geht es allen gut?", fragte Mr. White. Er war als Erstes wieder auf den Beinen.

„Ja, es geht langsam wieder, aber was war das?", antwortete Lenni und ließ sich von Mr. White aufhelfen.

„Ich vermute, das waren Lilaceus Fungulus. Kleine lila Pilze, die unter der Erde wachsen. Kommt man mit ihnen in Berührung, strömt aus ihnen dieser Rauch aus, der einem die Sinne raubt. Eine mehr als effektive Waffe, wenn man jemanden kampfunfähig machen will oder einen Weg benötigt, um sich aus dem Staub zu machen", erklärte Mr. White.

„In unserem Fall war es wohl Letzteres. Nilona ist weg", ich ließ meinen Blick über die Zeltstadt schweifen.

„Aber sie hat uns gesagt, wo sie hingegangen ist", erwiderte Mr. White.

„Toll, und wie sollen wir jetzt so schnell nach Caput gelangen?", fragte Benni genervt. „Das war schon schwer als wir in der Traumwelt waren."

„Über den gleichen Weg wie Nilona", antwortete Mr. White.

„Und welcher Weg soll das sein? Ich sehe hier nichts", Benni trat einen kleinen Stein weg.

„Weil du nicht genau genug hinsiehst. Nilona hat diesen Ort nicht ohne Grund ausgewählt. Folgt mir", meinte Mr. White und steuerte auf das große Zelt zu. Wir wechselten noch einen fragenden Blick und folgten ihm.

„Könnt ihr es nicht fühlen? Es ist ganz in der Nähe", flüsterte Mr. White und tastete den Boden ab. Prüfend schloss ich die

Augen und hielt einen Moment inne. Es lag etwas in der Luft. Das kam mir bekannt vor.

„Hier befindet sich aber nicht wirklich ein Introrta, oder?", fragte ich verblüfft.

„Jackpot, hundert Punkte!", rief Mr. White, schob einen Stein zur Seite und aktivierte so einen Mechanismus, der einen Gang unter die Erde offenbarte. Ich war mir nicht sicher, ob sein Ausruf mir oder der Entdeckung des Eingangs galt. Wahrscheinlich beidem.

„Sollten wir nicht vielleicht zuerst den anderen in der Schule helfen?", fragte Lenni besorgt.

„Besiegen wir Nilona, besiegen wir ihre Armee. Das ist die beste Möglichkeit, die wir haben", sagte Mr. White und nickte ihm aufmunternd zu. „Die Schule ist gut beschützt. Wenn wir uns beeilen, wird alles gut gehen, davon bin ich überzeugt." Lenni nickte.

Vorsichtig betraten wir den Gang und begaben uns erneut unter die Erde.

„Warum müssen es eigentlich immer dunkle Tunnel sein? Ständig sind wir in irgendwelchen Höhlensystemen", grummelte Benni vor sich hin.

„Keine Sorge, wir sind nicht mehr lange hier unten. Immerhin müssen wir nach oben, wenn wir Caput erreichen wollen", entgegnete Mr. White.

Er sollte Recht behalten. Kurz darauf kamen wir an einer steinernen Tür an. Mit gemeinsamer Kraft stemmten wir sie auf und bestaunten das, was hinter ihr lag. Wie bei dem Introrta, durch das wir in der Traumwelt gegangen waren, führten Stufen bis hoch in den Himmel hinauf.

„Wow. Jetzt sieht es definitiv nicht mehr wie eine dunkle Höhle aus", flüsterte Benni ehrfürchtig.

„Gehen wir", sagte Mr. White und betrat das Introrta als Erster. Spätestens als wir die ersten Stufen hinter uns gebracht hatten, war zweifelsfrei klar, dass Nilona den gleichen Weg genommen hatte. Der Wächter des Introrta lag in seine Einzelteile zerlegt auf den Stufen. Sie hatte ihn einfach vernichtet.

„Immerhin hat sie uns nicht angelogen und greift doch nur die Schule an. Das beruhigt mich etwas", versuchte ich positiv zu bleiben.

„Es hat sogar noch einen Vorteil. Was auch immer die Gefahren in diesem Introrta sind, sind es lebendige Gefahren, werden sie durch Nilona vernichtet, bevor sie mit uns in Kontakt kommen", ergänzte Mr. White.

Das war zwar ein Vorteil, hatte aber einen faden Beigeschmack. Es blieb tatsächlich nicht nur bei dem Wächter des Introrta. Wir begegneten immer wieder magischen Wesen, die regungslos auf dem Boden lagen.

„Sie spaziert hier viel zu leicht durch. Wir haben damals so viel länger gebraucht", murrte Benni schlecht gelaunt.

„Da hast du recht. Das ist ganz schön deprimierend", stimmte Lenni zu. Mit zunehmend schlechterer Laune schleppten wir uns die Treppenstufen hinauf. Ab und zu konnte man wieder einen Blick auf die Weiten Avessias erheischen. Die hellen Stufen ließen immer häufiger Stellen frei, die den Blick nach unten ermöglichten, je höher wir kamen.

Es war genau wie beim letzten Mal. Die Schule war inzwischen nur noch ganz klein in der Ferne zu sehen und wir mussten aufpassen, wohin wir traten. Jetzt war es ganz gut, dass Alison nicht bei uns war. Ihre Höhenangst hätte ihr sicherlich wieder schwer zu schaffen gemacht. Sie gab es selten zu und versuchte über ihre Angst hinwegzutäuschen, aber es war jedes Mal gut zu sehen. Bei dem Gedanken musste ich schmunzeln. Selbst jetzt, wo sie doch so weit entfernt war, schaffte sie es, mir wieder Mut zu machen und mich zum Lächeln zu bringen. Wie es ihr wohl ging? Vielleicht war sie ja inzwischen sogar aufgewacht. Wer weiß. Ich hoffte das Beste.

„Wir sind da!", rief Mr. White plötzlich. Vor uns war ein weiteres Steintor. Wieder stemmten wir uns dagegen und drückten es auf. Der Ausgang war an einer anderen Stelle als der des Intrortas, durch das wir in der Traumwelt gegangen waren. Dieses hier führte direkt mitten ins Geschehen. Vor uns bot sich der Anblick eines riesigen Schlachtfeldes.

# LICHT

## MAJA

Schweißperlen liefen mir in immer dichterem Abstand die Stirn herunter. Wir waren vollständig in der Defensive. Konnten nicht mehr angreifen. All unsere Kräfte waren auf die Verteidigung und das Aufrechterhalten des letzten Schildes fokussiert. Doch dadurch wurden die Angriffe unserer Gegner auch nicht abgeschwächt. Unsere Situation war mehr als ungünstig. Es war nur noch eine Frage der Zeit, bis unser Schild zusammenbrechen würde. In diesem Moment die Hoffnung zu bewahren fiel mir zunehmend schwerer. Wir mussten etwas unternehmen. Handeln, um uns zu befreien und wieder angreifen zu können, doch mir fiel nichts ein.

Dann geschah jedoch etwas Unerwartetes. Unser Schild stand bereits kurz vor dem Zusammenbruch, als vor uns ein helles Licht wie ein Meteorit einschlug und unsere Gegner zurückdrängte. Sie flogen durch den Einschlag nur so durch die Luft, wodurch nun ein paar Meter Abstand zwischen uns und ihnen waren. Aus dem gleißenden Feuer, das am Einschlagspunkt loderte, erhob sich eine Frau und stellte sich zwischen uns und Nilonas Soldaten.

„Lithyja ... du hast ganz schön lange gebraucht", beschwerte sich die Direktorin neben mir. Die Frau drehte sich zu uns um, lächelte sanft und sagte mit ruhiger Stimme: „Du hättest dich früher melden können und nicht erst jetzt, wo ihr bereits zurückgedrängt wurdet. Ihr habt gut durchgehalten. Überlasst den Rest mir."

Perplex starrte ich sie an. Sie war es wirklich. Sie war gekommen, um uns zu helfen.

„Wann …", begann ich, doch die Direktorin unterbrach mich. „Ich hatte sie zwischendurch gerufen, als klar wurde, dass wir es allein nicht schaffen." Sie zwinkerte mir zu und wir sahen wieder zu Lithyja.

Wenn Alison jetzt nur hier wäre. In Realität war Lithyja noch viel beeindruckender, als ich es mir immer vorgestellt hatte. Ihre Präsenz war einschüchternd stark. Es war, als würde sie brennen und von innen heraus leuchten. Wie eine Sonne. Ihr Blick fiel auf mich und sie nickte mir zu. Ehrfürchtig erwiderte ich die Geste. Danach wandte sie sich nach vorn und ließ ihren Blick über Nilonas Soldaten schweifen, die ebenfalls überrascht stehengeblieben waren und sie anstarrten.

„Es wird Zeit, diesen Kampf hier und jetzt zu beenden. Wer fliehen will, kann dies tun. Wer jedoch kämpfen will, sollte jetzt vortreten. Was ist eure Antwort?", sagte sie und obwohl sie gar nicht so laut gesprochen hatte, hallte ihre Stimme über die Schneise und erreichte jeden einzelnen Soldaten, der sich dort befand.

Sie zögerten nur kurz. Dann brachen sie erneut in Kampfgeschrei aus und stürmten auf Lithyja zu.

„Mit dieser Antwort habe ich gerechnet", flüsterte sie und breitete ihre Arme aus. Das Licht um sie herum wurde immer heller und brannte in meinen Augen. Ich verengte sie, damit ich wenigstens noch ein wenig von dem Geschehen vor mir erkennen konnte. Aus dem gleißenden Licht um Lithyja trennten sich einzelne Kugeln, die auf unsere Gegner zurasten, kaum dass sie sich von der vorherigen Einheit getrennt hatten. Es hatte einen ähnlichen Effekt wie bei ihrer Ankunft. Die gegnerischen Reihen barsten auseinander und die Soldaten schafften es nicht mehr, sich uns zu nähern. Lithyja bombardierte sie geradezu.

Als die feindlichen Reihen schon stark ausgedünnt und auf dem Schlachtfeld verteilt waren, hob sie ihre Arme zum Himmel und führte sie mit Schwung nach vorn. All das Licht um sie herum schoss nach vorn und erfasste jeden einzelnen der übrig gebliebenen Soldaten, bis keiner mehr zu sehen war. Lithyja hatte die restliche Armee im Alleingang besiegt. Jetzt, wo das Licht verschwunden war, mussten sich meine Augen erstmal wieder an die Umgebung gewöhnen. Blinzelnd und mit tränenden Augen sah ich mich um.

Unser Schild war schon vor einiger Zeit in sich zusammengestürzt. Es war durch Lithyjas Unterstützung auch gar nicht mehr notwendig gewesen. Die Direktorin schritt nach vorn und stellte sich neben sie. Ich folgte ihr und betrachtete die Schneise. Vereinzelt brannten auf dem Boden noch kleine Feuer und die Überreste unserer Fallen waren auf dem Schlachtfeld verteilt, aber von Nilonas Soldaten war nichts mehr zu sehen.

„Ist es vorbei?", fragte ich zögerlich.

„Für uns ja", antwortete Lithyja. Ihr Blick war in die Ferne gerichtet.

„Wie meinst du das?", hakte die Direktorin nach.

„Die Schlacht hier konnten wir für uns entscheiden. Zeitgleich findet jedoch noch eine weitere statt. Wie diese ausgehen wird, ist noch unklar und bleibt abzuwarten", antwortete sie.

„Und was ist mit Lenni, Luke, Benni und Mr. White?", fragte ich weiter.

Lithyja lächelte. „Mach dir keine Sorgen. Sie sind bereits vor Ort. Ihre Aufgabe ist noch nicht beendet. Im Gegenteil. Den schwersten Teil haben sie noch vor sich. Aber, du könntest noch etwas für mich tun", sagte sie.

„Was denn?" Ich sah sie überrascht an.

„Geh doch bitte zum Lager hinter der Schneise und hol Jason. Ich kann spüren, dass er irgendwo dort sein muss. Bring ihn bitte zu mir. Sei aber vorsichtig, er ist nicht mehr er selbst", erklärte sie. Ich nickte, gab Thomas und ein paar anderen Schülern ein Zeichen und machte mich mit ihnen und einer Trage im Gepäck auf den Weg. Wir mussten nicht lange suchen. Jason lag mitten auf dem Lagerplatz und war mit Ketten festgeschnürt. Vorsichtig näherte ich mich und betrachtete sein Gesicht. Er war noch nicht wieder bei Bewusstsein. Wir lösten die Ketten von dem Pfahl, an dem sie festgemacht worden waren und befestigten sie an der Trage. Dann machten wir uns wieder auf den Rückweg.

Auf dem ganzen Weg gab er keinen Laut von sich und bewegte sich auch nicht. Wüsste ich nicht, dass er atmete, wäre ich mir nicht sicher gewesen, ob er noch lebte. Am Eingang zur Schule erwartete uns die Direktorin bereits und führte uns zu Lithyja. Sie befand sich in dem Zimmer, in dem Alison lag. Alison war immer noch nicht aufgewacht. Sie war ganz blass. An ihrem Zustand hatte sich nichts geändert.

„Vielen Dank. Ihr könnt ihn dort hinten auf dem Boden ablegen", meinte Lithyja, als sie uns bemerkte. Wir legten die Trage ab.

Fragend sah ich zu Lithyja.

„Wenn du mich etwas fragen möchtest, nur zu", sie warf mir einen aufmunternden Blick zu.

Ich räusperte mich. „Kannst du ihr helfen? Also, dass sie wieder aufwacht?", fragte ich unsicher.

„Aufwecken kann ich sie nicht, aber ich kann ihr helfen, von allein wieder zu uns zu finden. Zurzeit irrt sie umher und findet den Weg nicht. Sie benötigt nur einen kleinen Wegweiser. Ein kleines Licht in der Dunkelheit, das ihr den Ausgang zeigt." Sie strich Alison über die Wange. „Komm … Du bist mit ihr befreundet, oder? Stell dich neben sie und wenn ich es dir sage, rufst du nach ihr, ja?"

Ich nickte, hockte mich neben das Bett und nahm Alisons Hand. „Verlass dich auf mich", flüsterte ich mehr zu Alison als zu Lithyja.

„Gut", erwiderte diese, erhob sich und begann ihre Magie zu wirken. Sie erleuchtete den Raum in hellem Licht, wobei sich die meisten Lichtpartikel um Alison herum sammelten. Nervös drückte ich Alisons Hand. Hoffentlich funktionierte das.

„Jetzt", sagte Lithyja. Ich beugte mich näher zu Alison und flüsterte: „Alison. Komm zurück zu uns, ja? Folge einfach meiner Stimme. Wenn du Licht siehst, geh dem Licht nach, okay? Wir helfen dir, wieder aufzuwachen. Bitte vertrau uns und komm zurück. In Ordnung? Alison? Öffne bitte deine Augen." Ich redete immer weiter auf sie ein. Wie ein Wasserfall sprudelten die Worte aus mir heraus und Tränen standen mir in den Augen. Ich wiederholte ihren Namen so oft ich konnte und versuchte zu ihr durchzudringen.

# ERWACHEN

## ALISON

Als ich wieder zu mir kam, befand ich mich immer noch in vollkommener Dunkelheit und fiel ohne Halt und Orientierung in die Tiefe. Immer weiter. Es gab nichts, an dem ich mich hätte festhalten können, nichts, was ich dagegen hätte unternehmen können. Ich wusste, dass ich noch nicht wieder richtig aufgewacht war. Das hier war nicht die Realität. Ich wusste allerdings auch nicht, was es wirklich war. Vielleicht verliere ich mich gerade in mir selbst. Verliere den Anschluss in die reale Welt. Vielleicht werde ich für immer fallen und in der Dunkelheit bleiben. Ich schüttelte mich. Nein. So leicht gab ich nicht auf. Nicht mit mir.

Ich versuchte mich zu drehen, versuchte irgendetwas Hilfreiches in der Dunkelheit zu erkennen. Erfolglos. Magie hätte mir vielleicht helfen können. Ich spürte sie auch noch in mir, aber sie war eher wie ein Hauch, ein Schleier in meinem Inneren, der so zart war, dass er jederzeit zerreißen konnte. Ich wollte das Risiko nicht eingehen, jetzt auch noch den letzten Rest meiner Magie zu verlieren. Es musste doch auch ohne gehen. Es gab sicherlich einen Weg. Angestrengt dachte ich nach. Anfangs war ich noch genervt von der ganzen Situation, jetzt war ich jedoch eher gelangweilt. Wo war der verdammte Boden?

Kaum hatte ich das gedacht, spürte ich etwas Festes unter meinen Füßen. Ich stand. Auf festem Boden. Kein Fallen, keine Schwerelosigkeit mehr. Es war zwar immer noch stockfinster, aber es keimte wieder Hoffnung in mir auf. Endlich konnte es weitergehen. Ich ging in die Hocke und tastete den Boden ab. Er war kühl und steinern. Ich richtete mich wieder auf und ging in die Richtung, in die ich gerade sah. Einfach drauf los. Schlimmer konnte es ja nicht werden.

Das stellte sich als noch deprimierender heraus als das ständige Fallen. Jetzt konnte ich mich endlich selbstbestimmt bewegen, sah aber nichts und kam nicht voran. Es fühlte sich so an, als würde ich mich gar nicht vom Fleck bewegen. Es gab auch keine Veränderungen im Gelände. Etwas, an dem ich mich hätte orientieren können. Nein. Es war einfach eine ebene Steinfläche, auf der ich mich vorwärtsbewegte. Eine Steinwüste. Ich fühlte, wie die anfängliche Hoffnung wieder nachließ. Außerdem ließen meine Kräfte nach. Ich schleppte mich eher durch die Dunkelheit, als dass ich wirklich ging.

Ich musste schnellstens einen Ausgang finden. Sonst würde ich hier vielleicht doch bald für immer feststecken. Ich seufzte und sah mich erneut um. Da wurde mein Blick auf etwas Neues gezogen. Da war ein Licht. Ganz klein. Ich hätte es beinahe übersehen. Wie ein winziger Stern funkelte es in der Ferne. Doch das war nicht das Einzige. Ein Hallen ging durch die Steinwüste. Erst dachte ich, dass es Wind wäre, aber ich konnte einzelne Worte hören. Jemand rief meinen Namen. Es war eine weibliche Stimme. Ich blickte wieder zum Licht. Das heißt, es ist etwas Gutes. Ich kann dem Licht folgen. Ich setzte mich wieder in Bewegung. Erst unsicher und langsam, dann immer schneller, bis ich schließlich rannte. Irgendwie kam ich dem Licht aber nicht näher. Es war immer noch so klein. Verzweiflung machte sich in mir breit.

„Was soll ich tun?", rief ich in die Leere und hoffte innständig auf eine Antwort.

## MAJA

Alison reagierte auf uns. Ihre Atmung verschnellerte sich plötzlich und sie wurde deutlich aktiver.

„Sie folgt uns", flüsterte Lithyja und ihr war die Erleichterung darüber anzusehen. Erfüllt von neuer Energie redete ich weiter auf sie ein. Schweißperlen liefen Alisons Stirn entlang und sie wurde immer unruhiger.

„Irgendetwas stimmt nicht", murmelte Lithyja. „Es reicht nicht. Sie ist schon zu lange herumgeirrt."

Besorgt sah ich zwischen ihr und Alison hin und her. „Was machen wir denn jetzt?"

„Versuchen wir es gemeinsam. Bilden wir zu dritt einen Kreis und wirken mit unserer Magie auf sie ein", sagte die Direktorin und reichte uns ihre Hand.

Lithyja nickte. „Versuchen wir es."

Hand in Hand mit Alison und der Direktorin ließ ich meine Magie fließen und gab die Kontrolle an Lithyja ab. Ich musste meine Augen schließen, da das Licht um uns herum zu hell wurde und begann wieder damit, Alison zu rufen.

## ALISON

Suchend blickte ich mich um. Das Licht flackerte. Nein. Panik breitete sich in mir aus. Was sollte ich jetzt tun? Alleine konnte ich den Weg nicht finden. Plötzlich hörte das Flackern auf und das Licht wurde heller. Auch die Stimme rief in der Ferne wieder nach mir. Ich nahm all meine Kraft zusammen und sprintete los. Von Angst erfüllt, das Licht könnte vielleicht doch verschwinden. Es wurde immer heller und größer. Ich näherte mich. Mit immer größeren Schritten und brennender Lunge kam ich voran, bis mich das Licht schließlich umhüllte. Ich rannte einfach weiter. Immer weiter. Konnte nicht mehr aufhören. Wusste nicht, ob ich schon angekommen war. Hieß die Helligkeit willkommen. Nahm sie in mir auf. Dann saß ich auf einmal senkrecht in einem Bett und riss die Augen auf. Mein Atem ging schnell und die Umgebung war noch etwas verschwommen. Vertraute Gesichter waren um mich herum und lächelten mich an. Auch wenn ich sie noch nicht richtig sehen konnte, wusste ich: Ich hatte es geschafft. Ich war wieder in der Realität. Vor Glück schossen mir Tränen in die Augen.

Jemand neben mir umarmte mich freudig. Maja.

„Endlich, du hast uns einen ganz schönen Schrecken eingejagt. Warum hast du uns so lange warten lassen?", fragte sie und lächelte mich an.

„Glaub mir, ich wäre gerne früher aufgewacht." Meine Stimme war nur ein Flüstern. Ich musste schon eine Weile hier gelegen und sie nicht mehr benutzt haben. Auch mein Körper fühlte sich ganz schwer und unbeweglich an. Ich sah mich im Raum um. Die Direktorin stand vor mir und nickte mir stolz zu. Neben ihr stand noch jemand. Ich glaubte meinen Augen kaum.

„Bist … bist du es wirklich?", fragte ich.

„Ja, ich bin es. Ich kann doch nicht einfach so zusehen, wenn meine Kinder in Gefahr sind und Nilona versucht, die Weltherrschaft an sich zu reißen." Lithyja schmunzelte.

Ich starrte sie noch einen Moment ungläubig an und umarmte sie dann fest. Ihre Anwesenheit beruhigte mich. Mein Blick fiel hinter sie. Dort lag Jason. In Ketten gelegt. Also war er noch nicht wieder der Alte.

Lithyja bemerkte meinen Blick. „Mach dir keine Sorgen. Das kriegen wir auch noch hin", flüsterte sie.

„Wie?", entgegnete ich.

„Hab Geduld. Wir müssen zuerst auf deine Freunde vertrauen. Es ist nun an ihnen, Nilona zu besiegen und die zweite Schlacht für sich zu entscheiden. Ist Nilona besiegt, wird auch ihr Bann über Jason schwächer. Dadurch können wir ihn vollends aufheben und ihn von ihr befreien. Bis dahin müssen wir jedoch warten", erklärte sie.

„Also müssen wir zu den anderen und ihnen helfen", sagte ich und war schon drauf und dran, das Bett zu verlassen.

„Hey, jetzt mal langsam. In deinem Zustand wärst du keine große Hilfe und auch die anderen hier sind am Ende ihrer Kräfte. Unsere Schlacht ist vorbei. Du hast genug getan. Ruh dich aus. Sie werden es schon schaffen", beruhigte Maja mich.

Unzufrieden ließ ich mich wieder ins Bett sinken.

„Sie hat recht. Du musst wieder zu Kräften kommen. Maja, du bleibst bei ihr und sorgst dafür, dass sie das Bett nicht verlässt", bestätigte die Direktorin. „Wir kümmern uns so lange darum, hier wieder klar Schiff zu machen."

Lithyja nickte mir noch einmal zu und dann verließen die beiden das Krankenzimmer. Ich seufzte und Maja musste kichern. Es war so ansteckend, dass ich schließlich miteinfiel. Sie hatten ja recht. Ich sollte mir nicht so viele Sorgen machen.

Natürlich sehnte ich mich danach, sie zu unterstützen und Seite an Seite mit ihnen zu kämpfen. Gerade jetzt, wo ich aufgewacht war, bevor die letzte Schlacht wirklich entschieden wurde. Das störte mich sehr. Aber ich wäre wohl nur im Weg. Würde ich jetzt aufstehen, würde ich wahrscheinlich gleich wieder zusammenklappen. Mein Körper sehnte sich nach Ruhe. Und zwar richtiger Ruhe. Nicht nach irgendwelchen aufgezwungenen Traumwelten oder dunklen Steinwüsten. Die Augen zu schließen hatte durch die letzten Erfahrungen, die ich gemacht hatte, aber etwas Negatives. Ich hatte immer noch jedes Mal Angst, nicht mehr aufzuwachen. Mich wieder zu verlieren oder irgendwo festzusitzen. Zum Glück war ich so erschöpft, dass mein Körper von allein dafür sorgte, dass ich einschlief und meinen Kopf einfach überstimmte. Da gab es nichts mehr mitzureden. Alles in mir ging einfach auf Energiesparmodus. War wohl auch besser so. Immerhin verging dann auch die Zeit schneller, bis die anderen wieder zurückkehrten. Ich wünschte ihnen von Herzen alles Gute und drückte ihnen für den Kampf die Daumen.

# UNERWARTETE GEGENWEHR

## LENNI

Nilonas Armee war noch nicht in Caput eingedrungen. Jemand hatte sich ihnen entgegengestellt. Vor den Mauern der Stadt war ein gewaltiger Kampf in Gang. Ich verengte meine Augen, um aus der Ferne etwas erkennen zu können. Ich sah Soldaten, die das Wappen von Caput trugen, Soldaten, die Nilonas Wappen trugen und eine dritte Gruppe. Das Wappen und derjenige, der alle anzuführen schien, kamen mir bekannt vor. Dann kam plötzlich die Erkenntnis: „Sagt mal, ist das Revalon?", fragte ich überrascht.

„Ja, sieht so aus und der da neben ihm ... ist das nicht Jack?", ergänzte Benni. Tatsächlich. Was machten die beiden denn hier? Woher wussten sie, dass Nilona auch hier angreifen würde?

„Gut, wir sind hier, aber wie kommen wir jetzt auf die andere Seite zu unseren Truppen?", fragte ich skeptisch. Zwischen uns und ihnen waren nicht gerade wenige Soldaten.

„Wir gehen noch gar nicht zu den anderen", sagte Mr. White.

„Nicht? Aber sind wir nicht deshalb hierhergekommen?", bemerkte Benni.

„Wir sind hier, weil wir Nilona besiegen wollen. Sie ist in unserer Nähe, hinter den Reihen ihrer Soldaten. Wechseln wir nun die Seite können wir zwar helfen, die Soldaten zu besiegen, doch Nilona ist dadurch weit von uns entfernt und könnte auch wieder fliehen. So wird sie jedoch nicht fliehen, sondern sich uns stellen. Genau das wollen wir", erklärte er.

„Ach so ... in Ordnung", murmelte Benni.

„Und seid wachsam. Wir haben sie in die Enge gedrängt ... Das könnte sie zu drastischeren Maßnahmen zwingen", ergänzte Mr. White.

„Will ich wissen, was das für Maßnahmen sind?", fragte Benni.

„Lassen wir uns überraschen ...", flüsterte Mr. White und ging voran.

„Ah, so schlimm also", erwiderte Benni und auch wir setzten uns wieder in Bewegung.

„Da hinten ist sie! Auf dem Felsvorsprung", rief ich und zeigte nach vorn.

„Das ist gut, dadurch sind uns ihre Soldaten beim Kampf nicht auch noch im Weg", überlegte Luke.

„Nähern wir uns schräg von hinten, dann bemerkt sie uns vielleicht nicht gleich", flüsterte Mr. White.

Wir umrundeten den Felsvorsprung und näherten uns Nilona vorsichtig. Wir waren nur noch ein paar Meter von ihr entfernt, als sie sich zu uns umdrehte.

„Ihr seid wirklich hartnäckig", zischte sie.

„Es ist vorbei, hör endlich auf!", rief Mr. White.

„Vorbei? Hört ihr mir den gar nicht zu? Seid ihr so blind? Es fängt gerade erst an!" Mit diesen Worten hob sie ihre Arme und die Umgebung begann zu beben. Die Erde riss an einigen Stellen auf. Heller Dampf stieg aus den entstandenen Rissen im Boden auf und verteilte sich schnell in der Luft.

„Was passiert hier?", rief Benni. Ich wusste es nicht und auch niemand anders antwortete. Das lag jedoch nicht daran, dass die anderen es auch nicht wussten, sondern daran, dass sie sich gar nicht mehr bewegten.

„Lenni, was ist hier los?", fragte Benni und tippte Luke an der Schulter an. Er und Mr. White waren wie zu Eis erstarrt.

„Interessant ... Es zeigt keine Wirkung bei euch", zischte Nilona hinter den Dampfschwaden. Ihr vorher noch menschlicher Schatten wurde immer größer und verformte sich.

„Was hast du mit ihnen gemacht?", fragte ich.

„Ach, das ist nur ein kleiner Trick der Traummagie. Ich habe sie ein wenig in ihren Träumen ... eingesponnen." Sie lachte, während ihr Schatten immer weiter wuchs.

„Liegt das vielleicht daran, dass ich noch den Peracerzahn aus der Traumwelt mithabe? Aber warum bist du dann auch immun?", flüsterte ich zu Benni.

Er überlegte kurz und holte etwas aus seiner Tasche. „Als wir damals bei dem Drachen waren und den zweiten Teil der Prophezeiung gefunden haben, habe ich diese Drachenschuppe mitgenommen. Sie ist durch den Wechsel in die reale Welt auch nicht verschwunden", antwortete er leise.

„Hmm ... Also müssen wir Nilona wohl so lange aufhalten, bis die anderen wieder bei Bewusstsein sind", entschied ich.

„Das sagst du so einfach", grummelte Benni und ergänzte: „Kommt dir der Schatten, den sie im Dampf wirft, nicht auch etwas seltsam vor?" Ich nickte.

„Das haben wir gleich", entgegnete ich und ließ mithilfe von meiner Magie einen kräftigen Windzug über den Felsvorsprung ziehen, der den Dampf vertrieb. Das, was er offenbarte, ließ mich erschaudern.

„Hol den Dampf wieder zurück, ja?", hauchte Benni. Die Angst in seiner Stimme war klar zu hören. Da stand nicht mehr die Nilona vor uns, die wir kannten. Sie hatte sich verändert. Ihr Unterkörper war zu dem einer Spinne geworden. Mit allem, was dazugehörte: Sie hatte acht Beine, einen riesigen Hinterleib und einen Giftstachel. Die Haare auf ihrer Haut waren von dünnen, silbernen Fäden bedeckt, die sich über ihren gesamten Körper zogen. Ihr Oberkörper war grundsätzlich noch menschlich, doch auch er war von den Fäden überzogen und ihr Gesicht hatte mehr Ähnlichkeit mit dem eines Insektes. Um ihre normalen Augen herum waren viele kleine, schwarze Augen erschienen, die alle zu unterschiedlichen Zeitpunkten blinzelten. Ich hatte immer gedacht, dass sie Traumweberin genannt wird, weil es metaphorisch bedeutet, dass sie einen in ihren Träumen einwebt. Aber das war es gar nicht. Es war nicht metaphorisch. Kein bisschen. Es beschrieb das, was sie war. Das, was da vor uns stand. Das hatte uns gerade noch gefehlt. Natürlich passierte das Benni und mir. Das war sicherlich nicht der richtige Weg, um seiner Spinnenangst zu begegnen. Die wird hierdurch wohl eher noch größer. Selbst mir versetzte der Anblick einen ganz schönen Schock.

„Ihr mögt den Dampf vertrieben haben, doch es wird noch etwas dauern, bis eure Freunde zu sich kommen. Also ... wer von euch will als Erstes mit mir spielen?", säuselte Nilona und sah uns auffordernd an. Sie stapfte mit ihren Spinnenbeinen auf dem Boden herum und zog klebrige Spinnenfäden zwischen ihren Händen in die Länge.

„Ich lasse dir gerne den Vortritt", flüsterte Benni.

„Ich denke, das hier ist eher eine Teamaufgabe. Dein Eingreifen wird sicherlich notwendig sein, aber ich mache gerne den Anfang", erwiderte ich und schritt mit gezogenem Schwert nach vorn. Ich ging vorsichtig vor. Wer weiß, wie gefährlich sie in diesem Zustand war. Ihre Aura war auf jeden Fall noch angsteinflößender als zuvor und das sollte schon was heißen.

„Sehr schön, dann wollen wir mal", zischte sie mir zu und baute sich bedrohlich vor mir auf. Ich atmete einmal tief durch. Das wird schon. Sie grinste und griff an. Dabei schlug sie mit den Fäden, die sie die ganze Zeit in ihren Händen langgezogen hatte, nach mir und versuchte mich so zu packen zu kriegen. Die Dinger waren mit Sicherheit ziemlich klebrig. Ich hatte Mühe, ihren Angriffen auszuweichen. Für sie selbst schien es viel zu einfach zu sein. Sie lachte zwischendurch immer wieder und hatte wohl ihren Spaß. Toll. Ich wäre auch gern in den Angriff übergegangen, hatte aber kaum eine Chance dazu. Nicht nur einmal blieb ich an einem der Fäden kleben und musste mich mit meinem Schwert losschneiden. Denn abreißen ging nicht. Das hatte ich gleich als Erstes ausprobiert, aber die Fäden rissen einfach nicht. Ich konnte sie nur mit meinem Schwert durchtrennen. Das hieß aber auch, dass mein Schwertarm auf keinen Fall durch die Fäden eingeschränkt werden durfte. Sonst wäre ich ganz schnell bewegungsunfähig.

Das wusste Nilona leider auch und konzentrierte sich deshalb vermehrt auf meine rechte Körperhälfte. Schließlich erwischte sie mich doch und ihre Fäden blieben an meinem rechten Arm hängen. Ruckartig zog sie mich zu sich und hob mich am Faden in die Luft. „Benni ... Jetzt wäre ein guter Zeitpunkt, um einzugreifen!", rief ich. Ich konnte nicht sehen, was er hinter meinem Rücken machte und ob er eingreifen würde. Während ich hilflos in der Luft baumelte, veränderte sich Nilonas Gesicht erneut. Ihr Kiefer renkte sich aus und zwei kräftige Mundwerkzeuge kamen zum Vorschein. Sabber tropfte von den scharfen Kanten und sie schnappten klackend und schmatzend zu.

Angeekelt verzog ich mein Gesicht. So wollte ich sicherlich nicht enden.

„Benni!", rief ich erneut und versuchte angestrengt, mich von den Fäden zu befreien. Erfolglos. Die Mundwerkzeuge kamen mir immer näher. Nicht mehr lange und ich würde als Spinnenfutter enden. Da schoss plötzlich jemand an mir vorbei, schnitt die Fäden, die mich gefangen hielten, entzwei und trennte dabei auch einen von Nilonas Armen ab. Ich fiel zu Boden und befreite mich schnell von dem Faden. Nilona schrie schmerzerfüllt und krümmte sich zusammen. Vor ihr stand Benni, der schwer atmete und sein Schwert hoch erhoben hielt.

„Ich dachte schon, du lässt mich hängen", meinte ich.

„Quatsch. Das könnte ich mir nie verzeihen und außerdem würde Alison mich dann umbringen und Luke würde mir einen Vortrag halten. Da rette ich dich doch lieber", erwiderte er. Ich rappelte mich auf und stellte mich neben ihn.

„Elendes Pack!", schrie Nilona. Ihre Stimme war ganz schrill. „Ihr zwei könnt mich nicht besiegen!"

„Pech nur, dass die beiden nicht nur zu zweit sind", sagte da eine Stimme hinter uns. Es war Mr. White. Er und Luke hatten sich von diesem komischen Dampf erholt.

„Das hat aber ganz schön lange gedauert", grummelte Benni.

„Ach, ihr hattet doch alles gut im Griff", entgegnete Luke amüsiert.

Benni schnaubte. „Geht so ... Helft uns endlich, das hier zu beenden. Ich habe keine Lust mehr."

„Liebend gern", antwortete er und wir wandten uns wieder Nilona zu.

# EIN LETZTES AUFBÄUMEN

Nilonas Blick war hasserfüllt. Sie war nicht mehr so selbstsicher wie vorher. Ich bildete mir sogar ein, dass sie ein wenig vor uns zurückwich. Das hatte jetzt auch lange genug gedauert. Endlich zeigte auch sie mal ein wenig Schwäche. Ein wenig Unsicherheit. Ich sah mich nach den anderen um, vielleicht hatten sie ja einen Plan, wie wir jetzt weiter vorgehen sollten. Weiter auf Frontalangriffe zu setzen war wohl nicht so klug. Luke und Benni erwiderten meinen Blick nachdenklich, während Mr. White geschäftig in seiner Umhängetasche herumwühlte.

„Mr. White? Was machen sie da? Sollten wir nicht weiter angreifen?", zischte ich ihm leise zu.

„Ja, das sollten wir, aber wir brauchen dafür ...", begann er, machte eine kleine Pause und steckte seinen Arm noch tiefer in die Tasche. „Das hier!" Triumphierend hielt er ein dickes, lilafarbenes Buch in die Höhe. Das kam mir nur allzu bekannt vor.

„Ist das nicht dieses verbotene Buch, das wir in der Traumwelt geklaut haben?", fragte Luke und sprach damit meine Gedanken laut aus.

„Ja, das ist es und es kann uns helfen, wenn ...", antwortete Mr. White, wurde aber durch ein Räuspern von Nilona unterbrochen.

„Das hättet ihr vielleicht früher besprechen sollen. Ich werde sicherlich nicht zulassen, dass du genug Zeit hast, um das Buch zu benutzen!", rief sie und schnellte auf Mr. White zu.

Schnell warf ich mich dazwischen und wehrte ihren Angriff ab.
„Ihr kümmert euch um Nilona und ich suche die richtige Seite!", sagte Mr. White schnell und wich ein Stück zurück.

„Warum haben Sie denn kein Lesezeichen benutzt?", fragte Benni gereizt, während er sich gegen eines von Nilonas Spinnenbeinen stemmte.

„Naja, ich hatte das alles ein wenig anders geplant." Er blätterte wild im Buch herum. Nilonas Angriffe gewannen in ihrer Raserei immer mehr an Kraft und Schnelligkeit. Obwohl wir zu dritt waren, bot sich uns kaum Zeit, um Luft zu holen. Sie griff mit allem an, was sie hatte, und versuchte mit aller Macht zu Mr. White vorzudringen, der immer weiter zurückwich und ganz in das Buch vertieft war.

„Beeilen Sie sich! Es wird langsam ein wenig eng!", rief Luke angestrengt.

„Hier ist es! Ich habe die richtige Stelle gefunden!" Kaum hatte er uns das verkündet, begann er die Worte auf den Seiten laut vorzulesen. Es war irgendeine fremde Sprache. Ich verstand kein Wort.

„Lenni! Das klappt so nicht. Wir müssen sie irgendwie in ihrer Bewegungsfreiheit einschränken!", meinte Luke und nickte mit seinem Kopf zu den Fäden. „Was meinst du?", fragte er.

„Keine schlechte Idee. Probieren wir es. Du übernimmst die linke Seite, Benni bleibt hier und ich stelle mich auf die rechte Seite", überlegte ich. „In Ordnung", antwortete er und gab die Anweisung an Benni weiter.

Als Nilona den nächsten Spinnenfaden nach mir warf, wich ich zwar aus, griff ihn aber mit der Hand und sprintete los. Direkt auf Nilona zu. Dann sprang ich so kräftig ich konnte vom Boden ab. Im Sprung drehte ich mich so, dass ich über Nilonas Spinnenkörper flog und rechts von ihr wieder auf dem Boden aufkam. Luke tat es mir gleich und kam kurz darauf auf der linken Seite zum Stehen. Benni hingegen wartete ab, bis wir uns positioniert hatten, schnappte sich ein paar der Fäden, die noch auf dem Boden klebten und umrundete Nilona zwei Mal. Verstärkt durch unsere Magie ging die ganze Aktion so schnell von statten, dass Nilona zu spät merkte, was wir vorhatten. Als die Erkenntnis kam, waren wir bereits wieder auf unseren Positionen.

„Und ziehen!", rief Luke. Gemeinsam zogen wir an den Fäden und zwangen Nilona so mit ihren eigenen Waffen auf den Boden. Benni hielt ihre Beine unter Kontrolle und Luke und ich ihre Arme. Ich hatte den Faden mehrmals um mein Handgelenk gewickelt, um besseren Halt zu haben und stemmte mich mit all meinem Körpergewicht von Nilona weg.

„Nein!", schrie sie und versuchte sich zu befreien.

Jetzt waren wir es, die von ihren unzerreißbaren Fäden profitierten. Sie wandte sich wie ein Aal, aber wir ließen nicht locker. Die Erde unter meinen Füßen war durch den Druck bereits ein Stück eingesunken, aber dadurch hatte ich sogar besseren Halt. Mr. White hatte die ganze Zeit über noch weitergelesen und sah jetzt das erste Mal von seinem Buch auf.

„Fertig?", fragte ich hoffnungsvoll. Er nickte. Ich wollte gerade fragen, was jetzt passieren würde, als Nilona plötzlich zu lachen anfing. Immer lauter und schriller.

„Warum lacht sie denn jetzt?", flüsterte Benni besorgt.

„Ihr Narren! Das war der falsche Spruch! Ihr habt mich nicht geschwächt, sondern stärker gemacht!", rief sie schließlich. Benni, Luke und ich wechselten erst verwunderte Blicke und sahen danach zu Mr. White.

In seiner Mimik war nichts zu erkennen. Nicht der kleinste Hinweis auf Unruhe oder Schuldbewusstsein. Hieß das, dass er mit Absicht die falschen Worte aufgesagt hatte? Aber zu welchem Zweck? Ich hatte keine Möglichkeit noch weiter darüber nachzudenken, da sich Nilona in diesem Moment befreite und die Fäden mit einem kräftigen Ruck entzweiriss. Ich stolperte ein Stück zurück, verlor den Halt und fiel auf den Boden. Den anderen erging es nicht besser. Schnell zogen wir uns ein Stück zurück und brachten etwas mehr Abstand zwischen uns und Nilona. Sie hatte die Augen geschlossen und sammelte gerade eine gewaltige Menge an Magie um sich herum. Fragend blickte ich erneut zu Mr. White, doch dieser blickte ganz regungslos und ruhig zu Nilona. Hatte er doch einen Plan? Ich konnte nur hoffen, dass es so war, denn es würde kein gutes Ende nehmen, wenn die Menge an Magie, die Nilona um sich herum sammelte, auf uns losgelassen würde.

Unruhig betrachteten wir das Schauspiel. Über uns zogen sich die Wolken zusammen und wie aus dem Nichts donnerte und blitzte es. In einem zwei Meter Radius um Nilona herum wütete ein wahrer Magiesturm. Immer schneller wirbelten immer mehr Magiepartikel durch die Luft und zogen einen Blitz nach dem anderen an. Die Luft flirrte nur so vor Energie. Benni war der Erste, der es nicht mehr aushielt.

„Sollten wir nicht irgendetwas unternehmen?", schrie er gegen die Lautstärke des Magiesturms an.

„Das ist gar nicht nötig", antwortete Mr. White ruhig und deutete auf Nilona. Ich folgte seinem Blick. Der Sturm wurde immer schlimmer und auch zwischen den Magiepartikeln wurden kleine Blitze sichtbar, die sich immer häufiger entluden. Mit einem Mal glich Nilonas siegessicheres Lachen mehr einem unsicheren Kichern. Dann veränderte es sich zu einem hysterischen, schmerzerfüllten Schreien.

Die Blitze hatten ihr Ziel geändert. Sie alle trafen nun Nilona. Und das galt nicht nur für die Blitze aus den Wolken über uns, sondern auch für diejenigen, die sich zwischen den Magiepartikeln entladen hatten. Die elektrische Spannung wurde immer höher, der Sturm glich einem Tornado, der sich immer weiter um Nilona herum aufbaute. Der Wind wurde so stark, dass wir in die Knie gehen mussten, um nicht mitgerissen zu werden.

„Was passiert da?", rief ich so laut ich konnte.

„Der Spruch, den ich gewirkt habe, hat Nilonas Magie verstärkt. Ihr Magielimit wurde sozusagen künstlich hochgesetzt. Das hat sie nun ausgenutzt, doch schon zuvor war sie mit ihrer Magie an ihrem persönlichen Limit. Sie hätte es nicht überschreiten dürften. Sie hat sich übernommen, zu viel Magie freigesetzt und die Kontrolle verloren. Jetzt bekommt sie die Konsequenzen zu spüren. Es ist eines der ersten Dinge, die man in der Magieschule lernt, oder etwas nicht? Mit Magie ist nicht zu spaßen. Man muss seine Grenzen kennen und darf diese niemals überschreiten. Tut man dies doch und überschätzt sich, dann verliert man die Kontrolle und die Magie frisst einen auf bis nichts mehr übrigbleibt", sagte Mr. White.

Schweigend sahen wir dabei zu, wie Nilona von ihrer eigenen Magie durchströmt und zerrissen wurde, bis der Sturm schließlich genauso plötzlich endete wie er gekommen war und einen leeren Felsvorsprung vor uns zurückließ. Nilona war verschwunden. Nichts, als von den Blitzen schwarz verfärbter Stein war zurückgeblieben.

„War es das jetzt? Ist Nilona besiegt?", fragte Benni zögernd.

„Ja. Sie ist nun wieder ein Teil der Magie, die durch Avessia fließt. Ohne Form, ohne zu wissen, wer sie einst war. Ein Magiepartikel von Millionen, die unser Land durchströmen und am Leben erhalten. Avessia hat sich zurückgeholt, was ihr gehört", erklärte Mr. White, lächelte und deutete eine Verbeugung in die Richtung an, wo gerade noch Nilona gestanden hatte.

„Auf dass sie endlich ihren Frieden findet", flüsterte er. Wir taten es ihm gleich und deuteten ebenfalls eine leichte Verbeugung an. Sie war tatsächlich weg. Besiegt. Ein für alle Mal. Ich konnte es noch nicht so richtig glauben.

„Unser Kampf ist aber noch nicht ganz vorbei", ergänzte Mr. White noch. Fragend sahen wir ihn an. „Ihre Armee steht immer noch vor den Toren von Caput. Ihre Anführerin ist zwar nicht mehr da, aber ihre Zahl ist noch so groß, dass sie noch nicht mit dem Kämpfen aufhören werden. Zumal sie treue Anhänger waren und sicherlich den Wunsch nach Rache hegen", erläuterte er.

„Na dann …" Ich grinste und zog mein Schwert. „Zeigen wir ihnen, dass das eine ganz dumme Idee ist."

# AUFRÄUMARBEITEN

Mit gezogenen Waffen und lautem Kampfgebrüll stürmten wir auf Nilonas übriggebliebene Truppen zu. Erfüllt von Hoffnung und noch trunken vom Sieg über sie, fühlte ich mich, als könnte ich Bäume ausreißen. Jeder Schwertstreich ging mir locker von der Hand. So arbeitete ich mich mit den anderen immer weiter voran, in Richtung des Eingangstors von Caput. Wobei ein ‚Vorwärtswirbeln' es noch besser trifft. Meine Schwerthiebe schnitten mit einem großen Radius durch die Luft und unsere Gegner hatten nicht die geringste Chance gegen uns.

Es dauerte gar nicht so lange, bis wir uns zu den anderen Verteidigern der Stadt durchgeschlagen hatten. Kaum hatten wir unsere eigenen Linien überschritten, eilten zwei Gestalten auf uns zu. Wie bereits von Weitem vermutet, waren es Revalon und Jack.

„Welch eine Freude, euch zu sehen! Vor allem auch dich, alter Freund. Es ist viel zu lange her", begrüßte uns Revalon. Es wunderte mich nicht wirklich, dass er Mr. White kannte. Er hatte wirklich viele Kontakte. Wahrscheinlich kannte jeder, der in Avessia etwas zu sagen hatte, Mr. White. Auch das würde mich zumindest nicht überraschen.

„Wir hatten euch schon auf dem Felsvorsprung entdeckt und erst überlegt, euch ein paar Soldaten zur Unterstützung zu schicken, aber ihr hattet ja alles gut im Griff." Revalon schmunzelte und nickte uns anerkennend zu.

„Nilona ist geschafft, fehlt nur noch der Rest", bestätigte Mr. White.

„Ja, auch der Müll will rausgebracht werden", Revalon lachte.

„Gemeinsam mit euch wird das ein Kinderspiel", sagte nun auch Jack, der sich neben Revalon gestellt hatte.

„Gar keine Frage. Zumindest, wenn wir nicht noch länger hier herumstehen", scherzte Revalon weiter. Seine gute Laune war ansteckend und auch ich musste zu lächeln. Es tat gut, ihn so euphorisch zu sehen. Auch seine Soldaten kämpften zwar verbissen, strahlten dabei aber Stärke und Positivität aus. Die Anspannung, die in der Schule noch so bedrückend gewesen war, war hier kaum vorhanden. Daran merkte man wohl, dass in die Schlacht bei der Schule nur unerfahrene und vor allem jüngere Schülerinnen und Schüler verwickelt waren.

Kaum zu vergleichen mit den Leuten hier. Das waren richtige Soldaten. Zudem noch unter dem Kommando von Revalon, der genau wusste, was er tat. Jeder Schritt, jeder Schwertstreich war durchdacht. Es war ein vollkommen anderes Gefühl. Vor allem auch, als wir uns nun dem Kampf von dieser Seite aus anschlossen. Die gute Laune und das Selbstvertrauen aller färbte auf uns ab. Ich hatte ja vorher schon ein mehr als gutes Gefühl gehabt, aber jetzt war ich in einer richtigen Hochphase. Nilonas Armee hatte keine Chance gegen uns und der Abstand zwischen ihnen und dem Tor zu Caput wurde immer größer.

„Vorsicht! Da kommen ein paar Riesen von links!", rief Jack auf einmal über den Kampflärm hinweg.

„Darum kümmere ich mich!", antwortete Revalon und machte sich bereits auf den Weg zur linken Flanke. Drei ausgewachsene Riesen waren auf dem Weg zum Tor und hatten riesige Felsbrocken in ihren Händen. Die Stadtmauer würde es niemals aushalten, wenn die die Felsen werfen. Wir mussten sie schnell ausschalten. Das wusste auch Revalon und war bereits beinahe bei den Riesen angekommen. Leichtfüßig sprang er auf den Rücken eines toten Trolles, der vor ihm lag und wirkte seine Magie. Es war lange her, dass ich das gesehen hatte. Die Magie eines vollwertigen Schattenkindes. Noch so viel mächtiger als die Magie von Esthor damals gewesen war, als er versucht hatte, die Schule zu übernehmen. Über den Boden des Schlachtfeldes verteilt sammelte sich tiefschwarzer Rauch, der auf Revalon zukam. Er hatte die Arme ausgebreitet und war voll auf die Riesen fokussiert. Ketten aus reiner Schattenmagie schossen aus dem Boden unter den Riesen hervor, brachten sie zu Fall und schnitten mit Leichtigkeit durch ihr Fleisch. Am Boden fehlte ihnen durch den schwarzen Rauch der Sauerstoff und sie schafften es nicht mehr, sich wieder aufzurichten.

Revalon hatte mal eben mit Leichtigkeit drei Riesen fertig gemacht. Und das in so kurzer Zeit. Wirklich beeindruckend. Selbst als er sich auf den Weg zurück zu uns machte, sah man noch Überreste seiner Magie über den Boden wabern. Sicherlich war sie immer noch so tödlich wie zuvor, als er sich noch auf sie konzentriert hat. Mein eigener Kampf erforderte wieder meine Aufmerksamkeit und ich löste meinen Blick widerwillig von Revalon. Die Angst in den Augen unserer Gegner wuchs und schließlich nahmen sie Reißaus und flohen. Wir ließen sie gewähren und verfolgten sie nicht weiter.

Stattdessen brachen wir in Siegesjubel aus.
„Jetzt ist die Schlacht wirklich gewonnen!", rief Mr. White und klatsche in die Hände.
„Dabei hat Caput es gar nicht unbedingt verdient, dass wir uns so aufgeopfert haben … danken werden es uns die da drinnen jedenfalls sicher nicht", grummelte Benni und warf einen abschätzigen Blick auf die Stadtmauer, die keinen einzigen Kratzer abbekommen hatte.
„Da ist zwar durchaus etwas Wahres dran, aber es gilt ja nicht für jeden Bewohner von Caput. Außerdem sind wir nicht so wie die da drin und genau deshalb mussten wir alles geben. Ich denke allerdings, dass die Elite nicht mehr lang die Elite bleiben wird. Nicht nachdem, was passiert ist. Die Stadtbewohner werden es sicherlich nicht so gut finden, dass sie nicht gehandelt haben und sich stattdessen hinter uns und hinter ihrer Mauer versteckt haben. Die Soldaten aus Caput, die hier sind, haben sich entgegen ihres Befehles nach draußen geschlichen und gekämpft. Es kann gut sein, dass sich hier bald einiges ändert", erklärte Revalon.

„Das wird aber auch langsam mal Zeit, meinst du nicht auch?", fragte Mr. White lachend.

„Aber ja. Einer der positiven Nebeneffekte, die Nilona ausgelöst hat", antwortete Revalon und nickte bestimmt.

„Sagt mal, wie kommen wir denn jetzt am schnellsten zur Schule zurück?", fragte Luke.

„Da kann ich euch helfen. Es sollte mir möglich sein, euch vor die Schule zu teleportieren", sagte Revalon.

„Es sollte dir möglich sein?", hakte ich nach.

„Nun ja, es ist nicht so einfach. In unser Reich hier kommt man eigentlich nur durch Introrta und das gilt auch für den Weg zurück, aber es gibt ein paar Tricks, mit denen man das Ganze umgehen kann. Wäre sonst ja auch ganz schön umständlich", überlegte er.

„Das heißt, es hätte die ganze Zeit Möglichkeiten gegeben, diese langen Wege zu überspringen?!", riefen Benni und ich gleichzeitig.

„Grundsätzlich ja, aber es ist wie gesagt nicht so einfach. Es ist immer besser, die Wege zu nutzen, die auch normalerweise als Wege vorgesehen sind."

Luke seufzte: „War ja klar ... Gut, leg los."

„Gut, stellt euch mal alle möglichst nah zusammen", wies Revalon uns an. Wir folgten seinen Anweisungen und sahen ihn erwartungsvoll an.

„Ja, so sollte es klappen. Dann wollen wir mal ...", meinte er nachdenklich, schloss die Augen und nutzte seine Magie. Ich spürte, wie sie um uns herum immer stärker wurde.

„Warum frage ich mich nur, ob wir nicht doch einfach durch das Introrta hätten zurückgehen sollen", flüsterte Benni mir zu. Ich schmunzelte.

„Wird schon klappen, halt einfach still", flüsterte Luke zurück, der Benni gehört hatte. Dieser grummelte, sagte aber nichts weiter. Danach glitten wir auch schon in die uns inzwischen wohlbekannte Teleportationsschwerelosigkeit und ich verlor den Boden unter den Füßen.

# ZUHAUSE

Mir war dieses Mal gar nicht so übel. Wir hatten ja auch inzwischen, mehr oder weniger freiwillig, einige Erfahrungen mit Teleportationen gesammelt. Benni sah allerdings ziemlich käsig aus.

„Endlich zuhause", hauchte Luke und lächelte erleichtert. Ich folgte seinem Blick zum Schulgebäude vor uns. Es stand noch. Auch hier ist der Kampf wohl recht gut verlaufen. In der Schneise und im Bereich vor der Schule herrschte zwar das totale Chaos, aber sonst war anscheinend nichts passiert.

„Hey, Leute!", rief eine Mädchenstimme. Es war Maja, die, kaum dass sie uns entdeckt hatte, schnell auf uns zueilte. „Und?", fragte sie ein wenig außer Atem.

„Alles gut. Nilona ist besiegt und auch ihre zweite Armee hat sich aufgelöst", antwortete Luke.

„Wie, zweite Armee?", fragte sie verwirrt.

„Ist ne lange Geschichte, erklären wir später. Was ist mit Alison und Jason?", entgegnete ich.

„Sind beide drinnen. Kommt mit! Ich bringe euch hin", sagte Maja und ging voran. Ich hatte den Raum gerade betreten, da blieb ich verdutzt stehen. Da stand Alison. Mein Herz setzte kurz aus und schlug dann umso schneller weiter. Sie war wach. Sonnenlicht fiel durch das Fenster genau auf ihre zierliche Gestalt. Jetzt fiel es noch stärker auf, dass sie von der ganzen Anstrengung viel abgenommen hatte. Ihr Blick wechselte überrascht zwischen uns hin und her.

Wir brauchten alle einen Moment, um zu realisieren, dass das hier kein Traum war. Es war alles gut. Alison war aufgewacht und wohlauf. Genauso wie wir. Sie setzte ein strahlendes Lächeln auf, rannte auf uns zu und nahm uns alle drei gleichzeitig in den Arm.

„Ihr seid es wirklich! Ich habe mir Sorgen gemacht!", rief sie und drückte uns noch fester an sich.

„Frag uns mal", erwiderte ich erleichtert.

„Es war nicht klar, ob und wann du wieder aufwachen würdest", ergänzte Luke.

„Von allein hätte ich das auch tatsächlich nicht geschafft ...", meinte sie und löste sich von uns.

„Wie meinst du das?", erkundigte Benni.

„Ich war irgendwie in mir selbst gefangen. Kein sichtbarer Ausgang. Ohne die Hilfe von Lithyja, Maja und der Direktorin hätte ich den richtigen Weg vielleicht nie gefunden", antwortete sie und strich sich bei der Erinnerung daran nervös über die Oberarme.

„Lithyja war hier?", fragte Luke.

„Ja, sie hat uns geholfen, die Schlacht hier zu gewinnen", erzählte Maja. „Das war wirklich unglaublich. Schade, dass ihr nicht dabei wart."

„Interessant. Revalon hat auch eingegriffen und mit seinen Leuten Caput verteidigt", überlegte Luke.

„Daran merkt man wohl, wie ernst es war. Wenn beide persönlich eingegriffen haben ...", schlussfolgerte ich.

„Und Nilona?", fragte Alison vorsichtig.

„Die ist ein für alle Mal besiegt. Ohne Chance auf Wiederkehr. Wir müssen uns keine Sorgen mehr um sie machen", erklärte ich.

„Das ist gut", sagte Alison und war sichtlich erleichtert. „Also bleibt jetzt nur noch ein letztes Problem", flüsterte sie und sah in die Ecke des Raums.

Dort saß Jason. Angekettet an einen der Holzbalken an der Wand und zusätzlich noch geknebelt. Auch er war inzwischen aufgewacht und starrte uns hasserfüllt an.

„Was ist passiert?", fragte Luke unsicher.

„Er hat versucht sich zu befreien. Erst war er an eine Trage gekettet, die hat er aber zerstört. Außerdem hat er die ganze Zeit rumgeschrien. Da mussten wir ein paar ... strengere Maßnahmen ergreifen. Es sind auch diverse Magiebarrikaden um ihn aufgestellt worden. Er hat mehrmals versucht uns anzugreifen", fasste Alison die vergangenen Ereignisse zusammen.

„Wir hatten eigentlich gehofft, dass Nilonas Bann schwächer wird, wenn sie erst besiegt ist, aber leider ... scheint dem nicht so zu sein", ergänzte Maja.

„Es hat sich nichts geändert. Zwischendurch hatte ich sogar das Gefühl, dass es noch schlimmer geworden ist", überlegte Alison und musterte Jason besorgt.

„Wir hatten eigentlich auch gehofft, dass er automatisch zu seinem alten Ich zurückkehrt", seufzte Luke.

„Dann brauchen wir wohl einen neuen Plan", sagte Benni.

„Den gibt es schon", antwortete da Mr. White, der unbemerkt hinter uns den Raum betreten hatte. Er winkte uns nach draußen und schloss die Tür. „Immerhin ist unser junger Freund da drinnen ein Seelenwanderer. Also lassen wir ihn doch einfach in eine Seele hineinschauen. Am besten in die, zu der er die stärkste Verbindung hat." Er wechselte einen ernsten Blick mit Alison.

„Wir sollen zulassen, dass er seine Magie gegen Alison verwendet?", fragte Luke und klang wenig überzeugt.

„Genau das. Wir lassen zu, dass er die Verbindung zwischen ihnen nutzt, und hoffen, dass er sich dadurch von allein befreien kann", antwortet er.

„Das gefällt mir nicht. In diesem Zustand ist Jason unberechenbar", meinte ich.

Benni nickte bestätigend: „Gibt es nicht noch eine andere Möglichkeit? Wir könnten ihm doch auch nochmal kräftig auf den Kopf schlagen."

„Es ist momentan unsere einzige Möglichkeit", sagte Mr. White, der weiterhin zu Alison sah.

„Probieren wir es", entschied sie.

„Ernsthaft jetzt?", fragte ich und hielt sie zurück.

„Wenn es auch nur die kleinste Chance gibt, dass es funktionieren könnte, lohnt es sich. Außerdem bin ich noch immer davon überzeugt, dass er mich nicht ... tödlich verletzen wird", erklärte sie, hörte sich nicht hundertprozentig sicher an, hielt meinem prüfenden Blick aber stand.

„Dazu kommt noch, dass ihr doch sofort eingreifen könnt, wenn es eskaliert, oder?", fragte sie an Mr. White gewandt.

„Wir werden sogar von Anfang an eingreifen und dich unterstützen. Jason wird seine Magie zwar auf dich wirken, aber wir werden auch anwesend sein und uns einfach miteinklinken", antwortete er und tippte auf das dicke, lila Buch.

„Für sowas steht auch etwas in diesem Buch?", Luke beugte sich interessiert nach vorne.

„Oh ja", flüsterte Mr. White und sein Blick ließ vermuten, dass das Buch noch sehr viel mehr zu bieten hatte.

„Nun gut, wenn wir das wirklich durchziehen wollen, wie bekommen wir Jason dazu, sich nur auf Alison zu konzentrieren?", fragte Benni.

„Oh, das wird nicht schwer sein. Er ist schon die ganze Zeit voll auf sie fixiert. Wenn sie sich ihm nähert und wir uns für den Anfang etwas zurückhalten, sollte das funktionieren. Sobald er loslegt, greifen wir ein und ich stelle die zusätzliche Verbindung mit euch her", erläuterte Mr. White.

„Und wenn das alles so funktioniert hat, was machen wir danach? Wie lösen wir den Bann?", hakte ich weiter nach.

„Ihr werdet alle sozusagen mit eurer Seele und nicht mit eurem richtigen Körper agieren. Der Bann, der auf Jason gelegt wurde, sollte deshalb gut sichtbar sein. So könnt ihr ihn auch leichter lösen und Jason befreien. Ich denke, dass es entweder ein bestimmter Gegenstand sein wird oder etwas Ähnliches, das entfernt oder durchtrennt werden muss", antwortete er.

„Okay ... Zu viert sollten wir das ja wohl schaffen, bevor irgendwelcher Schaden angerichtet werden kann", überlegte Luke.

„Ihr dürft nur nicht zulassen, dass Jason die Kontrolle übernimmt. Das wird deine Aufgabe sein, Alison, und da Jason von Nilona gut trainiert wurde, wird das sicherlich nicht so einfach werden", ergänzte Mr. White.

„Verstanden", bestätigte sie. Wir besprachen noch ein paar Kleinigkeiten, dann betrat Alison den Raum, während wir noch draußen warteten, und näherte sich Jason. Langsam löste sie die schützenden Magiekreise um ihn herum. Kaum hatte sie den letzten entfernt, riss er mit seinem rechten Arm so kraftvoll an der Kette, dass sie entzwei gesprengt wurde, griff nach ihrem Oberarm, zog sie zu sich heran und starrte ihr in die Augen.

„Es geht los, rein mit euch und legt eure Hände auf Jasons Arm!", flüsterte Mr. White.

# SEELENWANDERUNG

## ALISON

Ich war nervös. Es wurde schlimmer, je näher ich Jason kam. Die anderen in meiner Nähe zu wissen beruhigte mich wenigstens etwas. Mit zittrigen Fingern löste ich die schützende Magie um Jason herum. Die ganze Zeit über spürte ich seinen kalten, wütenden Blick auf mir. Angestrengt vermied ich den Blickkontakt mit ihm und beeilte mich so gut ich konnte. Der letzte Schutz war gerade außer Kraft gesetzt, da hörte ich auch schon, wie er ruckartig an seinen Ketten riss und sich befreite. Kurz darauf fand ich mich Auge in Auge mit ihm wieder. Seine Hand hatte sich fest um meinen Oberarm geschlossen und ich hatte plötzlich das Gefühl, die Kontrolle über meinen Körper zu verlieren. Dann wurde ich weggerissen und die Umgebung flog nur so an mir vorbei.

Ein paar Sekunden später kam ich so plötzlich zum Stehen, dass ich schwankend um mein Gleichgewicht kämpfen musste. Jason war weg. Ich konnte ihn nirgendwo sehen. Dafür fielen neben mir Lenni, Luke und Benni vom Himmel.
„Hat es geklappt?", fragte Benni.
„Ja", antwortete ich und half ihm auf.
„Wo ist Jason?", Luke sah sich suchend um.
„Keine Ahnung. Machen wir einfach mit unserem Plan weiter", flüsterte ich. Noch standen wir auf einer weiten, grünen Wiese. Mr. White hatte mir allerdings geraten, die Umgebung so zu verändern, dass Jason es nicht so einfach haben würde, in meiner Seele herumzuspazieren. Es war meine Seele, ich hatte die Kontrolle. Konzentriert atmete ich aus, schloss die Augen und stellte mir ein Labyrinth vor.

„Nicht schlecht", murmelte Lenni und ich öffnete meine Augen wieder. Wir standen auf einem Hügel und blickten auf ein riesiges Labyrinth hinab.

„Gut, beginnen wir mal unsere Suche. Ich kenne ein paar Abkürzungen", sagte ich und ging voran. Zielstrebig führte ich uns tiefer ins Labyrinth, aber von Jason war weit und breit keine Spur zu sehen. Plötzlich spürte ich einen stechenden Schmerz und ging in die Knie.

„Was ist los?", fragte Lenni besorgt.

„Es fängt an. Er verwendet seine Magie. Das verrät jedoch auch seinen Standort. Er ist ganz in der Nähe", erklärte ich und biss angestrengt die Zähne aufeinander.

Ich stützte mich auf Lenni und steuerte die Richtung an, aus der ich die Magie gespürt hatte. Eine Abbiegung später standen wir Jason gegenüber.

„Kümmert ihr euch darum, ich warte hier hinten", flüsterte ich und setzte mich auf den Boden.

## LUKE

Ich warf Alison noch einen letzten Blick zu und versicherte mich, dass wir uns wirklich von ihr entfernen konnten. Dann ging ich mit den anderen auf Jason zu. Er hatte uns noch nicht bemerkt. Seine Magie war hier sichtbar und ging in unzähligen silbernen Fäden von ihm aus. Es gab dabei auch tatsächlich eine Auffälligkeit: Einer der Fäden war golden und umschlang seinen Körper. Wenn man genau hinsah, konnte man auch in den silbernen Fäden schimmerndes Gold erkennen. Das musste es sein. Das war der Bann, der ihn beeinflusste. Wir mussten diesen goldenen Faden durchtrennen. Dafür müssten wir allerdings sehr nah an ihn heran.

„Verdammt", murmelte Benni.

„Wir haben keine Zeit, versuchen wir es einfach", flüsterte Lenni und stürmte auf Jason zu. Schlagartig drehte sich dieser um, sprang von Lenni weg und zog sein Schwert. Auch die Magie um ihn herum war auf einmal verschwunden. Schnell warf ich einen Blick zu Alison, die bereits dabei war, sich wieder aufzurichten. Das heißt wohl, er kann ihr keinen Schaden zufügen, solange er mit dem Kampf gegen uns, oder in diesem Fall gegen Lenni, beschäftigt ist. Das ist gut.

Benni kam näher und meinte: „Das ist genau wie vorhin am Lagerplatz. Wie sollen wir so beim Kampf helfen? Wenn wir uns den beiden nähern, stören wir nur."

„Ich hätte da eine Idee", sagte Alison, die sich zu uns gestellt hatte. „Die ist aber ein wenig radikal und wird euch nicht gefallen."

„Gut, erzähl mal", erwiderte ich.

„Wir müssen ihn ablenken, damit mindestens einer von uns die Möglichkeit hat, nah an ihn heranzukommen. In einem günstigen Augenblick greife ich in den Kampf ein und stelle mich zwischen Lenni und Jason. Ihr zwei werdet euch von der entgegengesetzten Seite nähern und den goldenen Faden durchtrennen", erklärte sie.

„Das ist deine Idee?", fragte Benni.

„Durch den Kampf mit Lenni bewegt er sich zu viel. So kommen wir nie an ihn ran. Er muss kurz innehalten, dann haben wir eine Chance. Zumindest, wenn wir schnell sind", erwiderte sie.

„Da ist was dran", überlegte ich. „Wir rennen gleichzeitig los. Das sollte klappen", ergänzte ich und Alison nickte.

„Es steht fest, ihr seid beide verrückt", murmelte Benni, machte sich aber bereit, schnell loszulaufen. Angespannt beobachteten wir den Kampf vor uns.

„Jetzt!", rief Alison und wir sprinteten gleichzeitig los. Schlitternd kam sie zwischen dem geschockten Lenni und dem tatsächlich perplex innehaltenden Jason zum Stehen. Benni war schneller als ich, kam zuerst bei Jason an und durchschnitt mit einem gezielten Schwertstreich den golden Faden. Er löste sich sofort und fiel zu Boden. Erwartungsvoll sah ich zu Jason.

Er starrte immer noch regungslos auf Alison, blinzelte verwirrt und schaute zwischen ihr und seinem hoch erhobenen Schwert hin und her. Dann ließ er sein Schwert schockiert fallen und es kam klirrend auf dem Boden auf.

„Alison, was ...", er kam nicht dazu den Satz zu beenden, da Alison ihn bereits fest umarmte. Verwirrt fiel sein Blick auf uns.

„Was ist denn hier los?", fragte er unsicher.

„Das ist eine lange Geschichte", deutete ich an und lächelte. Mir fiel ein riesiger Stein vom Herzen. Er war wieder er selbst. Endlich.

„Lasst uns von hier verschwinden, ja?", bat Benni.

„Gute Idee", bestätigte Alison, wischte sich mit ihrem Ärmel über das Gesicht und schloss konzentriert die Augen.

Kurz darauf standen wir wieder in dem Zimmer in der Schule. Schnell lösten wir den Knebel und die restlichen Ketten von Jason und Lenni half ihm hoch.

„Warum war ich denn in Ketten gelegt?", fragte Jason.

„Was ist das Letzte, woran du dich erinnern kannst?", fragte ich.

„Wir wollten doch zu dem Treffen mit Nilona aufbrechen, oder nicht?", antwortete er nachdenklich.

„Wow, das ist aber echt lange her. Du hast ja so viel verpasst", meinte Benni und grinste.

„Was ist denn jetzt mit Nilona?", fragte Jason weiter.

„Keine Sorge. Sie ist besiegt. Endgültig", ich klopfte ihm ermutigend auf die Schulter.

„Wirklich? So schnell?", meinte er.

„Ich weiß nicht, ob man das als schnell bezeichnen kann. Das war ein ganz schön langer und harter Kampf", entgegnete Benni.

„Ich habe wohl wirklich einiges verpasst ...", murmelte Jason und rieb sich die Stirn.

„Dafür hast du doch uns. Wir erzählen dir alles, was passiert ist", sagte ich.

„Aber vielleicht sollten wir einige Details auslassen", flüsterte Benni.

„Was? Wieso? Spannt mich nicht so auf die Folter! Was ist passiert?", rief Jason aufgeregt.

„Gut, gut. Also, das war so …", begann ich und erzählte ihm ausführlich, was geschehen war.

# AUFATMEN

## ALISON

Ich konnte gar nicht mehr aufhören zu lächeln, während Luke ausführlich von unseren ganzen Abenteuern berichtete. Immer wieder fiel Benni ihm ins Wort und ergänzte irgendwas, wodurch die beiden ständig Streit anfingen. Es war wie früher. Wir waren wieder alle zusammen. Eine Woge unglaublichen Glücks schwappte über mich. In diesem Moment fielen all die Last und Sorge der letzten Tage von mir ab. Für das erste Mal seit langem konnte ich wieder aufatmen. Lenni drückte meine Hand und ich lehnte mich an ihn. So könnte es für immer sein.

Mr. White hatte sich unauffällig zurückgezogen und sich auf den Weg zu der Direktorin gemacht, um ihr zu berichten, dass alles gut gegangen war. Die beiden kamen dann auch kurz darauf zurück und schlossen sich der Gruppe der bereits zuhörenden Schülerinnen und Schüler an. Auch Maja und Thomas waren dabei. Sie alle hingen gespannt an Lukes Lippen und der Raum war erfüllt von Lachen. Erst jetzt wurde mir so richtig klar, was wir alles durchgemacht hatten. Was für ein langer Weg das gewesen war. Wo wir überall gewesen sind, und dass wir trotz all der Hindernisse irgendwie immer weitergekommen sind. Ich konnte nicht leugnen, dass es zwischendurch auch Spaß gemacht hatte und uns auch noch enger zusammengeschweißt hatte. Ich bereute nichts. Nicht das kleinste bisschen. Es gehörte doch alles zu unserer Geschichte. Zu uns. Wir waren schon lange nicht mehr dieselben wie zu Schulbeginn. Dafür war zu viel passiert. Wir waren jetzt mehr. Gebrandmarkt von den vielen Kämpfen, selbstbewusster durch all die Erfahrungen, die wir gemacht hatten, und mutiger, durch all die Abenteuer, die wir gemeistert hatten. Die Blicke, die uns zugeworfen wurden, waren voller Bewunderung und nicht nur einmal fiel das Wort ‚Helden'. Helden. So fühlte ich mich gar nicht. Ich war doch immer noch eine Schülerin. Eine Schülerin, die unglücklicherweise in diese ganzen Geschehnisse verwickelt worden war und dabei immer wieder eine Menge Glück und wundervolle Freunde hatte, die ihr zur Seite standen. Freunde, ohne die sie es niemals geschafft hätte.

Helden waren doch großartige Krieger. Krieger, die auch in lebensbedrohlichen Situationen die Ruhe bewahrten, die Menschen um sich herum beruhigten und führten und durch ihre Erfahrung in zahlreichen Schlachten glänzten. So waren wir alle sicherlich nicht. Eher im Gegenteil. Wir sind eher voran gestolpert, haben Fehler gemacht, waren alles andere als ruhig und haben geschwitzt und nicht geglänzt. Nicht gerade das Material, aus dem Helden gemacht sind ... oder doch? Mein Blick glitt über die Menschenmenge vor uns. Wie sie alle mit großen Augen dasaßen oder standen und gespannt zuhörten. Dann sah ich zu Lenni, der mich angrinste, so als würde er genau wissen, woran ich gerade dachte.

Er beugte sich zu meinem Ohr herunter und flüsterte: „Helden tragen nicht immer eine glänzende Rüstung oder sind fehlerfrei. Sie alle denken das, bewundern uns für unsere Taten. Doch in Wahrheit war es ein Kampf. Alles andere als perfekt. Voller Unsicherheit, Tränen und manchmal auch Verzweiflung. Doch er war auch voller Mut, Durchhaltevermögen und Zusammenhalt und genau das ist es, was uns zu Helden macht. Nicht aufzugeben, und weiterzukämpfen bis es geschafft ist."
   Ich drehte mich zu ihm um und schmunzelte. „Du kannst sehr poetisch sein, wenn du willst", hauchte ich.
   „Ich weiß, an mir ist ein Künstler verloren gegangen. Trotzdem ... es ist die Wahrheit. Nimm das an und sei dir dessen bewusst", antwortete er. Eine erneute Welle der Zuneigung für ihn überrollte mich.

„Ich bin mir dessen bewusst. Für mich bist du … seid ihr alle meine Helden. Alles, was ich brauche", ich drückte seine Hand.

Er seufzte: „Es macht echt keinen Sinn mit dir darüber zu diskutieren."

Ich lachte. „Nein, aber ich weiß es trotzdem zu schätzen", meinte ich, stellte mich auf die Zehenspitzen und küsste ihn auf die Wange.

„Du machst mich verrückt, weißt du das?", fragte er.

„Ich weiß …", flüsterte ich zurück und lehnte meine Stirn gegen seine. Er legte seine Arme um mich und drückte mich an sich.

„Versprich mir etwas … Fürs erste keine Abenteuer mehr, ja?", sagte er.

„Versprochen. Ich werde mir Mühe geben", murmelte ich.

„Hey, ihr zwei! Ihr hört mir ja gar nicht zu. Hört auf rumzuturteln und richtet eure Aufmerksamkeit wieder auf mich", rief da auf einmal Luke zu uns rüber.

„Ja, ja, ist ja gut", meinte Lenni schmunzelnd und wir drehten uns wieder zu ihm um.

Dieser Tag und auch die darauffolgenden vergingen wie im Flug. Wir waren gut damit beschäftigt, die Schule und ihre Umgebung wieder auf Vordermann zu bringen. Der Wald musste noch von den Spinnen gesäubert werden und überall war das totale Chaos ausgebrochen. Lithyja hatte sich schon wieder auf den Weg gemacht, um im Rest von Avessia nach dem Rechten zu sehen. Es gab viel zu tun. Nilona hatte viel aufgewirbelt und Unruhe in unsere Welt gebracht. Es war ein merkwürdiges Gefühl, als die Aufräumarbeiten schließlich beendet waren und die Schule wieder begann. Eine Weile dauerte es tatsächlich noch, bis meine Anspannung und das Gefühl verflogen, dass irgendwo noch Gefahren lauern könnten. Dann hatte der Alltag mich wieder und Ruhe kehrte in Avessia ein.

Bestimmt waren neue Abenteuer nicht weit. Wer kann schon wissen, wie lange die Ruhe anhalten wird. Ich werde sie so lange genießen, wie ich kann. Langweilig wird es sicherlich trotzdem nicht werden. Immerhin musste ich trainieren. Ich hatte immer noch einen Rest meiner Magie in mir und den fehlenden Teil würde ich eben auf andere Weise ausgleichen. Außerdem war ich ja nicht allein. Sollte irgendwann etwas die Ruhe Avessias stören, werde ich bereit sein. Werden wir bereit sein, um Avessia erneut zu schützen.

# Die Autorin

Lisa Koscielniak wurde 2000 in Nienburg/Weser geboren.

Nach dem Abitur absolvierte sie erfolgreich ein duales Studium im Bereich Arbeitsmarktmanagement. Zu ihren Lieblingsaktivitäten gehört vor allem das regelmäßige Hören von Musik, aber sie geht auch gern in asiatischen Romantikserien auf Netflix verloren und natürlich darf an dieser Stelle auch das Schreiben nicht fehlen, das einen großen Teil ihres Lebens auszeichnet. Ihre besondere Fähigkeit: Anderen ein Lächeln ins Gesicht zu zaubern.

Mit 17 Jahren beendete Lisa Koscielniak ihre Arbeit an ihrem ersten Roman „Avessia – Licht und Schatten", schrieb davor aber bereits kleinere Geschichten und Gedichte.
Nach „Avessia – Licht und Schatten" und „Avessia – Die Traumweberin" ist dies bereits der dritte Band der Autorin aus dieser Fantasy-Buchreihe und ihre fünfte Veröffentlichung neben den zwei Kurzgeschichten „Wenn die Geister rufen" und „Alles entscheidende Nacht".

# Der Verlag

**novum** VERLAG FÜR NEUAUTOREN

> *Wer aufhört*
> *besser zu werden,*
> *hat aufgehört*
> *gut zu sein!*

Basierend auf diesem Motto ist es dem novum Verlag ein Anliegen neue Manuskripte aufzuspüren, zu veröffentlichen und deren Autoren langfristig zu fördern. Mittlerweile gilt der 1997 gegründete und mehrfach prämierte Verlag als Spezialist für Neuautoren in Deutschland, Österreich und der Schweiz.

**Für jedes neue Manuskript wird innerhalb weniger Wochen eine kostenfreie, unverbindliche Lektorats-Prüfung erstellt.**

Weitere Informationen zum Verlag und seinen Büchern finden Sie im Internet unter:

www.novumverlag.com

Lisa Koscielniak

## Avessia
Licht und Schatten

ISBN 978-3-95840-689-6
218 Seiten

Ein junges Mädchen umgeben von Gefahren, die hinter zahlreichen Ecken lauern. Eine magische Welt, die ihre Hilfe benötigt. Kann Alison die ihr zugedachte Aufgabe gemeinsam mit ihren Freunden bewältigen?

Lisa Koscielniak

## Avessia
### Die Traumweberin

ISBN 978-3-99107-248-5
338 Seiten

Schlossherrin Nilona entführt Jason. Der Junge ist der Schlüssel zur absoluten Macht. Kurzerhand begibt sich Jasons Schwester Alison mit ihren Freunden auf eine Reise durch die magischen Welten Avessias, um ihren Bruder aus den Klauen der gefährlichen Traumweberin zu befreien.

# Bewerten Sie dieses Buch auf unserer Homepage!

www.novumverlag.com